文學plus

文學是文明的起始與總結

經典名著，21世紀觸感

臺灣商務印書館

文學plus+ 10

環遊世界八十天

作　　者	朱勒‧凡爾納
繪　　圖	詹姆斯‧普魯涅
譯　　者	顏湘如
附圖說明	尚‧皮耶‧弗戴
責任編輯	江怡瑩

出 版 者
印 刷 所　臺灣商務印書館股份有限公司
　　　　　地址：臺北市重慶南路1段37號
　　　　　電話：(02) 23116118 / 傳眞：(02) 23710274
　　　　　郵政劃撥：0000165-1
　　　　　讀者服務專線：080056196
　　　　　E-mail：cptw@ms12.hinet.net
　　　　　出版事業登記證：局版北市業字第993號

初版一刷　2002年9月

LE TOUR DU MONDE EN 80 JOURS
First published in 1873
Illustrated edition©Éditions Gallimard, 1994
Notes by Jean-Pierre Verdet
Illustrations by Jame's Prunier
Published by arrangement with Bardon-Chinese Media Agency
博達著作權代理有限公司 / ALL RIGHTS RESERVED

定價新臺幣350元
ISBN 957-05-1548-1 (平裝) / 13468000

文學plus+ 10

環遊世界八十天
Le Tour du Monde en 80 Jours

朱勒・凡爾納／著
Jules Verne

詹姆斯・普魯涅／繪
Jame's Prunier

顏湘如／譯

目次

1

費雷斯・佛格與萬能
互相接納了對方，
一人爲主，另一人爲僕

一八七二年，位於伯靈頓廣場沙維爾街七號的宅子裡——也就是一八一四年謝里敦去世時的住處——住著一位費雷斯・佛格先生。儘管他盡量低調行事，卻仍是倫敦革新俱樂部裡最獨特、鋒芒最露的會員之一。

這位費雷斯・佛格身爲英國最偉大的演說家的繼承人，其實是個謎樣的人物，外界對他幾乎一無所知，只知道他是英國上流社會一位非常高雅體面的紳士。

有人說他像拜倫——長相而已，因爲他的雙腳可是完美無缺的——不過卻是蓄了鬍子、沈著

英國詩人拜倫(Lord Byron, 1788-1824)25歲時的畫像，詹姆斯・荷姆士 (James Holmes, 1777-1860)繪。拜倫一生顛沛流離，長期處於動亂中。他在參加希臘對抗土耳其的戰役中病亡。他的死使他成為浪漫派英雄中的象徵性人物。

著名攝影師、畫家、作家兼飛行員的納達爾(Nadar, 1820-1910)所拍攝的凡爾納(Jules Verne, 1828-1905)。《環遊世界八十天》在1873年出版，共有25種語言譯本。此外，凡爾納的科幻小說也十分有名。即便他只寫給年輕人閱讀，成人也是他的讀者。

穩重、千年不老的拜倫。

費雷斯・佛格肯定是英國人，但卻可能不是倫敦人。他從未曾出現在交易所或國家銀行，或城區的任何一家銀行。從未有任何一艘屬於費雷斯・佛格的船隻在倫敦的船塢或碼頭停靠過。此人從未任過公職。在四法學院裡，無論是中內殿、林肯或格雷學院，都從未聽過他的名字。他從未上大法官法庭、王座法庭、理財法院或教會法庭打過官司。他既非產業家，亦非商人或地主。他既非皇家科學研究所、倫敦研究院、工藝研究院或羅素研究院的成員，也不屬於西方文學學會、法律學會或直接由女王陛下贊助的藝術與科學聯合學會。總之，儘管首都的機關團體多如牛毛，從玻璃琴協會到以消滅害蟲為主旨的昆蟲協會無一不有，他卻不屬於任何組織。

費雷斯・佛格是革新俱樂部的會員，如此而已。

如此神祕的人何以竟成為這個高級俱樂部的成員呢？說穿了其實是由他的往來銀行霸菱推薦他入會的。由於他的戶頭餘額向來充裕，開出的支票總是能立即兌現，因此便建立了良好的信用。

這位費雷斯・佛格很富裕嗎？這點毋庸置疑。但即使消息再靈通

REGISTERED AT THE GENERAL POST-OFFICE FOR TRANSMISSION ABROAD.

No. 1726.—VOL. LXI. SATURDAY, OCTOBER 5, 1872. WITH EXTRA SUPPLEMENT SIXPENCE. BY POST, 6½d.

創刊於1842年的《倫敦新聞畫報》，是當時俱樂部為仕紳所準備的報紙之一。

的人也不知道他的錢從哪兒來，當然更不可能直接向佛格先生去打聽。他並不慷慨，但也不吝嗇，凡是需要錢做一些公益善事，他都會默默地，甚至以匿名方式捐出錢來。

總而言之，再也沒有比這位先生更內斂的人了。他盡可能地少說話，而他越是沈默便越顯得神祕。雖然他的生活毫無遮掩，但是由於他做的事永遠一成不變，不由得引來了更多的揣測。

　　他旅行過嗎？很可能，因為沒有人比他更熟悉世界各地。不管再怎麼偏僻的地方，他也似乎都了然於胸。有時候，他會用簡單明瞭的幾句話糾正流傳於俱樂部內有關於迷途旅人的謠言；他會指出真正可能發生的事，而最後事實也總是證明他說的沒有錯，就好像他有預言的超能力似的。這個人一定四處走遍了——否則至少也神遊過。

凡爾納的地球儀。他努力揭示大陸與海洋的界限：這些都是在這星球上，由英雄們、探險家以及大航海家所創造的標竿。

　　然而有一點是可以確定的，那就是費雷斯‧佛格已經有好多年未曾離開過倫敦。那些有幸與他交情較深的人證實道，除了每天從家裡到俱樂部的直線路徑之外，誰也沒有在其他地方見過他。他唯一的消遣就是看報和玩惠斯特牌。這種靜默的牌戲恰好符合他的個性，因此他經常是贏家，不過贏來的錢從來沒有進過他的口袋，倒是使他的慈善金提高不少。但話說回來，佛格先生玩牌顯然純粹是為了玩牌，而非為了贏錢。牌戲對他而言就像一場對抗困境的戰鬥，卻又無須行動、無須遷徙、不至勞頓，正對他的脾胃。

　　據說費雷斯‧佛格無妻無子，但就算是老實人也可能如此；又聽說他無親無友，這點確實就比較不尋常了。佛格獨自住在沙維爾街的宅子，宅子裡誰也沒有進去過。一個僕人服侍他已經綽綽有餘。他總是在準確、固定的時刻，在俱樂部的同一間飯廳、同一張

9

桌子，享用午餐與晚餐，既不宴請其他會員，也不邀請陌生人，午夜準時回家只是為了睡覺，他從來沒有使用過俱樂部專為會員準備的舒適房間。一天二十四小時，他在家裡十小時，除了睡覺便是梳洗打扮。假如想散步，一定也是踩著相同的步伐，或是在門廳細木鑲嵌的地板上踱來踱去，或是繞行圓形畫廊，畫廊裡有二十支愛奧尼亞式紅色斑岩柱，支撐著上方那片藍色彩繪玻璃拱頂。不論午餐或晚餐，餐桌上擺的一定是來自俱樂部廚房、儲藏櫃、配膳室、魚產冰櫃、乳品櫃的美味料理；侍候他的一定是俱樂部裡穿著黑色燕尾服與絨呢墊底皮鞋、面容嚴肅的侍者，使用的則是上等瓷器餐具以及薩克森高級餐巾；盛

裝他的雪利酒、波爾圖酒或是加了肉桂的波爾多酒的，一定是俱樂部那些造型已經失傳的水晶玻璃瓶；而用來為他的飲料保持清涼的也一定是俱樂部的冰塊——花費鉅額從美國湖區運來的冰塊。

如果過這樣的生活也算是個怪人的話，我們不得不承認當個怪人也有他的好處！

沙維爾街的宅邸雖然不豪華，卻也是出了名的舒適。此外，由於屋主一成不變的習慣，因此僕人的工作少得不能再少。不過，費雷斯·佛格卻要求唯一的僕人必須精準、規律得異乎常人。就在十月二日當天，佛格辭退了詹姆斯·佛斯特，只因為這名僕人為他準備刮鬍子用的水不是華氏八十六度而是八十四度。此時他正等著接替佛斯特的人，應該會在十一點至十一點半之間到達。

費雷斯·佛格端坐在扶手椅上，像個接受檢閱的士兵，兩隻腳緊緊靠攏，雙手按著膝蓋，抬頭挺胸，注視著時鐘的指針一格一格前進，這座鐘十分複雜，可以顯示時、分、秒、日期、月份、年份。十一點半整，佛格先生依照日常的習慣，理應出門前往革新俱樂部了。

這個時候，有人敲了小客廳的門，費雷斯·佛格就等在裡面。

被解雇的詹姆斯·佛斯特走了進來。

「是新來的僕人。」他說。

一個年約三十來歲的年輕人上前行了個禮。

「你是法國人，名叫約翰？」佛格問道。

「先生不介意的話請叫我尚。」新人說：「尚萬能，這個綽號一直跟著我，因為我有擺脫困境的天賦。我自認為做人誠懇，不過老實說，我從事過幾種不同的行業。我曾經走唱過，曾經在馬戲團賣藝，有時候學雷歐塔表演高空雜耍，有時

英國劇作家暨政治領袖謝里敦（Richard Sheridan, 1751-1816）位於沙維爾街七號的豪宅內部。凡爾納也將主人費雷斯·佛格的宅第設於此。沙維爾街過去是倫敦一條高級的街道，緊臨攝政王街。

屬於謝里敦的18世紀掛鐘，讓人想到英國家庭傳統的掛鐘。凡爾納想像佛格在計算時、分、秒，以安排行程。

候學布隆丹走鋼絲；後來爲了善用我的才能，便當上了體操教練，最後我在巴黎當消防士官，甚至還參與幾場大火的救助。如今我已經離開法國五年，爲了體會家庭生活便到英國來當僕人。可是我一直找不到適當的工作，聽說費雷斯‧佛格先生是全英國最一絲不苟、深居簡出的人，我便前來應徵，希望從此能過著平靜的生活，甚至把萬能這個名字拋到九霄雲外…」

「萬能很合我的意。」佛格先生說：「你是別人向我推薦的，我聽說了不少有關你的好話。你知道我的要求嗎？」

「知道。」

「很好。現在幾點？」

「十一點二十二分。」萬能從口袋深處掏出一只大銀錶，回答道。

「你的錶慢了。」佛格先生說。

「很抱歉，但這是不可能的事。」

「你的錶慢了四分鐘。不要緊，只要確認了差距就行。那麼，從一八七二年十月二日星期三上午十一點二十九分的此刻開始，你就是我的僕人了。」

說完，費雷斯‧佛格站起身來，左手拿起帽子，以機械式的動作戴上帽子之後，沒有再說一句話便離開了。

萬能聽到靠街的門一次的關門聲：那是他的新主人出門去了；接著又一次：這回是前一位僕人詹姆斯‧佛斯特走了。

沙維爾街的宅子裡，只剩萬能一人。

❝ 這個時候，有人敲了小客廳的門，費雷斯‧佛格就等在裡面。❞

12

2

萬能相信自己終於找到了
理想的工作

著名的空中特技員雷歐塔(Jules Léotard, 1830-1870)，發明了高空雙向跳。

「我發誓，」萬能一開始有點驚愕，自言自語道：「我在杜莎夫人那兒看到的人，也和我的新主人一樣栩栩如生！」

這裡最好說明一下，杜莎夫人那兒的「人」其實是蠟像，十分逼真只差不能說話，在倫敦吸引了不少參觀人潮。

在剛才匆匆與費雷斯‧佛格見上一面的幾分鐘內，萬能已經很快、但很仔細地觀察了未來的主人。這個人大概四十歲左右，相貌堂堂，身材完美高大，金黃色的頭髮與頰髯，額頭光滑，鬢角也見不到細紋，臉色略顯蒼白，牙齒整齊美觀。面相學家所謂的「動中取靜」，他似乎已經發揮到極致，這也是那些動手不動口的人的共通點。沈著、冷靜、眼神清澈、眼皮不動，這是最典型的英國人，安潔莉卡‧考夫曼也曾以畫筆完美地呈現出這種略帶拘謹的神態。從這位紳士日常生活的種種行為，我們看到了一個在各方面都十分鎮靜的人，適度的沈穩，精準得有如李洛伊或恩蕭馬錶一般。事實上，費雷斯‧佛格便是精準的化身，這點從他雙腳與雙手的姿勢便能清楚看出，因為人和動物一樣，四肢本身便是表達情感的器官。

這幅青年畫像是考夫曼(Angelica Kauffmann, 1741-1807)所繪。她出生於瑞士，後來曾想定居倫敦，最後在羅馬終其一生。她從12歲起就開始畫畫，是她畫家父親的學生。

費雷斯‧佛格便屬於精準到了極點的族群，這種人隨時都作好準備，從來不匆忙，對於步伐與舉動更是十分吝惜。他們走的一定是最短的捷徑，絕不會多跨一步。他們不會浪費任何一個眼

13

謝里敦豪宅內部樓梯。與凡爾納所寫的相反，謝里敦晚年酗酒，並喪失記憶。他死於1816年，而不是1814年。

神望向天花板。他們也不容許自己做任何多餘的手勢。他們從不在人前顯出激動或不安。他們是全世界最從容的人，卻從來不會遲到。然而，我們也可以理解他們為何獨居，也就是說他們沒有任何社交活動。他們知道在生活中難免要和人有所接觸，由於接觸會使事情耽擱，所以他們便不與任何人打交道。

至於綽號「萬能」的尚，是一個土生土長道地的巴黎人。已經在英國住了五年，並且在倫敦擔任僕人的工作，卻一直找不到一個讓他喜愛的主人。萬能可不像莫里哀筆下那些厚顏無恥的丑角一樣聳著肩、撅著鼻子、目中無人。不，萬能是個好人，長相討喜，嘴唇微翹，好像隨時準備要品嚐食物或親吻似的。他性情溫和又熱心，圓圓的頭形很好看，我們都會希望在朋友的頸子上看到這樣一個頭。他有一雙藍色的眼睛，臉上充滿朝氣，臉胖得連自己都能看到顴頰，胸膛寬闊，身材壯碩，肌肉強健，由於年輕時期經過充分的鍛鍊，所以現在的他力大無窮。他的棕色頭髮有些蓬亂。雖說古代的雕刻家有十八種方法可以梳理米娜娃女神的髮絲，萬能整理頭髮的方法卻只有一種：用粗齒梳子梳三下，就大功告成了。

現在斷言這位僕人充滿活力的個性是否能與費雷斯‧佛格合得來，恐怕還嫌太早。萬能是否能徹底符合主人精確的要求呢？這也只有雇用之後才見分曉。我們知道萬能年輕時過著飄忽不定的生活，現在渴望能歇一歇。從前聽人稱讚英國人做事有條不紊，英國紳士更是出名的冷淡，他便想到英國來賺一筆。不過直到目前為止，運氣並不好。他根本找不到落腳之處。他待過十戶人家。每一戶的人都是性情怪異、反覆無常，而且經常外出尋找刺激或世界各地到處跑，萬能已經

14

無法適應。他的前一位主人是年輕的隆菲利議員，老是在海馬克酒館裡通宵達旦之後，才被警察扛回家裡來。萬能不想冒犯主人，便試著以溫和的方式提出勸告，由於主人無法接受，他便離開了。就在這個時候，他聽說費雷斯·佛格先生在找僕人。他打探了一下，知道這個人生活極為規律，不在外過夜，不出門旅行，甚至沒有離家一天過，這對他再適合不過了。於是他上門應徵，後來受雇用的情形我們也都看到了。

此圖是位於沙維爾街七號豪宅的外觀，拿破崙三世的裁縫師普耳 (Henry Poole) 也曾住在此處。這條街也因有許多國寶級裁縫師在這裡定居而享有盛名。

十一點半一到，萬能便獨自留在沙維爾街的屋子。他開始從地窖到閣樓四處察看。這個房子整潔、樸實、有條不紊，他很喜歡。他覺得這裡好像是一個美麗的蝸牛殼，而且是個有足夠瓦斯供應照明與暖氣的蝸牛殼。萬能很快便在三樓找到自己的房間。他十分滿意。房間裡有電鈴與通話管可以和夾層與二樓的房間聯繫。壁爐上有一座電子鐘，和費雷斯·佛格臥室裡的鐘一模一樣，而且兩座鐘的時間分秒不差。

「這個好，這個好！」萬能心想。

另外他又發現，房裡的時鐘上方貼了一張紙，原來是每日的工作清單。清單上註明了——從早上八點，也就是費雷斯·佛格按時起床的時間，到十一點半他出門前往革新俱樂部用餐——所有工作的細節：八點二十三分準備茶與烤土

謝里敦豪宅的入口處，充滿19世紀維多利亞式新古典主義的建築風格。

66 費里斯·佛格便是精準的化身，這點從他雙腳與雙手的姿勢便能清楚看出。 99

15

司，九點三十七分準備刮鬍子用的水，九點四十分梳理頭髮等等。接著從上午十一點半到午夜，也就是這位一板一眼的主人上床之前的時間，一切也都預先規定好，寫得清清楚楚。萬能高高興興地默念著清單，然後將各項雜務牢記於心。

至於主人的服飾也非常齊備，而且品味極高。每條長褲、每件上衣與背心都有編號，再對照到出入登記簿上的號碼，便能知道隨著季節不同，哪天該穿哪套衣服。鞋子也一樣。

總之，沙維爾街的這棟宅子，在當初才華出眾卻放蕩不羈的謝里敦居住的時期，想必是雜亂無章，如今卻是窗明几淨、整齊舒適。這裡沒有書房、沒有書，這些對佛格先生毫無用處，因為俱樂部有兩間圖書室供他使用，一間以文學為主，另一間則以法律、政治為主。他的臥室裡有一個中型保險箱，堅固的構造兼具防火與防盜功能。屋裡沒有武器，也沒有任何狩獵或爭鬥的器具。一切在在顯示出主人平和的性情。

仔細觀察過這個住所之後，萬能搓搓手，大大的臉上笑逐顏開，高興得不斷說道：

「這個好！這正是我要的！佛格先生和我一定相處融洽！一個不喜歡出門、生活規律的人！一個一板一眼的機器人！我可不討厭服侍一個機器人！」

3

可能讓費雷斯・佛格付出極大代價的一段對話

十一點半,費雷斯・佛格走出沙維爾街的住處,在右腳跨到左腳前面五百七十五次,左腳跨到右腳前面五百七十六次之後,來到了革新俱樂部。這座龐大的建築座落於波爾購物中心,而整個中心興建完成的花費絕對不下三百萬。

費雷斯・佛格馬上就到餐廳去,餐廳的九扇窗子面對著一個美麗的花園,只見樹梢已經被秋色染黃了。他坐到平時的位子上,餐具早已擺好。他的午餐包括一道前菜、一條以上等里丁醬調味的魚、一份以蘑菇點綴的赤紅烤牛肉、一塊大黃醋栗蛋糕、一小塊柴郡乾酪,另外還配上幾杯專為革新俱樂部精選的茶葉所沖泡的茶。

十二點四十七分,佛格起身往大客廳走去,豪華的廳裡掛滿了以精緻畫框裝裱的畫。一名侍者遞上一份未分頁的《時代報》,從費雷斯・佛格分頁時的熟練技巧,可以看出他對這份費力的工作並不陌生。費雷斯・佛格看這份報紙一直看到三點四十五分,接著看《基準報》一直到晚餐時間。晚餐的情形和午餐相同,只不過多了一樣英國皇家調味醬。

五點四十分,佛格又出現在大廳,然後開始專心地讀起了《記事早報》。

半小時過後,許多會員紛紛走進來,圍靠到燒著煤炭的壁爐旁邊。這些人是費雷斯・佛格先生半日的牌友,他們都和他一樣是惠斯特牌迷:有工程師安德魯・史都華、銀行家約翰・蘇利文

波爾購物中心(Pall Mall)是從以前的一種槌球遊戲(Paille Maille)而得名。多間知名的俱樂部也在這個

中心裡,革新俱樂部位於104號,它的建築形式讓人聯想到義大利式

宮殿。19世紀時,自由黨的黨員與其黨友在此聚會。

17

埃澤爾(Hetzel)出版社所出《安第弗大師奇妙探險記》(1894)的精裝本。大仲馬(Alexandre Dumas)將凡爾納介紹給埃澤爾(Pierre-Jules Hetzel, 1814-1886)認識,這個出版商嚮往出版能傳遞當代世界科學與歷史知識的兒童文學。

凡爾納與小說的主人翁一起跑遍全世界。漫畫家德居納(André Gosset de Guines),又名吉爾(Gill),畫出地球插在凡爾納的筆中。

與山繆‧法倫丁、啤酒商湯瑪斯‧弗拉納根、英格蘭銀行的一位董事戈提耶‧瑞爾夫——全都是有錢有勢的人物,即使在這個滿是產業界與金融界權威的俱樂部裡,也同樣有地位。

「瑞爾夫,」弗拉納根問道:「那件竊案進展如何了?」

「那件事呀,」史都華回答:「那筆銀行的錢一定飛了。」

「不,」瑞爾夫說:「我希望能逮到主嫌。警方已經派出一些幹練的警員,前往美國與歐陸各大出入境港口,這位仁兄應該逃不出他們的掌心才是。」

「不過,知道竊賊的形貌特徵嗎?」史都華問。

「首先,他不是個竊賊。」瑞爾夫嚴肅地回答。

「偷了五萬五千英鎊的人,還不算是竊賊?」

「不是。」瑞爾夫回答。

「那麼是名產業家囉?」蘇利文說。

「《記事早報》言之鑿鑿地說他是個紳士。」

這次回答的人正是費雷斯・佛格，他從四周一堆報紙當中探出頭來，一面向同他打招呼的會友們回禮。

他們談的這件事發生在三天前九月二十九日那天，這幾天英國國內的各家報紙都討論得沸沸

The Times.

Nº 27,497.　　　　LONDON, WEDNESDAY, OCTOBER 2, 1872.　　　　PRICE 3d.

1872年10月2日的英國《時代報》,那一天正是佛格出發的日子。《時代報》創刊於1785年,讀者大部分是自由派的中產階級。

揚揚:有人從英格蘭銀行出納主任的桌上,拿走了成疊總額達五萬五千英鎊的鈔票。

眾人都不敢相信竊賊竟如此輕易得手,而副總裁瑞爾夫卻只是輕描淡寫地解釋,當時出納員

The Daily Telegraph.

No. 5,405.]　　　　LONDON, MONDAY, OCTOBER 7, 1872.　　　　[ONE PENNY.

《每日電訊》創刊於1855年,是保守黨人士日常閱讀的報紙。1872年10月7日,佛格還在義大利布林底希(Brindisi)與蘇伊士(Suez)之間。

正在記錄一筆三先令六便士的存款,所以無法兼顧。

有一點要特別說明的——這也使得整件事比較說得過去——這間英格蘭銀行似乎特別注重民眾的自尊心。既沒有護衛,也沒有鐵柵欄!金子、銀子和鈔票就這麼明擺著,好像先到的人就可以先拿似的。但他們絕不會懷疑任何一個人的操守。有一個對英國習俗觀察入微的人甚至說過:有一天他到這間銀行來,看見出納員桌上放了一塊重達七、八磅的金條,由於好奇心驅使,便拿起金條看個仔細,然後又遞給旁邊的人看,接著金條便這麼一個個地傳下去,一直傳進了一道黑暗的走廊深處,半小時過後才回到原位,而那位出納員卻始終連頭也沒有抬一下。

可是,九月二十九日那天,事情卻有些出入。那疊鈔票並沒有回到原位,當「提款部」上方那面巨鐘響起五點的鐘聲,下班的時間到了,銀行只得將這筆五萬五千英鎊的款項記到損益帳上。

竊案證實了之後,經過精挑細選的警員立刻被派往利物浦、格拉斯哥、哈佛爾、蘇伊士、布林底希、紐約等主要港口,如果成功破案的話,

1694年,帕特森(William Paterson)創辦英國國家銀行。17世紀時,倫敦是世界金融與商業中心,這歸功於軍事領袖克倫威爾(Oliver Cromwell, 1599-1658)同意讓猶太人歸籍,以及法國憂格諾(Huguenots)教派的來歸。

還有兩千英鎊加上尋獲金額的百分之五作爲獎金。在立即展開的調查得出任何結果之前，這些警員必須密切注意所有進出倫敦的旅客。

普蘭牌(Poulain)巧克力在每包巧克力中附一張《環遊世界八十天》的小畫片。此圖描繪他們在革新俱樂部中打賭。

然而，誠如《記事早報》的報導，竊盜的主嫌很可能並非英國竊盜集團的成員。九月二十九日那一天，有人注意到一位穿著高雅、頗有紳士風度、似乎出身高貴的男子，在付款廳——也就是竊案現場——走來走去。查出這名男子確切的特徵之後，資料立刻傳送給英國與歐陸的所有警員。有些生性樂觀的人——戈提耶·瑞爾夫便是其中之一——深信竊賊很快就會落網。

這件案子是倫敦，甚至全英國的頭條新聞。大家都在討論，也都很關心首都警方破案的可能性。因此革新俱樂部會員之間的談話，便也不足爲奇，更何況其中還有一位銀行的副總裁呢。

1870年，英國國家銀行所發行的五鎊信用券，約合一千法郎。

瑞爾夫不想懷疑搜查的結果，他認爲銀行提供的獎金一定能大大提升警察的士氣與辦案的智慧。但是他的會友史都華可不像他這麼有信心。他們幾人圍坐在牌桌旁，史都華與弗拉納根搭檔，法倫丁與費雷斯·佛格搭檔。打牌的時候大家都不說話，但利用牌局空檔重新展開的討論卻更加熱烈。

「我敢說，」史都華說：「情勢對竊賊比較有利，他一定是個機靈的人！」

21

「算了吧！」瑞爾夫應道：「他根本找不到一個國家可以當庇護所。」

「哈！」

「你說他能逃到哪去？」

「我怎麼知道，」史都華回答道：「但是不管怎麼說地球還是挺大的。」

「以前是挺大的⋯」費雷斯・佛格低聲說，接著一面將牌遞到弗拉納根面前，一面又加了一句：「該你切牌了。」

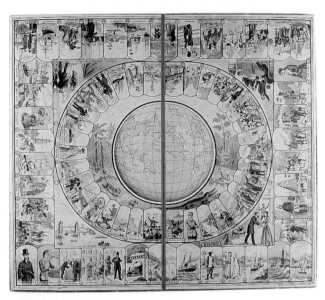

凡爾納嚮往「用地圖傳遞知識給年輕人」。富教育性的遊戲，如跳鵝棋戲就能將他的計畫自然地延伸出來。

牌局開始，討論再次中斷。但是史都華很快又回到這個話題：

「為什麼說是以前！難道地球縮水了？」

「也許吧。」瑞爾夫回答：「我同意佛格先生的說法。地球確實變小了，因為現在遊歷的速度比一百年前要快上十倍。正因為如此，警方的搜索也更容易成功。」

「竊賊也同樣更容易脫逃啊！」

「輪到你了，史都華先生！」費雷斯・佛格說。

但始終抱著懷疑態度的史都華並未被說服，牌局一結束他又說了：

「瑞爾夫先生，你說地球變小了應該只是玩笑話吧！就因為你能在三個月內環遊世界⋯」

「只需要八十天。」費雷斯・佛格說。

「各位，」蘇利文接口道：「的確只需八十天，因為大印度半島鐵路線羅塔至阿拉哈巴德路段已經通車了。《記事早報》還做了詳細的計算：

　　從倫敦經瑟尼峰與布林底希到蘇伊士，搭火車與郵輪——7天；

　　從蘇伊士到孟買，搭郵輪——13天；

　　從孟買到加爾各答，搭火車——3天；

　　從加爾各答到香港，搭郵輪——13天；

　　從香港到橫濱，搭郵輪——6天；

　　從橫濱到舊金山，搭郵輪——22天；

　　從舊金山到紐約，搭火車——7天；

以文學模式出版「世界之旅」一直持續到20世紀初。1910年，柏托(Léon Berthaut)出版由羅比達(Albert Robida)所繪製的《世界之旅紀實》。

❝「你說他能逃到哪去？」
「我怎麼知道，」史都華回答道：「但是不管怎麼說地球還是挺大的。」
「以前是挺大的⋯」費雷斯·佛格低聲說，接著一面將牌遞到弗拉納根面前，一面又加了一句：
「該你切牌了。」**❞**

從紐約到倫敦，搭郵輪與火車——9天；總共八十天。」

「是呀，八十天！」史都華喊道，他一個不留神打錯了牌：「惡劣天候、逆風、海難、火車出軌等等因素，可都沒有考量在內。」

「都考慮到了。」費雷斯·佛格一面玩牌一面回答，反正也已經破例了。

「連印度人或印第安人拆鐵軌的可能也考慮進去了嗎？」史都華嚷著：「要是他們攔下火車、搶劫行李、割下旅客的頭皮呢！」

《環遊世界八十天》出版後頗受好評，啟發了教育性遊戲的製造商。此圖呈現出小說中著名的段落，並且將佛格的旅程製成圖卡。

「都考慮到了。」費雷斯·佛格回答的同時，攤牌又說：「兩張王牌。」

這回輪到史都華發牌，他一面收牌一面說：「佛格先生，理論上你說得沒有錯，可是實行起來…」

「實行起來也是一樣的，史都華先生。」

「我倒想看看你怎麼做。」

「這就看你了。我們一起出發吧。」

「老天可不允許我這麼做！」史都華大喊：「不過我願意以四千英鎊打賭，在這樣的情形下完成這趟旅程是不可能的。」

「恰好相反，這是非常可能的事。」佛格先生答道。

「那就做吧！」

「在八十天之內環遊世界？」

「是的。」

「我願意去做。」

「什麼時候？」

「立刻。」

「你真是瘋了！」史都華對於搭檔的頑固開始動氣了，便大喊道：「來！還是玩牌吧。」

「那麼重新發牌。」佛格回答道：「因為你發錯了牌。」

史都華焦躁不安地用單手將牌收回；接著突然一把將撲克牌放在桌上，說道：

「好，佛格先生，我打賭四千英鎊！…」

「親愛的史都華呀，」法倫丁說：「冷靜一點。別當真了。」

「只要我說『我打賭』，就絕對當真。」史都華答道。

1870年，埃澤爾公司出版《發現地球》的精裝本。凡爾納的讀者也會同時收集這些名著。

吉爾筆下的凡爾納，描繪《環遊世界八十天》在1874年於聖馬丁港劇

「那好！」佛格先生說著，便轉身面向其他會友：「我在霸菱銀行裡存了兩萬英鎊。我願意拿這些錢做賭注…」

「兩萬英鎊！」蘇利文大喊：「只要有一次意外的延誤，你就可能失去這兩萬英鎊呀！」

「不會有意外。」費雷斯·佛格只簡單回了一句。

「可是佛格先生，報紙計算的這八十天只是至少需要的時間呀！」

「如果善加利用，至少的時間也就夠了。」

「可是在數學理論上若要不超過，就非得從火車跳上郵輪，再從郵輪跳上火車！」

「我會這麼做——在數學理論上。」

「你開玩笑！」

「打賭這麼嚴肅的事，一個高尚的英國人是絕對不會開玩笑的。」費雷斯·佛格回答道：「誰

院的首演：在舞台上，11隻大象、活蛇、蒸汽火車，以及數以百計的配角，確保了這齣戲的成功。

25

想要我在八十天之內，也就是一千九百二十小時或者十一萬五千二百分鐘之內環遊世界一周，我便以兩萬英鎊與他打賭。你們接受嗎？」

「我們接受。」史都華、法倫丁、蘇利文、弗拉納根與瑞爾夫商量後回答道。

「好。」佛格先生說：「往多佛的火車八點四十五分出發。我就搭那班車。」

「今天晚上？」史都華問道。

「今天晚上。」費雷斯·佛格回答後，看了看小日曆本又說：「今天是十月二日星期三，所以呢，我應該在十二月二十一日星期六晚上八點四

1872年10月2日的英國《基準報》，佛格於這一天出發。如同凡爾納在小說中所描述的，英國人十分注意社會上發生了哪些大事，這些新聞大都刊在畫報上。

LONDON, WEDNESDAY, OCTOBER 2, 1872.

十五分，回到倫敦革新俱樂部的這間大廳裡，否則我存在霸菱的兩萬英鎊便將正式屬於你們。這裡是兩萬英鎊的支票。」

於是六名利害關係人立刻寫下這次打賭的內容並簽名。費雷斯·佛格表現得很冷靜。他當然不是為了贏錢而打賭，而他之所以拿兩萬英鎊——他的一半家產——做賭注，只是因為他預計必須留下另外一半，才能完成這項雖非不可能卻也是艱難萬分的計畫。至於其他人則顯得十分激動，倒不是為了賭金的多寡，而是對於自己在這樣的情況下放手一搏感到有些忐忑。

此時七點的鐘聲響了。大夥提議暫停牌局，好讓佛格先生作出發前的準備。

「我隨時都可以出發！」佛格先生若無其事地回答，並一邊發牌：「王牌是方塊。該你出牌了，史都華先生。」

1872年，一些旅遊文章上刊登的廣告。隨著搭火車或輪船旅行日漸普及，行李箱的設計也愈來愈專業，有雙層式、公事包式及附罩式。

4
費雷斯‧佛格將僕人萬能嚇呆了

七點二十五分，費雷斯‧佛格玩牌贏了二十多個基尼之後 (註：英國舊日金幣，一基尼相當於二十一先令)，便向會友們告辭，離開了俱樂部。七點五十分，他打開住處的大門進入屋內。

認真地研究過工作時間表的萬能，見到佛格先生竟然不守時，在這個不尋常的時刻回來，感到相當訝異。

根據工作清單所寫，沙維爾街宅子的主人應該半夜十二點整才會回家。

費雷斯‧佛格先回到樓上的臥室，然後才召喚道：

「萬能！」

萬能沒有回答。主人不能在這個時候召喚他。時間不對。

「萬能！」佛格先生又叫了一次，但並未提高聲量。

萬能出現了。

「我已經叫你兩次了。」佛格先生說。

「可是現在還不到午夜。」萬能手裡拿著錶，應道。

「我知道，」費雷斯‧佛格又說：「我不怪你。十分鐘後我們就出發前往多佛和加來。」

這個法國僕人的臉上露出一種古怪的表情。他一定是聽錯了。

「主人要出遠門？」他問道。

由知名出版社布雷蕭(Bradshaw)出版的圖版，描繪1872年左右，歐洲鐵路路線圖與建構圖。1825年，首條旅客幹線是從英國的斯托克頓(Stockton)到大令頓(Darlington)。在法國，則是於1832年由聖德田(St-Etienne)到里昂(Lyon)，但是直到1842年才發展完成。

❝ 沒有行李箱。只要一只旅行袋就夠了。❞

27

1872年，布雷蕭出版社所刊行的火車時刻表與指南。佛格就是隨身攜帶這本指南。

英文 "Cab" 是從法文 "Cabriolet" 縮寫而來。這是一種兩輪的交通工具，由單匹馬牽曳，而馬車夫則高高坐在前面。

❝費雷斯·佛格和僕人鑽進一輛出租馬後，便飛快奔往東南鐵路線的終點之一，查令十字路車站。❞

「是的。」費雷斯·佛格回答：「我們要環遊世界。」

萬能眼睛圓瞪、眼皮和眉毛挑得老高、手臂下垂、身體鬆弛無力，完全一副驚嚇過度的神情。

「環遊世界！」他低聲說。

「八十天。」佛格先生答道：「所以我們一刻也不能耽擱。」

「可是行李箱呢？…」萬能說，頭還不自覺地左右搖晃。

「沒有行李箱。只要一只旅行袋就夠了。裡面裝兩件羊毛襯衫、三雙襪子。你也一樣。其他的沿路上再買。你去把我的雨衣和旅行毛毯拿下來，準備幾雙耐穿的鞋子。不過，我們幾乎不用走路。去吧。」

萬能想要應聲，卻說不出話來。他走出佛格先生的臥房，回到自己的房間，跌坐在椅子上，用有點粗俗的家鄉話喃喃自語：

「好，這傢伙夠狠！我還想平靜過日子呢！…」

他不由自主地還是作了出發的準備。八十天之內環遊世界！他該不會是瘋了吧？不…這是個玩笑？要去多佛，可以。去加來，也行。反正這個年輕人已經五年沒有踏上自己家鄉的土地，回去一趟他當然樂意。說不定還會到巴黎去，能再見到首都，他一定更高興。不過，像佛格先生這麼一個吝惜腳步的人，想必會到此為止…大概會吧，只不過這位先生到目前為止一直深居簡出，如今竟要出門，而且還是出遠門！

八點，萬能已經準備好簡單的行李袋，裡面裝了他和主人的所有衣物；接著，他抱著依然不安的心緒走出房間，小心地關上了門，然後下樓與佛格先生會合。

佛格先生已經準備妥當。他腋下夾著布雷蕭的「歐陸火車、蒸汽運輸與一般資訊指南」，這份指南應該便足以提供旅途上所需的一切訊息。他從萬能手中接過袋子，打開袋口，塞進厚厚一疊各國通用、白花花的鈔票。

「沒有忘了什麼吧？」他問道。

「沒有，主人。」

「我的雨衣和毛毯呢？」

「在這裡。」

「很好，拿著袋子吧。」

佛格先生又將袋子遞給萬能。

「要看好。」他接著說：「裡頭有兩萬英鎊。」

萬能差點沒拿穩，就好像這兩萬英鎊全都是金子，太沈了。

主僕二人於是走下樓去，接著面街

倫敦最重要的查令十字路車站的大廳，於1864年啓用。

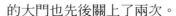

66 有個可憐的女乞丐手裡抱著一個孩子，赤腳走在泥濘中… 99

的大門也先後關上了兩次。

沙維爾街盡頭有一個出租車站。費雷斯‧佛格和僕人鑽進一輛出租馬車後，便飛快奔往東南鐵路線的終點之一，查令十字路車站。

馬車在八點二十分抵達車站門口。萬能跳下馬車。主人也跟著下車並付了車資。

此時，有個可憐的女乞丐手裡抱著一個孩子，赤腳走在泥濘中，頭上那頂破爛的帽子垂掛著一根稀疏的羽毛，襤褸的衣裳外頭則罩著一條破破的披肩。她朝著佛格先生走來，求他施捨。

佛格先生從口袋裡掏出他玩牌贏來的二十基尼，遞給了女乞丐：

「拿去吧，好婦人。幸好讓我遇見了你。」

說完便走了。

萬能覺得眼眶略微溼潤。主人的這一步跨進他心坎裡去了。

佛格先生和他馬上走進車站大廳。佛格吩咐萬能去買兩張往巴黎的頭等車廂的票。接著一轉身，他便看見俱樂部的那五位會友。

「各位，我要走了。」他說：「我的護照上會留下各國的簽證，回來以後你們便可以核對我的行程。」

「噢！佛格先生，不用了。」戈提耶‧瑞爾夫禮貌地回答道：「你是紳士，我們相信你的人格！」

「這樣最好。」佛格先生說。

「你沒有忘記什麼時候得回來吧？」史都華提醒道。

「八十天後。」佛格先生回答道：「一八七二年十二月二十一日星期六，晚上八點四十五分。再見了，各位。」

八點四十分，費雷斯‧佛格和僕人在同一個車廂坐定。八點四十五分，一聲鳴

笛，火車啓動了。

夜色漆黑，天空下著毛毛細雨。費雷斯·佛格斜靠在角落裡，靜默不語。萬能依然驚魂未定，不知不覺中將裝滿鈔票的袋子抱得更緊了。

可是火車尚未過席登罕，便聽到萬能大喊了一聲，聲音中充滿絕望！

「你怎麼了？」佛格先生問道。

「是…我匆匆忙忙…又心神不定…就忘了…」

「什麼？」

「忘了關我房間裡的煤氣燈了！」

「那麼小夥子，」佛格先生淡淡地回答道：「要是燒起來得由你來賠！」

66「您沒有忘記什麼時候得回來吧？」…
「八十天以後。」…99

31

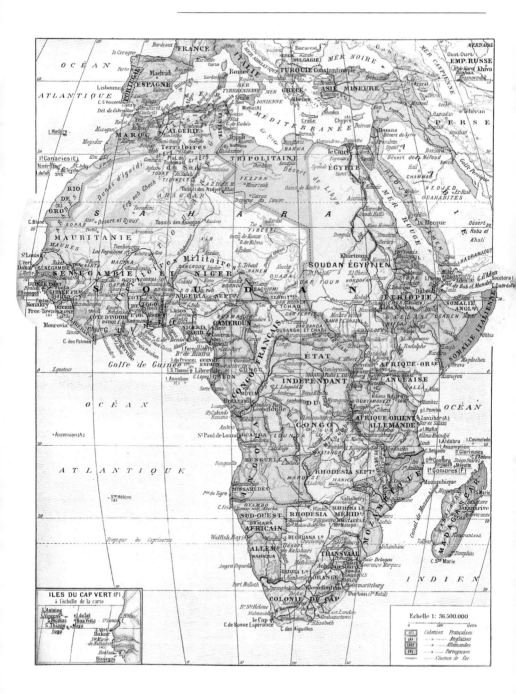

32

❝「蒙古」號借道蘇伊士運河，定期往返於布林底希與孟買之間。❞

5

倫敦證券市場上出現了
一支新的有價證券

　　費雷斯・佛格大概沒有想到自己啟程後會造成如此大的轟動。打賭的消息首先在革新俱樂部裡傳了開來，並且在這些上流社會人士之間引發莫大的迴響。後來這股激昂的情緒經由記者傳到了報社，再由報紙傳給了倫敦與全英國的民眾。

　　環遊世界這個話題受到極其熱烈的評論、探討與分析，儼然另一個阿拉巴馬事件似的。有人支持佛格，也有人表態反對他，而且後者很快便成了多數。他們認為以目前使用的交通工具，想在這麼短的時間內環遊世界一周，不但不可能甚至荒謬至極！頂多也只能紙上談兵罷了。

《時代報》、《基準報》、《夜星報》、《記事早報》與其他二十多家大報都不看好，只有《每日電訊》略表支持。大家不僅將佛格視爲怪人、瘋子，甚至同聲譴責俱樂部的會友竟提出這樣的賭注，簡直是喪失心智。

這時出現了許多相關的文章，內容慷慨激昂

CONTINENTAL RAILWAY,
STEAM TRANSIT, AND GENERAL
GUIDE,

卻也條理分明。英國人對地理方面的議題向來極感興趣，因此無論是哪個階級的讀者無不興致勃勃地讀著有關費雷斯·佛格的報導。

最初，有一些大膽的人——大多都是婦女——支持他，尤其當《倫敦新聞畫報》刊出由俱樂部得來的一張他的相片之後，情況更是明顯。甚至有人還說：「是呀，那有什麼？奇怪的事才多著呢！」他們主要都是《每日電訊》的讀者。不久，該報本身的立場似乎也開始動搖了。

十月七日當天，皇家地理協會的公報中刊登了一篇長文，從各個角度探討這個問題，並直指整件事荒唐至極。根據該文指出，人爲的障礙、自然的障礙，一切都對旅行者不利。若想完成這個計畫，出發與抵達的時間必須銜接得分秒不差，而如此神奇的情況卻並不存在，也不可能存在。嚴格說來，在歐洲距離不算太長，也許火車還能準時進站；可是當你得花三天穿越印度，七天穿越美國時，難道你還敢奢望車班全然不誤點而讓你達成目標嗎？而機器故障、火車出軌、撞車、天候惡劣、積雪等等因素，不都是費雷斯·

佛格的阻撓嗎？冬天在郵輪上，不也會遭遇強風或霧嗎？至於越洋路線，就算最好的輪船也時有遲到兩三天的情形。然而，只要有一次誤點——一次就夠——那麼整個交通的環節便斷了，而且是無可彌補。假如費雷斯·佛格錯過某班郵輪，即使只有幾小時的誤差，他便不得不等候下一班，而他的行程也勢必因此受到嚴重影響。

這篇文章引發紛紛議論。幾乎所有的報紙都引述了該文的內容，因而導致佛格的聲望慘跌。

佛格出發不久，他此行的運氣便已關乎不少人的身家財產。大家都知道英國好打賭的人比一般賭徒更聰明、更高尚。打賭是英國人的天性。因此不僅革新俱樂部的會員對佛格能否成功投入了大筆賭注，就連一般大眾也加入他們的行列。費雷斯·佛格就像一匹賽馬似的，被登入了某種血統記錄冊當中。甚至有人發行了一支有價證券，並立刻有人以票面價值甚至溢價買賣這支「費雷斯·佛格」證券，金額十分可觀。可是他出發後第五天，也就是皇家地理協會公報的這篇文章發表後，買氣開始下降。「費雷斯·佛格」的價位跌了。大家開始一紮一紮地賣。最先一紮五張，接著是十張，後來竟到了二十張、五十張，甚至一百張！

最後只剩下唯一一個支持者：身體殘障的亞柏瑪老爵士。這位只能呆坐在椅子上動彈不得的老紳士，一直有著環遊世界的夢想，即使必須耗盡財產、花上十年的時間也在所不惜！他以五千英鎊打賭佛格會成功。當別人指責這項計畫既愚蠢又沒有意義時，他也只是回答：「要是這個計畫真能實現，讓英國人創個記錄也很好呀！」

然而，佛格的支持者確實越來越少了，每個人都不看好他，原來一張證券的價格如今竟能買到一百五十張、兩百張。在他出發後的第七天，

凡爾納的小說通常是長篇小說，並且分冊發行。目前還存有一些首版書，這裡是1890年首版書的廣告單。埃澤爾公司出的第一版書是豪華菊八開版，以其紅色、金色與多色裝飾的珍貴紙板精裝而聞名。

發生了一件出乎意外的事，從此這支證券便再也沒有人買了。

就在當天晚上九點，倫敦市警局局長收到了一封電報，內容如下：

蘇伊士致倫敦

倫敦警察廳，市警局局長羅文：

盯上了銀行搶匪費雷斯·佛格。速寄逮捕令至（英屬印度）孟買。

警探菲克斯

這封電報立刻產生了效應。地位崇高的紳士一變而成銀行盜匪。他和其他會員一同放在俱樂部的那張相片，經過警方仔細查證，發現每個細節特徵都與警方所獲得的盜匪資訊相符。大家於是想起了費雷斯・佛格神祕的生活、他的孤僻、他的匆促啟程，看來這個人顯然是利用一個荒謬的賭注，以環遊世界作為藉口，實際上他只不過是想擺脫英國警方罷了。

66 在歐洲距離不算太長，也許火車還能準時進站。 99

37

法國外交官德雷賽普
(Ferdinand de Lesseps,
1805-1894)，是埃及世
襲親王帕卡（Saïd
Pacha)的朋友。帕卡繼
承王位以後，德雷賽普
再繼續穿越蘇伊士地峽
的計畫，取得經營合
約，創辦蘇伊士運河公
司，並且完成這項工
程，於1869年8月17日
通航。下圖是他被畫成
正準備敲下第一鎬。

6

菲克斯警探理所當然
顯得不耐

　　那封關於費雷斯・佛格的電報，就是在以下的情況之下發出的。

　　十月九日星期三上午十一點，一群人在蘇伊士等著半島與東方公司的「蒙古」號郵輪進港。這艘鐵製的螺旋槳與輕甲板輪船，噸位達兩千八百噸，並號稱擁有五百馬力。「蒙古」號借道蘇伊士運河，定期往返於布林底希與孟買之間。這是這家船公司速度最快的輪船之一，行駛於布林底希與蘇伊士之間的時速總在十英里以上，蘇伊士與孟買之間也總在九點五英里以上。

　　在等待「蒙古」號到來之際，有兩個男人在碼頭上信步走著，四周則擠滿了當地人與湧進這座城市的外國人。這裡本來只是個小鎮，後來由於德雷賽普先生的偉大工程而有了燦爛的未來。

　　那兩人其中一人是英國派駐蘇伊士的領事，儘管大英政府與工程師史蒂芬生都做出了不祥的預言，他卻還是每天看著英國船隻通過這道運河，這條路徑比以前從英國經好望角到印度的路程足足縮短了一半。

　　另一人身材矮小，樣貌十分精明，神情顯得急躁，兩隻眉毛鎖得緊緊的。他

那長長的睫毛底下閃爍著熾烈的目光，但他卻刻意不斷眨眼以減弱光芒。此時的他表現出很不耐煩的神態，走來走去定不下來。

此人名叫菲克斯，是英國警方在英格蘭銀行失竊後派往各港口的警探之一。這位菲克斯必須嚴密監視取道蘇伊士的所有旅客，一旦發現有可疑人物便立刻跟蹤直到收到逮捕令為止。

德雷賽普的計畫引起英國的敵意，因為英國正打算全面控制印度航線。在英國施壓下，帕卡的繼任者拒絕雇用埃及工人。

就在兩天前，菲克斯已經得知嫌犯——也就是出現在付款廳裡那位穿著高雅的高貴人士——的形貌特徵。

那筆為數可觀的破案獎金對菲克斯警探顯然極具誘惑力，所以他才會迫不及待地等著「蒙古」號進港。

「領事，你說這艘船不會遲到嗎？」他已經問了十次了。

「不會的，菲克斯先生。」領事回答：「船在昨天已經到達塞德港外海，而運河這短短的一百六十公里對這樣一艘輪船並不算什麼。我再強調一次，『蒙古』號經常在預定時間之前抵達，因此多次贏得政府所提供二十五英鎊的效率獎金。」

蘇伊士運河最後由在法國、義大利，以及巴爾幹半島招募來的15000名工人鑿通。工程自1859年開始，直到1869年才完工。

「這艘船直接從布林底希來嗎？」菲克斯問。

「是的，在布林底希裝上郵件之後，禮拜六下午五點出發。所以呢，再耐心等等，船就快到了。不過就算你要找的人在船上，我實在不知道

39

「聖納薩伊城」號剖面圖，可以看到有許多層甲板，以及三個運作中的鍋爐。1870年左右，這艘船固定航行於紐約與法國勒哈佛港(Le Havre)之間。

你怎麼憑著公文的特徵描述認出他來。」

「領事，」菲克斯回答：「這種人我們不是用認的，而是用感覺的。我們必須有靈敏的直覺，而這種直覺就像是結合了聽覺、視覺與嗅覺的第六感。我這輩子已經抓過不少這類的紳士，我告訴你，只要竊賊在船上就絕逃不過我的手掌心。」

「但願如此，因為這畢竟是一樁大竊案。」

「是超級竊案。」菲克斯激動地回答：「五萬五千英鎊呢！這種橫財可不常見！現在的小偷都變賤了！像雪柏家族那種人越來越罕見！現在的人常常只為了幾先令就被吊死！」

「菲克斯先生，」領事答道：「聽你說得這麼肯定，我也誠心希望你能成功。不過我還是想再說一遍，照目前的情況看來，破案恐怕並不容易。你瞧瞧這個竊賊的形貌特徵，根本不像壞人。」

「領事，」菲克斯斷然說道：「厲害的竊賊從來都不像壞人。其實那些長得一副無賴相的人，

位於地中海與瑪薩拉湖(Menzalah)之間的塞德港建於1859年。此港靠運河上密集的商業運輸而繁榮。船舶能直達西蒙·阿茲特(Simon Arzt)市集。

除了安分守己並無其他選擇，否則很快就會被抓了。老實模樣的人才真正需要特別留意。我承認的確不簡單，這已經不只是職業而已，而是一種藝術了。」

看來這位菲克斯似乎有那麼一點點自戀。

然而，碼頭上漸漸熱鬧起來了，各國水手、商人、掮客、腳伕、工人紛紛湧進，輪船顯然就快要入港了。

天氣十分晴朗，但由於吹著東風而有些涼意。突出於城市上空的幾座清真寺尖塔，映著淡

上圖：「香檳」號的縱剖面圖。中圖：側剖面圖。下圖：正上方視圖。

淡的日光。南邊有一道延伸兩公里長的堤岸，彷彿蘇伊士停泊港的一隻手臂。紅海的海面上有一些漁船與沿海作業船隻行駛著，其中幾艘還保留了古代戰船的優雅樣式。

這艘郵輪是最早一批舒適便捷的郵輪之一：能在船艙中使用自來水。船長155公尺，能搭載1200名乘客。

菲克斯一面穿梭在人群中，一面習慣性地以快速而銳利的目光打量過往的人。

這時已經十點半。

「船不會來了！」他聽到港口鐘聲響起，大喊道。

「應該就在附近了。」領事應道。

「船會在蘇伊士停靠多久？」菲克斯問道。

「四個小時。以便將煤炭裝船。從蘇伊士到紅海另一端的亞丁，行程有一千三百一十英里，所以必須儲備燃料。」

「這艘船就直接從蘇伊士開往孟買嗎？」菲克

41

不久，「蒙古」號巨大的船身出現在眼前，從運河的兩岸間通過。

斯問。

「是的，一路直達。」

「那好，」菲克斯說：「要是竊賊走這條路、搭這艘船，他一定打算在蘇伊士下船，再由其他路徑前往荷蘭或法國在亞洲的屬地。因爲他知道印度是英國的領土，在那裡並不安全。」

「除非他是個很機靈的人。」領事回答道：「你也知道，對英國罪犯而言，倫敦比國外更容易躲藏。」

聽完這番話菲克斯陷入了沈思，而領事則回到距離不遠的辦公室。單獨留下來的菲克斯愈發感到急躁不耐，他有預感嫌犯就在「蒙古」號上，而事實上，假如這狡猾的傢伙打算前往新大

陸，那麼他一定會走經由印度的這條路線，因為這裡不像大西洋路線的戒備那麼嚴密，事實上也難以嚴密戒備。

　　菲克斯尚未沈思太久，便聽到輪船進港的尖銳汽笛聲。所有的腳伕與工人全衝上碼頭，一時間喧囂紛擾到了極點。

　　十幾艘小船駛離了河岸，前去迎接「蒙古」號。

　　不久，「蒙古」號巨大的船身出現在眼前，從運河的兩岸間通過，當輪船下碇，蒸汽從排氣管噴射出來發出巨大聲響時，十一點的鐘聲正好響起。

　　船上的乘客極多。有幾個人留在甲板上，瀏覽四周美麗的都市風光；不過大多數人則都登上了小船準備靠岸。

為了完成蘇伊士運河，需要當時最現代的技術，工程費並比當初預估的高出三倍，將負責修建的公司逼臨破產邊緣。

　　菲克斯審慎地凝視每一個上岸的人。

　　這時候，有一個人使勁推開那些為了提供服務而糾纏不休的苦力，向他走來，並禮數周到地問他英國領事的辦公室在哪裡。這名旅客問的同時，還拿出一本護照，大概是想在裡頭蓋上英國的簽證章吧。

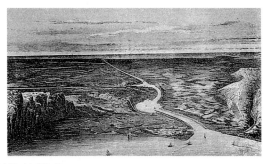

　　菲克斯本能地接過護照，很快地瞄了一眼持有者的體貌特徵。

　　他幾乎不由自主地流露出激動情緒。拿在手上的紙不停顫抖著。護照內所寫的特徵和他從局長那裡得來的描述一模一樣。

「這護照不是你的？」他問旅客。

「不是，」旅客回答道：「這是我主人的護照。」

「你的主人呢？」

「他還留在船上。」

「可是他必須親自到領事辦公室以便確定身分。」菲克斯又說。

「什麼！需要這樣嗎？」

「絕對需要。」

「辦公室在哪裡呢？」

「就在那個廣場的角落裡。」菲克斯指著大約兩百步之遙的一棟房子。

「那麼我去找主人，這麼麻煩，他一定會不高興的！」

旅客說完向菲克斯行個禮，便又回輪船上去了。

7

再次證明護照對警方
毫無用處

　　菲克斯走下碼頭，快步前往領事的辦公室。緊急求見之後，領事立刻請他進入。

　　「領事，」他開門見山地說：「我有充分的理由推斷我們要找的人就在『蒙古』號上。」

　　接著菲克斯便將那位僕人與護照的事說了一遍。

　　「菲克斯先生，」領事回答：「我倒是不在意瞧瞧這個壞蛋的模樣。不過如果真如你所推測，他可能就不會到我辦公室來了。竊賊向來不喜歡留下任何軌跡，何況現在並不強制簽證。」

　　「領事，」菲克斯回答：「如果他像我們所想得那麼機靈，他就會來！」

　　「來這裡蓋簽證章？」

　　「是的。護照從來都只會為善良百姓製造困擾，卻讓壞蛋更容易脫逃。我保證這本護照一定沒有問題，但我希望你不要發給簽證…」

　　「為什麼？如果護照合乎規定，我無權拒發簽證。」領事說。

　　「不過，領事，在接到倫敦的逮捕令之前，我必須將這個人扣住。」

　　「這個嘛，可就是你的問題了，菲克斯先生。但我卻不能…」

　　領事的話還沒說完，便有人敲門，隨後辦公室的工友領著兩位陌生人走了進來，其中一位正是方才與警探交談的僕人。

　　正是他們主僕二人。那位主人拿出護照，以

簡潔的語句請求領事爲他蓋章。

　　領事接過護照仔細地翻閱著，而菲克斯則站在辦公室一角，打量——不，應該說是虎視眈眈地注視——著此人。

　　領事看完之後，說道：「您是費雷斯・佛格先生？」

　　「是的。」紳士回答道。
　　「這個人是您的僕人？」
　　「是的。他是法國人，名叫萬能。」
　　「您從倫敦來？」
　　「是的。」

「您要前往⋯？」

「孟買。」

「好的。其實現在簽證已經沒有用處，我們也不要求旅客出示護照了，您知道嗎？」

「我知道。」佛格回答：「不過我想利用簽證證明我來過蘇伊士。」

「好吧。」

領事在護照上簽名、寫上日期之後，便蓋了章。佛格繳交簽證費之後，冷冷地行個禮，便和身後的僕人一塊離開了。

「怎麼樣？」警探問道。

「這麼嘛，」領事回答：「他一點也不像個歹徒！」

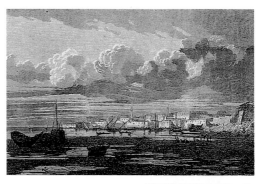

塞德港的不同風貌，它是因興建蘇伊士運河而建立。蘇伊士(上圖)是個位於運河紅海出口的古老城市。運河的交通量使早已衰竭的經濟重新起飛，並且還增添了衛星港：位於西奈半島的托飛格港(下圖)，兩個港相距3.5公里。

「也許吧，」菲克斯說：「不過這不是重點。領事，你有沒有發現這位沈著冷靜的紳士的特徵，和我所要找的竊賊一模一樣？」

「的確，但你也知道，這所有的特徵⋯」

「我會弄清楚的。」菲克斯回答道：「我覺得那個僕人要比主人好捉摸一些。何況他是法國人，想必藏不住話。待會見了，領事。」

話才說完，菲克斯便立刻找萬能去了。

至於佛格先生在離開領事館後，便往碼頭走去。他先吩咐僕人幾件事，然後隨即登上一艘小船，回到「蒙古」號的艙房中。接著他拿出筆記本，上面記著：

10月2日星期三，晚上8點45分，離開倫敦；10月3日星期四，早上7點20分，抵達巴黎；星期四，早上8點40分，離開巴黎；10月4日星期五，早上6點35分，經由瑟尼峰抵達杜林；星期五，早上7點20分，離開杜林；10月5日星期六，下午4點，抵達布林底希；星期六，下午5點，登上「蒙古」號；10月9日星期三，上午11點，抵達蘇伊士；總共費時：158.5小時，即：6.5天。

佛格先生在一張畫格的行程表上填入了這些日期，表格中除了標示著從十月二日至十二月二十一日的月、日、星期之外，還要記錄巴黎、布林底希、蘇伊士、孟買、加爾各答、新加坡、香港、橫濱、舊金山、紐約、利物浦、倫敦等幾個重要港口，預定以及實際抵達的時間，進而計算出行程中每一處所節省或浪費的時間。

這份有系統的行程表涵蓋了一切，如此一來，佛格先生便能隨時知道自己是提前還是延遲了。

十月九日星期三這天，由於船班按時抵達蘇伊士，因此時間上既無收穫也無損失。

接著他便在艙房裡用餐。至於參觀遊覽，他想也沒想過，因為他也和部分英國人一樣，只透過僕人的眼睛遊歷各國。

8
萬能或許多說了些
不該說的話

菲克斯很快就在碼頭上找到了萬能，只見他到處蹓躂、四下張望，彷彿不相信自己真的什麼也無法參觀。

「喂，老兄，」菲克斯走上前去說道：「你的護照辦好簽證了嗎？」

「原來是你。」萬能回答道：「真是感謝，一切都沒有問題。」

「你在到處參觀嗎？」

「是呀，不過我們走得太匆忙了，簡直像在做夢一樣。我們就這麼來到蘇伊士了，是嗎？」

「是蘇伊士沒錯。」

「在埃及？」

「正是埃及。」

「在非洲？」

「在非洲。」

「非洲！」萬能又重複了一遍：「太不可思議了。先生，你知道嗎？我本來以為最遠也只到巴黎而已，沒想到我再次見到那座名都，卻只是上午七點二十分到八點四

穿越運河的計畫始終未停止。埃及法老王早在公元前1800年，以水道將地中海和紅海連接起來。

埃及城市伊薩瑪依利亞(Isamailia)，位於蘇伊士地峽的中心點，同時也緊臨運河與堤沙湖(Timsah)，也是蘇伊士運河公司的行政中心。下圖是船運公司在伊薩瑪依利亞的船塢。

十分之間的事，而且還是透過馬車的車窗和濃密的雨幕，所看見北站與里昂車站之間的景致。太可惜了！我真想再去看看拉榭茲神父墓園和香榭大道上的雜技場！」

「這麼說你們很趕時間囉？」菲克斯警探問道。

「我不趕，是主人的緣故。對了，我還得去買襪子和襯衫呢！我們連行李箱都沒有，只帶了一只旅行袋。」

「我可以送你到一個市場去，那裡什麼都有。」

「先生，你人真是太好了！…」萬能回答。

於是兩人便一起上路了。萬能又繼續說：

「我可得小心點，別誤了船班！」

「時間還多著，」菲克斯說道：「現在只不過中午而已！」

萬能掏出大錶，說道：「中午，不會吧！現在才九點五十二分呀！」

「你的錶慢了。」菲克斯說。

「我的錶慢了？這可是我曾祖父留下來的傳家之寶！每年誤差不超過五分鐘。絕對像計時器一樣精準！」

「我明白了。」菲克斯回答：「你那是倫敦的時間，倫敦比蘇伊士晚了大約兩個小時。你每到一個國家就應該在中午的時候把錶調整一下。」

「調我的錶！辦不到！」萬能大喊。

「那麼錶的時間就會跟太陽不一致。」

「不一致就不一致吧，這是太陽的問題！」

萬能說著，以一種驕傲的姿態將錶放回小口袋內。

過了一會，菲克斯對他說：

「這麼說你們是很倉卒地離開倫敦的囉？」

「應該是吧！上個星期三晚上八點，佛格先生

50

突然一反常態地從俱樂部回來，四十五分鐘過後我們就出發了。」

「你的主人想上哪兒去呢？」

「不斷往前走！他要環遊世界！」

「環遊世界？」菲克斯喊道。

「是呀，而且是在八十天內！他說他和人打賭，不過老實告訴你我根本不相信。這實在違反常理。一定有其他原因。」

「這個佛格先生是個怪人吧？」

「我想也是。」

「那麼他很有錢了？」

「顯然是的，他隨身帶了一大筆錢，還是全新的鈔票呢！而且他沿路花錢花得又兇！對了！他甚至向『蒙古』號的機師承諾，只要我們提早抵達孟買，就給他豐厚的獎金！」

「你和主人認識很久了嗎？」

「我呀！」萬能回答：「我成為他的僕人那天剛好就是我們出發的日子。」

> **"** 「我明白了。」菲克斯回答：「你那是倫敦的時間，倫敦比蘇伊士晚了大約兩個小時。你每到一個國家就應該在中午的時候把錶調整一下。」**"**

51

菲克斯警探原本已經十分激動，而這番話會對他產生何等的影響更是可想而知。

　　竊案發生不久，他便帶著一大筆錢匆匆忙忙離開倫敦，並急著前往遙遠的國度，還以某種古怪的賭作為藉口，這一切都使菲克斯更加確信自己的想法沒有錯。他誘使萬能繼續說下去，並從中證明了他對主人一無所悉，只知道主人獨居在倫敦，據說十分富有卻不知錢財的來源，是個難以捉摸的人…等等。不過，菲克斯也同時確定了佛格並不在蘇伊士下船，他的確打算到孟買去。

普蘭牌長條巧克力的商標紙，小孩經常將它貼在相本上。上圖是描繪萬能與菲克斯在等待開船前往孟買前的談話。

　　「孟買很遠嗎？」萬能問道。

　　「不算近。」菲克斯回答：「還得航行十多天。」

　　「孟買到底在哪裡呢？」

　　「在印度。」

　　「在亞洲？」

　　「當然了。」

　　「該死！我告訴你…有件事讓我很煩…那就是我的燈！」

　　「什麼燈？」

　　「我房裡忘了關掉的煤氣燈，現在燒起來了得由我賠。可是我算過了，我每二十四個小時要賠兩先令，比我賺得還要多出六便士，你想想要是旅行的時間越長…」

　　菲克斯聽懂了煤氣燈的事嗎？不太可能。因為他已經不再認真聽，心裡也拿定了主意。他和萬能到達市場。菲克斯讓同伴自己去買東西，並提醒他別誤了「蒙古」號啟程的時間，然後便立刻火速趕回領事的辦公室。

　　如今由於證據確鑿，菲克斯又恢復了冷靜的態度。

　　「事情已經毫無疑問。」他對領事說：「我找到我要的人了。他假裝成一個要在八十天內環遊

世界的怪人。」

「眞是狡猾，」領事回答道：「他打算在擺脫兩大洲所有的警察之後再回到倫敦！」

「等著瞧吧。」菲克斯說。

「不過你該不會弄錯了吧？」領事又問了一次。

「錯不了。」

「那麼這名竊賊爲什麼堅持要在過境蘇伊士時簽證呢？」

「爲什麼？…這我也不知道，不過你聽我說。」菲克斯回答道。

接著他簡單地說出了他與那位佛格的僕人交談當中的一些重點。

「的確，」領事說：「所有的跡象都對這個人很不利。你打算怎麼辦？」

「打電報回倫敦請局長立刻發出孟買的逮捕令，然後登上『蒙古』號，跟蹤竊賊到印度，一到了那塊英國的領地，我就能一手拿著逮捕令、一手按在他的肩頭，從容不迫地逮住他了。」

菲克斯鎮定地說完這些話之後，便向領事告辭打電報去了。先前那封電報，正是他到電報局之後發給局長的。

十五分鐘後，菲克斯登上了「蒙古」號，他行李雖然輕便卻準備了不少錢。不久這艘快速輪船便以最快的速度駛進了紅海。

1869年11月17日，尤琴妮(Eugénie)女皇在皇家遊艇「老鷹」號上，舉行蘇伊士運河開通典禮，她在日記上寫道：「對我而言，最動人的一刻，是『老鷹』號能帶領船隊穿越通往遠東的新航道。但更令人驚訝的是，成群結隊的阿拉伯遊牧民族貝都因人，橫越140公里的沙漠來到河岸，還攜帶著東方式的大帳篷。」此畫是里烏(Edouard Riou)的水彩畫。

9

紅海與印度洋的海況
都對費雷斯·佛格的計畫
十分有利

　　蘇伊士距離亞丁足足一千三百一十英里，而根據船公司的規定，船隻的航行時間有一百三十八小時。加足了馬力的「蒙古」號，卻似乎打算提前抵達。

　　在布林底希上船的旅客，大多都要前往印

度。有些人要到孟買，有些人到加爾各答，但也經由孟買，因為自從有了橫越印度半島的鐵路之後，旅客便不需要再繞道錫蘭了。

「蒙古」號的乘客當中，有各種公務員和各個階級的軍官。而軍官當中，有些屬於正統的英國軍隊，有些則負責指揮印度備兵，而且在英國政府入主東印度公司之後，薪資都極為優厚：少尉七千法郎，准將六萬，將軍十萬！(作者註：公務員的待遇更好。一般基層的助理有一萬兩千法郎，法官六萬，法院庭長二十五萬，總督三十萬，大總督則超過六十萬。)

除了這群公務員之外，還有一些帶著大把鈔票要到海外開設分行的英國年輕人，船公司所委派的事務長——權力就相當於船長——自然很注重排場，因此船上的生活舒適極了。不論是早餐、兩點的午餐、五點半的茶點或八點的晚餐，餐桌上總是堆滿了新鮮肉品與甜食。

有一些女乘客每天還要上兩次妝。船上也有音樂演奏，當海況平穩時甚至有人跳舞。

但紅海卻是變幻莫測，而且經常和其他狹長的海灣一樣巨浪滔天。當風從亞洲海岸或非洲海岸吹來，有如一根長長的紡錘的「蒙古」號，便顛簸得嚇人。這時候女士們全躲了起來，鋼琴聲不再，歌聲與舞蹈也都中止了。然而，不管風有

相互競爭的船公司為了招攬顧客，將遊輪裝飾得既豪華又舒適。上圖為「巴黎」號大扶梯的設計圖，下圖是德國遊輪「西希利亞公主」號的大廳，反應出搭乘豪華遊輪旅遊的上流社會的奢侈習性。

多強、浪有多猛，「蒙古」號依然在強勁馬達的推動下，毫不遲疑地馳向曼達布海峽。

這個時候，費雷斯·佛格在做什麼呢？大家一定以為他焦慮不安，既擔心風向轉變影響了船隻前進，又煩惱奔騰的巨浪損壞了機械，總之一切可能迫使輪船靠港維修而延誤行程的故障，都夠他煩心的了。

可是即使他心裡想著這些意外的情況，卻絲毫未曾表露出來。他還是那個無動於衷的人，也還是那個沈著鎮定的革新俱樂部會員，任何意外事故都驚動不了他。他就和船上的精密馬錶一樣處變不驚。他很少出現在甲板上。對紅海——這個在人類歷史之初便上演了無數重大事件的所在——也不屑一

1874年，一些英國工程師想像房間能依照萬向系統上升，如此就不用擔心橫向晃動，船艙能保持完全水平，乘客也能長時間保持舒適。

66 有如一根長長的紡錘的「蒙古」號顛簸得嚇人。99

顧。羅布在紅海岸邊、偶爾會在天際映出美麗剪影的諸多古城，他也無心辨識。而儘管史特拉波、阿利亞努斯、阿得米多魯斯、伊德里斯等古代歷史學家總是談紅海色變，也儘管昔日的航海家在冒險航行紅海之前，總會準備祭品祭天，佛格卻似乎對這個危機重重的阿拉伯海灣毫不在意。

那麼這位奇人困在「蒙古」號上都做些什麼呢？第一，他每天按時進食四餐，無論船身如何左搖右晃、前撲後顛，都無法打亂他的步調。其次，他玩惠斯特牌。

沒錯！他遇見了和他一樣入迷的牌友：一位是前往果亞就職的收稅員、一位是要返回孟買的戴西繆·史密斯牧師，還有一位是前往貝那拉斯

66 這三人和佛格一樣是惠斯特牌迷，他們可以不發一語地玩上好幾個小時。99

57

與軍隊會合的英國准將。這三人和佛格一樣是惠斯特牌迷，他們可以不發一語地玩上好幾個小時。

19世紀末阿拉伯半島的地圖。蘇伊士、紅海與亞丁(Aden)都有標示出來。英國當時控有亞丁、珀林島區(Perim)及庫里安木里安群島(Kourian-Mourian)，同時支配紅海與亞丁灣之間的曼達布海峽(Bab-el-Mandeb)，以及印度航線。法國則控制南葉門的瑟克沙伊(Cheik-Said)。

至於萬能也全然沒有暈船的困擾，並且總是按時在船首的艙房中用餐。很顯然地，這樣的旅行並不令他反感，吃得好、睡得好，又能到處參觀，只不過他還是堅信這趟奇幻之旅到孟買便將告終。

從蘇伊士啓程的翌日，亦即十月十日，他在甲板上遇見了當初在埃及的碼頭上與他交談且態度殷切的那個人，令他感到十分高興。

「我如果沒有認錯的話，」他笑容可掬地走上前去說道：「你應該是在蘇伊士爲我做嚮導那位好心的先生吧？」

「是的。」菲克斯回答道：「我認得你！你是那位英國奇人的僕人…」

「正是，請問你貴姓？」

「菲克斯。」

「菲克斯先生，」萬能說道：「很高興又在船上遇見你。你要上哪去呢？」

「和你們一樣，到孟買。」

「太好了！你去過孟買嗎？」

「去過好幾次了。」菲克斯回答：「我是半島公司的專員。」

「這麼說你對印度很熟囉？」

「嗯…是呀…」菲克斯有點欲言又止。

「印度這個國家很奇怪嗎？」

「非常奇怪！那裡有清真寺、尖塔、廟宇、托缽僧、浮屠，有老虎、蛇，寺廟裡還有女舞者！但願你有充裕的時間可以到處參觀。」

一艘位在亞丁灣紅海口的郵輪。亞丁港是該海岸最繁忙的港口，因為它的位置是船舶定位停泊的地方。1839年，英國人便在此設港。

「但願如此。你也知道，一個正常人是不會以環遊世界八十天爲藉口，從輪船跳上火車，再從火車跳上輪船的！不可能。這串體能訓練一定只到孟買爲止，這點毋庸置疑。」

「佛格先生還好吧？」菲克斯以十分自然的口氣問道。

「很好。我也一樣。我胃口大得簡直像餓壞了的食人魔。都是因爲海風的關係。」

「我從來沒有在甲板上看見過你的主人。」

「是呀。他一點好奇心也沒有。」

「萬能先生，你知不知道這次所謂環遊世界八十天的行程背後，是否牽涉了什麼祕密任務…比方外交任務之類的！」

「說眞的，菲克斯先生，我毫不知情，但事實上，我也不會花半毛錢去打聽。」

自從這次偶遇之後，萬能和菲克斯便經常一塊談天。菲克斯一心只想和佛格先生的僕人拉上關係，將來也許能有幫助。因此他經常請萬能上「蒙古」號的酒吧喝幾杯威士忌或淡麥酒，而萬能

藉由手中的石磨，葉門工人正在磨碎咖啡豆。從文藝復興時代起，阿拉伯人便輸出葉門與衣索匹亞的咖啡給歐洲。

59

摩卡港(Moka)位於葉門紅海岸，在17與18世紀時以其咖啡品質聞名於世，「摩卡咖啡」是一含有豐富咖啡因的品種。1644年，法國國王路易十四的宮廷首次飲用咖啡。

也總是大方接受，偶爾還會回請以免欠下人情，但他心裡覺得這個菲克斯真是個好人。

船仍快速前進。十三號，已然見到摩卡傾圮的城牆，城牆上還冒出幾株青翠的椰棗樹。遠方的山上延展著大片的咖啡園。萬能愉快地遙望這個著名的城市，他甚至發現有了城牆圍繞，再加上一座拆除後形狀彷如手把的堡壘，這座城市簡直就像一個巨大的咖啡杯。

當天夜裡，「蒙古」號通過了曼達布海峽，這個名稱在阿拉伯文裡是「淚水之門」的意思。第二天，十四號，便停靠到亞丁港西北方的斯迪墨岬，準備補充燃料。

在距離煤礦產地如此遙遠的地方為輪船加添燃料，並非小事。半島公司每年就得為此花上八十萬英鎊。因為不僅要在各處港口設置倉庫，而且在這些偏遠的海域裡，煤礦價格也高達每噸八十法郎。

行程距離孟買還有一千六百五十英里，而在斯迪墨岬加煤的時間則需要四小時。

不過這段時間的耽擱對費雷斯‧佛格的計畫卻毫無影響，因為這原已在預料之中。而且「蒙

古」號抵達亞丁時並非十月十五日上午，而是在十四日晚間，如此一來又賺了十五個小時。

佛格想辦簽證，便與僕人一同上岸。菲克斯悄悄地尾隨在後。簽證手續辦妥，佛格立刻又回到船上繼續未完的牌局。

至於萬能則還是照例在人群中遊蕩，亞丁有兩萬五千名居民，人種混雜，其中包括索馬利亞人、印度商人、帕西人、猶太人、阿拉伯人與歐洲人。他欣賞著市區裡堅固的堡壘與巨大的蓄水池，有了這些堡壘亞丁方能成為印度洋上的直布羅陀，而英國技師至今依然繼續建造的水池，則是延續了兩千年前所羅門王手下的工程。

「真奇怪！真奇怪！」萬能回到船上時不禁暗想：「如果想看點新奇的事物，旅行倒是挺有用處的。」

晚上六點，「蒙古」號的螺旋槳開始拍打亞丁停泊港的水面，不久便駛進了印度洋。從亞丁

這幅1882年的版畫，描繪東方市集裡常見的景象：旅客被小販團團包圍。

❝「真奇怪！真奇怪！」萬能回到船上時不禁暗想：「如果想看新奇的事物，旅行倒是挺有用處的。」❞

這幅哈達瑪(Auguste Hadamar)所繪的版畫中,葉門貴族帶頭巾,穿脫鞋,配彎刀。葉門是由位於首都沙那(Sana)的伊曼(iman,回教國家元首的稱號)所掌控。伊曼必須依靠貴族封建制度的支持。

一個靠著墊子的抽水煙者:水煙是一種東方的煙斗。在吸入煙前,煙會經過裝有香料水的瓶子,並以一根長而具彈性的管子相連。

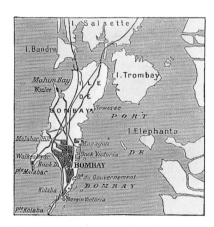

到孟買預計要花一百六十八個小時,而目前印度洋的海況也十分有利,由於一直吹著西北風,船帆便成了一大助力。

船身不再晃動得那麼厲害。女士們換上新妝後又重新出現在甲板上。乘客們也再度歡唱、起舞。

旅程進行得極為順利。萬能也十分慶幸能在無意間結識菲克斯這位親切友善的同伴。

十月二十日星期天近午時分,印度海岸已然在望。兩小時後,領港員登上了「蒙古」號。遠方天邊,山巒映現在藍幕上。不久,一排排遍佈孟買的棕櫚便清晰可見。輪船駛進由沙瑟特、科拉巴、愛利芬塔與布契等四個島嶼圍成的停泊場,到了四點半,便已停靠在孟買的碼頭邊了。

費雷斯‧佛格正巧即將結束當天的第三十三盤,而他和他的搭檔由於手法大膽,連贏了十三場,以一個漂亮的大滿貫為這趟行程劃下了美麗的句點。

「蒙古」號原本預定二十二日才會抵達孟買,不料竟在二十日就到了。因此,費雷斯‧佛格自倫敦出發後至此已節省了兩天的時間,他也慢條斯理地將這番收穫記入行程表之中。

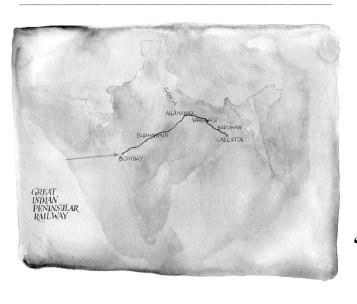

GREAT
INDIAN
PENINSULAR
RAILWAY

> 66 印度是一塊頭下腳上
> 的大三角形國土。 99

10
萬能為了只遺失一隻鞋而
慶幸不已

　　大家都知道印度這塊頭下腳上的大三角形國
土，面積有一百四十萬平方英里，居住其間的一
億八千萬人口分布並不平均。這塊遼闊土地有部
分地區，實際上都受大英政府統治，除了加爾各
答設大總督之外，並在馬德拉斯、孟買、孟加拉
設總督，在亞格拉設副總督。

　　但是嚴格說來，英屬印度的面積其實只有七
十萬平方英里，居民也只有一億到一億一千萬
人，因此可以說有大半國土仍不屬於女皇的管轄
範圍，而且內地有一些兇殘可怕的印度土王更是
完全獨立自主。

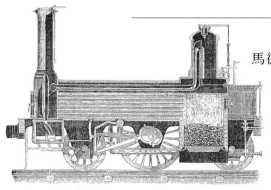

從一七五六年英國在現今馬德拉斯的城址上設立第一個據點開始，直到印度士兵發起大暴動那年為止，著名的東印度公司一直都擁有至高無上的權力。該公司一步步地吞併各省，向土王們購買土地卻幾乎從不付錢，此外還任命專屬的大總督和底下的文武官員。但如今東印度公司既已不存在，英國在印度的領地便直接歸屬於英國王室。

19世紀火車頭的剖面圖：蒸汽壓縮進鍋爐，接著由煙囱排出。下圖這種客普頓式火車頭在1849年問世。

於是半島上的景觀、風俗與人種也一天天改變了。從前，這裡的遊客採用各種古老的交通方式：走路、騎馬、搭馬車、人力車、轎子、由人背負或搭公共馬車等等。如今，印度河與恆河上有快速行駛的汽船，還有一條鐵路橫越整個印度，途中並有多條支線，因此從孟買到加爾

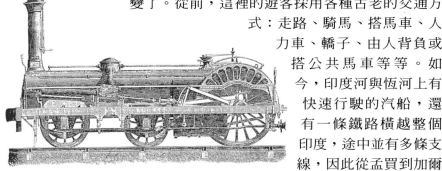

這類火車首先通行於巴黎與里耳(Lille)之間，時速高達100公里。當時只有頭等車廂(下圖)提供暖氣。

各答只需三天的時間。

但穿越印度的鐵路線並非一直線。雖然直線距離只有一千到一千一百英里，一般中速的列車卻無法在三天內抵達，因為鐵路線往北拉高到阿拉哈巴德那段至少增加了三分之一的距離。

大印度半島鐵路沿途主要的停靠站大致如下：從孟買島啟程後穿越沙瑟特，跨上塔那對面的大陸，通過西高止

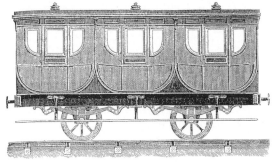

山，往東北直奔布罕浦，繞過近乎獨立的班達肯地區後，直達北部的阿拉哈巴德，然後向東曲折，在貝那拉斯與恆河短暫交會，接著再朝東南經由布德旺與法屬城市昌德納哥，便到達終點站加爾各答。

下午四點半，「蒙古」號的乘客在孟買下船，而往加爾各答的火車則訂於晚上八點整出發。

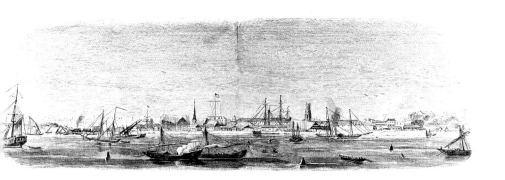

佛格先生於是向同伴們道別上岸，並吩咐僕人去買一些東西，還特別叮囑他要在八點以前到達車站，最後才踩著有如天文時鐘的鐘擺一般規律的腳步，往海關辦公室走去。

至於孟買的奇妙景致，無論是市政府、恢弘的圖書館、堡壘、船塢、棉花市場、市集，或是清真寺、猶太教堂、亞美尼亞人的教堂，以及馬拉巴山丘上以兩座多邊形塔樓裝飾的宏偉寺院，他一點也不想看。同樣地，他也不會去參觀愛利芬塔島的奇妙石雕與隱藏在停泊場東南方那片神祕的地下墳場，或是瀏覽沙瑟特島上坎赫里窟中那些令人歎為觀止的佛教建築遺跡！

不！他什麼也不看。走出海關之後，費雷斯·佛格從容地走向車站，然後在那裡進餐。飯

1850年左右的孟買港區泊船場，由葡萄牙人所建。孟買是繼馬德拉斯（Madras）之後，英國在印度佔據第二久的地區。

20世紀初，孟買是緊次於加爾各答的印度第二大港。

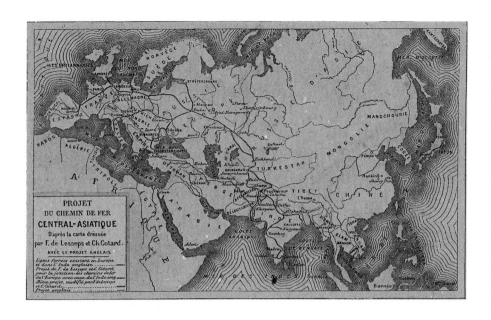

德雷賽普想像中的南亞鐵路計畫。此幹線穿過土耳其後，與俄羅斯的東部幹線銜接直達印度。

店老闆特別向他推薦了一道白酒燴兔肉，他說這是當地特產的兔子，美味極了。

佛格接受他的建議點了這道菜，並且很認真地品嚐，但儘管加了許多香料，他還是覺得難以下嚥。

他喚來了飯店老闆，盯著他說道：

「老闆，這是兔肉嗎？」

「是的，紳士爺，是野兔。」老闆厚著臉皮說。

「這隻兔子被殺的時候沒有喵喵叫嗎？」

「喵喵叫！哎喲，紳士爺啊，我發誓，這真的是兔子⋯」

「老闆，」佛格冷冷地回答：「不用發誓，但請你記住：從前在印度，貓可是被視為神聖的動物。那真是個美好的年代。」

「對貓來說嗎，紳士爺？」

「對旅客也一樣吧！」

說完之後，佛格又繼續靜靜地用餐。

依據書中所記載的1872年，孟買當時是經濟、工業與金融中心。

佛格離開後不久，菲克斯警探也隨著下船，直奔孟買市警局。他出示身分，並說明自己的任務與此刻面對竊盜嫌犯的情況。不知是否接獲了倫敦的逮捕令呢？…什麼也沒收到。事實上，逮捕令在佛格出發後才寄出，這時候還收不到。

　　菲克斯感到狼狽極了。他希望局長能下達拘捕佛格的命令，但局長拒絕了，因為只有倫敦警察局才有資格核發逮捕令。這種絲毫不踰矩、徹底守法的精神，的確是英國人的習性，只要涉及人身自由，他們絕不容許專斷獨行。

　　菲克斯不再堅持，他知道自己只能耐心等著逮捕令到來。不過他也決定，那個狡猾神祕的傢伙待在孟買的期間，一定不讓他離開自己的視線。他很肯定──就跟萬能一樣──佛格會住下來，所以還有時間等候逮捕令。

　　但自從聽到主人下船前的吩咐之後，萬能便了解到這回也和在蘇伊士和巴黎一樣，旅程不會就此終止，至少還會前進到加爾各答，甚至更遠的地方。他開始懷疑佛格先生打賭的事並非開玩笑，而他自己雖然想過平靜的生活，卻可能註定要在八十天內環遊世界一周！

歐洲旅客對於身穿紗麗、優雅的印度婦女讚嘆不已：她們用一塊長布料綁在肩上，裹住全身。

　　他買了襯衫和襪子後，趁著等待的時間，在孟買的大街上閒逛。街上人山人海，除了歐洲各國的人之外，還有戴著尖尖的小帽子的波斯人、纏著頭巾的印度商人、戴著方形小帽的信德人、穿長袍的亞美尼亞人，和戴著黑色法

冠的帕西人。原來是帕西人——亦即瑣羅亞斯德教派的信徒——正在舉行慶典，他們是所有印度人當中，最勤奮、最開化、最聰明、最刻苦的一個族群，其中更不乏孟買當地的富商。這一天舉行的慶典有點類似宗教嘉年華會，有盛大的遊行隊伍和歌舞表演，只見女舞者穿著金絲銀線挖花織成的粉紅輕紗，在古提琴與手鼓的伴奏聲中婀挪起舞。

萬能瞪大了眼睛看著、豎起了耳朵聽著這些稀奇古怪的儀式，吃驚的神色活像個十足的呆瓜，這些自然就無須多說了。

不幸的是他在好奇心驅使下竟走遠了，對他不幸，對行程可能受延誤的主人更不幸。

最後看完了這場帕西人的嘉年華會後，萬能才往車站走，但當他經過馬拉巴山丘上那座宏偉的寺院時，竟又心血來潮想進去瞧瞧。

有兩件

66 但當他經過馬拉巴山丘上那座宏偉的寺院時，竟又心血來潮想進去瞧瞧。 99

事他並不知道：第一，有些印度的寺院嚴禁基督
徒進入；第二，就算是信徒本身要進入寺院，都
必須先脫鞋。而且英國政府基於政治因素，對於
印度宗教的任何細節都不敢輕忽，凡是違規的人
也會受到嚴懲。

　　萬能進入之後，就像普通遊客一般，絲毫不
懷惡意地欣賞著這座裝飾得金碧輝煌的婆羅門教
寺院的內部。突然間，他一下被撲倒在聖殿的地
板上。三名眼中燃燒著怒火的僧人衝上前來，脫
掉他的鞋子和襪子之後，便開始痛毆他，並一面

蘇伊士運河的建造使孟
買成為亞洲最重要的港
口。

69

建於15世紀，位於印度西北旁遮普省(Punjab)的阿姆里斯達金廟是錫克教的總部。錫克教團體想改良印度教，於17世紀末時改信回教。錫克族曾是印度軍隊中最精良的戰士。

66 他立刻以最快的速度衝出寺院，把另一名追趕他的僧人甩掉了。99

孟買的瑣羅亞斯德廟，創教人即是瑣羅亞斯德(Zerothoustra)，認為世間事物皆以善惡二分。

發出粗暴的吼聲。

　　強壯而敏捷的萬能很快地站起身來，左一拳、右一腳地將兩名因為穿著長袍而行動不便的對手打倒在地後，立刻以最快的速度衝出寺院。另一名僧人雖然聚集眾人企圖追趕他，但不久也還是被他甩掉了。

　　七點五十五分，眼看火車就要開了，萬能才

打著赤腳來到火車站，自己的帽子沒了，連買好的東西也在混戰中弄丟了。菲克斯已經在月台上。他尾隨佛格來到車站，知道這傢伙打算離開孟買，便下定決心要跟著他到加爾各答，或甚至更遠的地方。萬能沒有看見菲克斯，因為他站在暗處，但萬能向主人簡單講述自己驚險的經歷時，菲克斯卻全聽見了。

一輛由兩條小母牛拖曳的雙輪篷車。這種既慢又操作不便的交通工具，往往造成印度街道壅塞。

「但願以後不會再發生這種事。」費雷斯‧佛格只說了這麼一句，一面在車廂裡找位子坐。

可憐的萬能只是光著腳、一副窘相，靜靜地跟在主人後面。

菲克斯正打算上另一節車廂，忽然靈機一動，改變了原來的計畫。

「不，我要留下。」他心想：「在印度國土上有了不法行為…我的人跑不掉了。」

就在此時，火車頭發出了洪亮的鳴笛聲，接著火車便消失在夜色中。

孟買的一間印度教廟宇。凡爾納的時代，我們將印度居民通稱為"Hindous"，今日則稱他們為"Hndiens"，但仍保留"Hindou"一字，以賦予印度傳統宗教──婆羅門教──一個歷史定位。

費雷斯・佛格以天價買下一隻牲口

火車按時開出。車上乘客不少,有軍官、公務員,以及要到半島東部做生意的鴉片商與染料商。

萬能和主人坐在同一個包廂。對面的角落裡還有另一名乘客。

此人是佛格先生在從蘇伊士到孟買途中的牌友之一:法蘭西斯・克羅馬帝准將,他正要前往貝那拉斯與部隊會合。

克羅馬帝准將身材高大、一頭金髮,年約五十歲上下,在平定最近一次印度士兵的暴動中有十分傑出的表現。他可以說是個道地的印度人,從年輕時代,他就住在印度,回英國的次數少之又少。他對印度的風俗、歷史與編制了然於胸,若佛格有興趣,他一定會侃侃而談,只不過佛格什麼也沒問。他這趟不是旅行,而是為了畫一道圓周線。他就像一個重物,依照理論力學定律繞著地球周圍的一條軌道而行。此時,他心裡正暗自計算著從倫敦出發後所花的時間,而他若是一個會做出無謂動作的人,此時必定會滿意地搓搓手。

克羅馬帝准將雖然只是趁著打牌的機會,對

印度工人在為鐵路深挖路塹。

這位同伴略加觀察，但他卻也發覺了對方古怪的性情。他不免暗自揣想這副冰冷的軀殼底下有無一顆跳動的心臟，費雷斯‧佛格有無能夠感受自然之美與心靈憧憬的靈魂。他對此確實抱著懷疑。在准將遇見過的所有奇人當中，誰也比不上這個精確科學的產物。

面對克羅馬帝准將，費雷斯‧佛格毫不隱瞞自己環遊世界的計畫，以及做此決定的前因後果。准將覺得打這個賭根本是毫無意義且毫不理性的荒唐行為。以這位怪紳士的作風看來，他這輩子顯然不會對自己或對其他人做出任何貢獻。

從孟買出發一個鐘頭之後，火車經由高架鐵路穿越了沙瑟特島，馳上了大陸。到了卡利安站，鐵道分成了左右二線，右線經坎達拉與普那通往印度東南，而列車卻是由左線駛達包威站。從這裡開始，便正式進入峰巒迭起的西高止山山區，這座山脈以玄武岩為主要地質，高峰頂上則覆滿了蓊鬱的林木。

在太陽神廟中，信徒膜拜三個神明：蘇里亞(Sûrya)是主要的太陽神，乘坐由七匹母馬或有七個頭的母馬所拉的黃金馬車；薩微堤(Savitri)是落日之神，擁有一頭金髮，命令夜晚降臨；微瓦斯馮(Vivasvant)是三神中最後一位，司日升。

❝ 萬能醒後望著窗外，不敢相信自己正搭著大半島鐵路列車穿越印度。**❞**

克羅馬帝准將和費雷斯‧佛格偶爾會談上一兩句，而這個時候，經常試著重拾話題的准將又開口了：

「佛格先生，要是早幾年，火車很可能會在這裡誤點，你的行程也會被耽誤。」

「為什麼呢？」

「因為鐵路只到山下為止，旅客得搭轎子或騎小型馬，直到位於背面山坡上的坎達拉站。」

「這樣的耽擱絕不會影響我行程的安排。」佛格先生回答：「我並非全然沒有考慮到某些意外事故的可能性。」

「但是佛格先生，」准將又說：「你這位僕人的經歷卻可能為你帶來不小的麻煩。」

萬能雙腳蜷縮在毛毯內，睡夢正甜，他做夢也想不到自己會成為他二人的話題。

「對於這類的罪行，英國政府非常嚴格，而且也不是沒有道理。」克羅馬帝准將說：「政府最重視的就是尊重印度教禮儀，假如你的僕從被捕⋯⋯」

　　「假如他被捕的話，」佛格回答道：「他就會被判刑，服刑之後便可以安安心心地回歐洲了。我不明白爲什麼這件事會耽誤他主人的行程！」

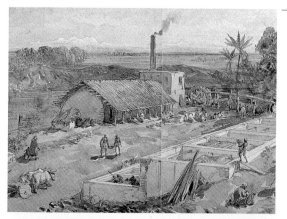

印度的靛藍(indigo)工廠。靛藍是從一種豌豆科植物木蘭中淬取而得，以用來將物品染成藍色。木蘭是具有粉紅色、紅色、黃色或白色花瓣的灌木，其葉與莖中含有靛藍，在印度與爪哇(Java)島皆大量種植。

　　話說到這裡又斷了。夜裡，火車越過高止山區行經納夕克，第二天十月二十一日，便進入了相當平坦的坎德西地區。這一帶的平野農業發達，小鎮密佈，高空中浮屠的尖塔取代了歐洲教堂的鐘樓。灌溉這片肥沃土地的眾多小水道，大多是哥達維利河的支流或是支流的支流。

　　萬能醒後望著窗外，不敢相信自己正搭著大半島鐵路列車穿越印度。簡直像做夢一樣。然而，這卻是再真實不過了！由英國技工操控、燃燒著英國煤礦的火車頭，朝種植了棉花、咖啡、肉豆蔻、丁香與紅辣椒的園林上空，噴著煙霧。霧氣在成群的棕櫚樹之間繚繞緩升，林間還可以看見一些詩情畫意的平房、棄置的寺院和宏麗的廟宇，廟宇在印度建築用之不竭的裝飾下更顯得美侖美奐。接著展現的是一望無際的土地，以及蛇與老虎居住的叢林，只不過野獸都被火車汽笛聲嚇跑了，最後還有被鐵軌給剖開的森林，林中仍有大象會凝神注視著這種古怪的列車奔馳而過。

　　是日上午，過了馬利高姆之後，火車便進入了經常遭卡莉女神的信徒血洗、氣氛悲慘的地域。不遠處便是艾洛拉村和當地奇妙的寺院，再不遠則是著名的奧蘭加巴德，此地原是暴君奧朗澤的都城，如今卻只是尼扎姆王國某個偏遠省分的省會罷了。這一帶也是殺手集團的首腦費林加，勢力最龐大的地區。這些殺手隸屬於一個神祕的組織，以死亡女神的名義絞死各個年齡層的

人，絕不讓犧牲者流一滴血，曾有一度在這個地區只要隨便走幾步就會發現一具屍體。雖然在英國政府的努力下，這類謀殺事件已經大幅減少，但是這個可怕的組織依然存在也照常運作。

中午十二點半，火車進了布罕浦站。萬能以十分昂貴的價錢買到了一雙以假珍珠裝飾的拖鞋，他穿上以後顯然感到很驕傲。

旅客們很快地用過餐後，便繼續往阿蘇古爾站出發。途中有一小段路沿著塔菩提河而行，這條小河最後注入蘇拉特附近的甘比灣。

位於喜瑪拉雅山腳的兩條上坡鐵道，最能清楚顯示在印度修建鐵路會遭遇的困難。

此時的萬能心中有些什麼念頭呢？直到抵達孟買為止，他一直認為事情不可能再發展下去。但是如今當他全速橫越印度之際，他的想法全變了。他再度恢復了本性。他又有了年輕時期的奇幻念頭，他認真地看待主人的計畫，也相信在一定時限內環遊世界這個賭是真的。於是，他開始擔心中途會有突發狀況，擔心他們可能受到延誤。他覺得自己好像也加入了這次的打賭，一想到前一天由於自己貪看熱鬧而差點耽誤行程，便不由得全身發抖。而且他又不像佛格先生那麼冷靜，因此便更加操心了。他不斷地數著日子，火車一停就喃喃咒罵，一下子抱怨車速太慢，一下子又暗暗責怪佛格沒有提供獎勵金給機師。這位好僕人卻不知道這招在海上行得通，在陸地上卻行不通，因為火車有車速限制。

亞洲象遠比非洲象小的多。亞洲象的耳朵較小，象牙大多短而細，但也有長而尖的。

傍晚時分，火車駛進了坎德西與班達肯之間的界山蘇特普山區的隘道。

翌日十月二十二日，克羅馬帝准將向萬能詢

問時間，萬能看了看錶說是早上三點。事實上，這個錶顯示的仍是格林威治時區的時間，格林威治大約位於西方七十七度處，因此應該比此地慢四個小時。

准將糾正了萬能的時間，並且把菲克斯做過的解釋又說了一遍。他要讓萬能明白，每經過一條經線就得調整時間，由於他不斷地往東——亦即朝著太陽——走，所以每經過一度白晝就會縮短四分鐘。但說了也沒有用。不管這個頑固的僕

早上八點，經過羅塔站十五英里後，火車來到一片空曠的林地，這時火車突然停下來…「乘客請下車！」

人是否聽懂了准將的解釋，他就是不把錶撥快，堅持要讓錶維持在倫敦的時間。這樣的怪僻倒也無傷大雅，反正礙不著誰。

早上八點，經過羅塔站十五英里後，火車來到一片空曠的林地，空地旁有幾間平房和工寮。這時火車突然停下，駕駛員沿著車廂一路喊著：

「乘客請下車。」

費雷斯·佛格看了看克羅馬帝准將，但准將似乎並不明白為什麼會在這片酸果樹林中停車。

萬能也同樣地訝異，他衝下車去，一轉眼便跑回來，嘴裡嚷著：

「主人，沒有鐵軌了！」

「什麼意思？」克羅馬帝准將問道。

「意思是鐵軌已經中斷了！」

准將一聽立刻離開車廂，佛格也不慌不忙地

轎子可以算是一種由人用肩膀扛著的椅子或墊褥，是東方常見的運輸工具。也有用柳條製成小亭放在象背上的，稱為象轎。

除了駱駝、大象、牛以外，印度人還利用馬來拉車。

駱駝吃不多、動作迅速且耐力佳，成為旅客橫越遼闊印度次大陸的理想坐騎。

老虎是源自亞洲與印尼的貓科動物，肉食性，且以兇狠著名，大都在夜晚捕食獵物。

隨他下車。兩人一同去找駕駛員。

「我們現在在哪裡？」准將問。

「在科比村。」駕駛員回答。

「我們就在這裡停車了？」

「大概吧。鐵路還沒有完工…」

「什麼！還沒有完工？」

「從這裡到阿拉哈巴德還有一段五十英里左右的路還沒有完成，接下去便又有鐵路了。」

「可是報紙上卻宣佈鐵路已經全面通車！」

「有什麼辦法呢，長官？報社弄錯了。」

「你們也賣孟買直達加爾各答的票啊！」克羅馬帝准將開始發火了。

「也許吧，」駕駛員回答：「可是乘客都知道從科比到阿拉哈巴德這段路要自己想辦法。」

克羅馬帝准將感到憤怒，萬能更是恨不得將駕駛員痛打一頓，但他不敢看主人的表情。

「法蘭西斯先生，」佛格只簡單地說：「你不介意的話，我們還是想想有什麼辦法可以前往阿拉哈巴德吧。」

「佛格先生，這一耽擱對你的行程絕對有害無利。」

「不，法蘭西斯先生，這也在預料之中。」

「什麼！你知道鐵路…」

「當然不是，但我知道旅途中遲早會出現障礙。不過，沒有影響，反正我還提早了兩天。從加爾各答前往香港的輪船會在二十五日中午啟程，今天才二十二號，我們會及時趕到加爾各答的。」

這樣自信滿滿的回答

實在令人無言以對。

鐵路工程確確實實在此中斷了。報紙就像一些越走越快的錶一樣，竟然提前宣佈路線完工。大部分的乘客都知道路況，因此下車後便急忙搶占村裡所有的交通工具，像是四輪的「帕奇加利」、瘤牛車、有如流動浮屠一般的車、轎子、小型馬等等。因此佛格先生和克羅馬帝准將儘管找遍全村，也仍然一無所獲。

「我用走的。」佛格說。

萬能也跟了上去，但一想到腳上那雙華而不實的拖鞋，不由得愁眉苦臉。幸好他一直喜歡到處探險，他猶豫了一下說道：

「主人，我想我找到交通工具了。」

「什麼工具？」

「大象！這附近住了一個印度人，他有一隻大象。」

印度婦女將穀物磨碎，做成烘餅。

大象是珍貴的牲畜：迅速、溫馴，且能馱重物。

「我們去瞧瞧。」佛格先生說。

五分鐘後，費雷斯．佛格、法蘭西斯．克羅馬帝和萬能來到一間茅屋前面，屋旁用高高的柵欄圍起一塊土地。茅屋裡有個印度人，而圍地裡則有一隻大象。印度人應來客的要求，帶著他們進入圍地。

那是一隻半馴服的大象，由於主人飼養牠為的不是勞動而是搏鬥，因此近三個月來只餵牠吃糖和奶油，以藉此改

81

大象在戰時也能派上用場，讓牠穿上鐵製盔甲。印度君主的勢力是依其所擁有的大象數量而定。

變大象溫順的天性，進而漸漸地刺激牠到達憤怒的極點。這種方法似乎並不恰當，但許多飼主採用後結果都相當成功。佛格先生倒是十分幸運，因為這隻大象才剛剛採用這類飲食法不久，「怒點」尚未爆發。

丘尼——這是這隻大象的名字——和其他同伴一樣，能夠長時間快速行走，既然找不到其他坐騎，佛格便決定用牠了。

不過大象在印度越來越罕見，因此十分昂貴，而公象則更是珍貴，因為競技場中的鬥象只能選用公象。大象被馴服之後很難得繁殖，只能以獵捕的方式取得，之後還得極盡心力呵護，所以當佛格先生向印度人表示有意租用他的大象時，印度人立刻斷然拒絕。

佛格卻不死心，並且開出很高的價格，一小時十英鎊。不答應。二十英鎊？還是不答應。

四十英鎊？仍然不答應。主人每抬高一次價錢，萬能就要嚇一大跳。但是那個印度人卻不為所動。

然而，價錢確實相當高。假設大象走到阿拉哈巴德要花十五個小時，就等於替主人賺進了六百英鎊。

佛格絲毫未曾動怒，接著又出價要向印度人買下那隻大象，而且一開口就是一千英鎊。

印度人當然不想賣！他也許察覺到即將有筆大生意要上門了吧。

克羅馬帝將佛格拉到一旁，勸他要三思而後

行。佛格回答同伴說自己向來不鹵莽行事，但事關兩萬英鎊的賭注，而他們又非要這隻大象不可，所以即使要花上二十倍的代價，他也要定了。

佛格又回到印度人身邊，那人小小的雙眼閃著貪婪的光芒，明顯可以看出現在只不過是價錢的問題罷了。佛格繼續往上加價，先是一千二，然後一千五，然後一千八，最後兩千。平常總是臉色紅潤的萬能，此時卻激動得蒼白了臉。

到了兩千英鎊，印度人終於答應了。

「老天爺呀，」萬能大喊：「好貴的一頭大象！」

交易談成了，接下來只差嚮導。這比較簡單。有一個看起來挺機靈的年輕帕西人，願意提供服務。佛格答應給他一筆豐厚的酬勞，他自然也就更加機靈了。

年輕人立刻牽出大象整理配備。他對趕象的工作極為熟稔。他先在象背上放了一塊罩布，又在象身兩側安置了兩種坐起來不太舒服的轎椅。

佛格從他那只行李袋掏出鈔票付給印度人時，萬能覺得自己的腸胃好像也被掏空了。接著佛格提議要送克羅馬帝到阿拉哈巴德車站，准將也接受了。多一個人還不至於對這隻龐然大物造成負擔。

他們在科比買了一些吃的。克羅馬帝坐上一邊的轎椅，佛格坐上另一邊，而萬能則跨坐在主人和准將之間的罩布上。年輕的帕西人騎上大象的頸部，九點的時候，大象便離開村落抄捷徑走進了濃密的蒲葵樹林。

大象的負重是駱駝的三倍，套上掛具後能拖拉大量物品。

1875年，英國威爾斯親王亞伯特‧愛德華（Albert Edward）客居印度時，準備登上象背去獵虎。1901年，他以愛德華七世之名登基為英王。他對法國非常友好，在兩國間建立親密的邦誼，並促成1904年的英法協約。

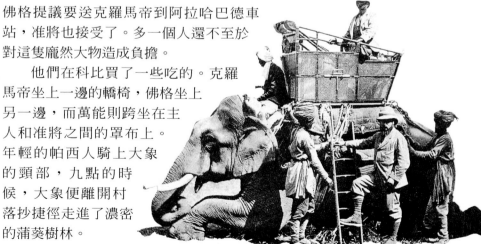

83

12

費雷斯・佛格與同伴冒險穿越印度森林與其後續發展

　　嚮導為了縮短行程，決定不沿著仍在施工中的鐵道路線走。鐵路順著文迪雅嶺的山勢蜿蜒起伏，絕非佛格想走的捷徑。而嚮導對這一帶的大小路徑都很熟悉，他說穿過樹林可以縮短二十多英里的路，他們自然是信任他。

　　大象在趕象人的驅策下快步疾走，佛格和克羅馬帝坐在深達頸部的轎椅內，晃得非常厲害。不過他們仍秉持英國人最傳統的冷靜態度忍受著，他們既少交談，也幾乎看不見彼此。

　　至於高坐在象背上的萬能，直接就受到象身搖擺的衝擊，他聽從主人的叮囑不讓舌頭伸到兩排牙齒之間，以免一不小心給咬斷了。這個好僕人一會衝到象頸，一會溜到象臀，彷彿一名小丑在跳板上耍把戲。但是他會說笑話，彈跳之際也會放聲大笑，偶爾還會從口袋裡拿出一塊糖，聰

66 這個帕西嚮導…說穿過樹林可以縮短二十多英里的路… 99

84

明的丘尼便用長長的鼻子將糖塊捲入口中，腳步卻一刻也未曾放慢。

走了兩個鐘頭後，嚮導讓大象停下來休息。大象先到附近一個水塘解渴，然後便開始狼吞虎嚥樹枝與灌木。克羅馬帝對這次的休息並未抱怨，他實在累極了。佛格卻宛如剛起床一般地精神奕奕。

「他那是鐵打的身子呀！」准將羨慕地看著他。

「是鋼鑄的。」萬能一面準備簡單的餐點，一面應道。

到了晌午，嚮導示意啓程。不久，四周的景象開始變得荒涼。高大的樹林過後是一片羅晃子和矮棕櫚樹林，接著是遼闊的旱地，平原上遍佈著枝葉稀疏的灌木和大塊大塊的正長岩。上班達肯的這一整片地區，平時遊客極少，住在當地的狂熱份子依然施行著印度教最可怕而殘酷的儀式。英國的統治勢力無法遍及這塊依舊受土王所控制的土地，而這些土王藏身於文迪雅嶺的深山之中，眞可說是鞭長莫及。

有好幾回，他們看見一群群兇暴的印

馭象人的責任是照顧和駕馭大象，用長矛上耳狀矛鏢來操控大象。

❝ 有好幾回，他們看見一群群兇暴的印度人對著快步通過的大象做出憤怒的手勢。❞

85

度人對著快步通過的大象做出憤怒的手勢。嚮導認為這些人不是什麼善類，因此便盡可能地避開他們。這一天下來，幾乎沒見著其他動物，只有幾隻猴子匆匆逃開之際還不斷裝腔作勢、扮鬼臉，萬能看了覺得有趣極了。

然而，開心之餘還是有一個念頭困擾著萬能。到了阿拉哈巴德車站之後，佛格先生打算怎麼處置這隻大象呢？帶牠一起走？不可能！運輸費再加上買價，這隻象可是足以令人傾家蕩產。賣掉牠，或是放了牠？這隻值得稱許的動物的下場的確應該好好考慮一番。萬一佛格先生把牠送給了自己，將會讓他十分為難。他為了這個問題一直心煩不已。

晚上八點，他們來到文迪雅嶺的主脈，一行人便在北面山腳下一間荒廢的平房裡歇腳。

86

　　這一天大約走了二十五英里，剛好是到阿拉哈巴德車站的一半路程。

　　夜裡很冷。嚮導在屋裡用枯枝起火，大夥才覺得暖和舒適。晚餐就用在科比買的食物解決。進餐時他們個個都疲憊不堪，起先還有一搭沒一搭地聊著，不久就只剩下如雷的鼾聲了。丘尼靠在一棵大樹幹上，站著睡覺，嚮導則就近守著牠。

　　當天夜裡沒有發生任何意外。雖然偶有豹的吼聲夾雜著猴子的尖叫聲劃破寧靜，但是這些肉食動物卻也僅止於吼叫，並未對平房裡的訪客展現任何敵意。克羅馬帝准將睡得很沈，就像個累到極點的英勇將士。萬能卻睡得並不安穩，在夢裡又再度經歷了白天裡的顛顛簸簸。至於佛格先生，他一派閒適的神情簡直和在自己家裡沒有兩樣。

　　早上六點，隊伍繼續前進。嚮導希望能在當天晚上到達阿拉哈巴德車站。如此一來，佛格先生到目前為止所節省下來的四十八小時，也只浪費掉一部分而已。

　　他們走下文迪雅嶺的最後一段斜坡，丘尼也恢復了快速的步伐。晌午時分，嚮導繞過了位於恆河一條小支流卡尼河畔的卡倫格村。他還是避開了人煙，因為他覺得走在恆河流域第一片窪地上的偏僻荒野比較安全。阿拉哈巴德車站就在東北方不到十二英里處。他們在一處香蕉園停下，

左圖：由於當時遷徙速度緩慢而困難，距城市又遠且缺乏旅館，常使旅行者必須宿營。右圖：平房通常只有一層，並附加走廊，在印度很常見。在書中那個時期，通常是英國殖民者或短期旅客所居住的場所。平房(bungalow)一字源於印度語"bangla"，意指孟加拉。

87

盡情地享用著
和麵包一樣有益
健康、和奶油一樣
美味可口的香蕉。

　　下午兩點，嚮導帶他們進入一座濃密的森
林，穿越這座森林得走上好幾英里。他比較喜歡
這種有樹木庇蔭的感覺。無論如何，到目前為止
一切都很順利，就在這趟行程似乎即將圓滿結束

之際，大象忽然顯得不安而停下腳步。

當時是下午四點。

「怎麼回事？」克羅馬帝准將把頭探出轎椅外，問道。

「不知道。」嚮導回答時，一面傾聽著從濃密枝葉間傳來的模糊細微的聲響。

片刻過後，聲響略微清晰可辨。聽起來像是人聲與銅器合鳴的聲音，距離還相當地遠。

萬能全神貫注地聽著、看著。佛格先生則不發一語，耐心地等候。

嚮導跳到地面，將大象繫在一棵樹旁，然後衝進矮林深處。過了幾分鐘，他回來了，說道：

「有一群婆羅門教徒往這邊來了。可能的話，盡量不要被他們發現。」

嚮導鬆開大象，把牠帶進茂密樹叢中，並叮嚀其他三人不要下到地面。他自己也作好了準備，只要看情況不對就馬上跨上象頸趕緊逃命。不過他以為教眾應該不會發現，因為濃密的枝葉把他們完全覆蓋住了。

人聲與樂器不和諧的聲響越來越近。單調的歌聲混雜著鼓聲與銅鈸聲。不久，遊行隊伍的頭已經出現在樹林中，距離佛格先生與同伴所站著位置大約五十來步。他們從枝葉縫隙可以清楚地看到舉行這次宗教儀式的奇異人士。

走在第一列的是頭戴祭司冠、身穿鑲花邊長袍的教士。教士四周圍繞著男男女女和小孩，這些人唱著一種有如輓歌的曲調，鼓聲與鈸聲還會規律地穿插進來。

卡莉(Kali)是印度神祇中最恐怖的一個。此黑皮膚的女神要求神祕血腥的儀式，且強制要以人為祭品。在祂可怕的鬼臉上，有鋒利的鉤子與沾血的舌。第三隻眼穿過額頭。祂有四隻手臂，一隻握有武器，另一隻握著被斬斷的頭，另兩隻則用來降福信徒。為了完成令人毛骨悚然的儀式，祂必須在死屍上跳舞。

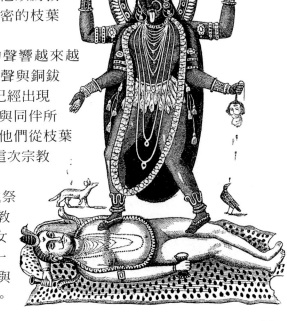

「恐怖」魯達羅(Rudra)是濕婆(Shiva)以前的化身,在三位一體的印度教中是毀滅之神。此雕像位於印度東南艾洛拉(Ellora)的岩窟神廟,完成於13世紀。

印度巴洛達公主珠瑪唄(Jumabai),攝於1875年。在那個時期要拍攝公主是相當困難的;上流階級的婦女被強制隱居在婦女區。

他們身後有一輛車,巨大車輪的輻條與輪輞都是一條條交纏的蛇,車上有一尊形貌可怕的雕像,拉車的四頭瘤牛則身披彩衣。那尊雕像有四隻手臂,身體塗成暗紅色,眼神兇惡,髮絲紊亂,吐著長長的舌頭,嘴唇被散沫花與蔞葉染得殷紅。雕像的頸子上纏繞著一條骷髏頭項鍊,腰際繫著一條斷掌串起的腰帶,腳下還踩著一個倒臥在地的無頭巨人。

克羅馬帝准將認出了這尊雕像。

「卡莉女神。」他低聲說:「愛與死的女神。」

「死神我可以接受,愛神絕不可能!這麼醜惡的老太婆!」萬能說。

嚮導示意他們不要出聲。

有一群身上畫著赭色條紋的老托缽僧,在雕像周圍不斷地東奔西跑、如抽搐般的扭動,他們全身佈滿十字切口,血一滴滴地往下流。這些都是愚蠢的宗教狂熱份子,如今在盛大的印度教儀式當中,他們仍會奮不顧身地往札格納特神像的巨輪下衝去。

他們後面有幾名穿著華麗東方服飾的婆羅門,拖著一個幾乎站不穩的女子。

這名女子十分年輕,膚色白得像歐洲人。她的頭、頸、肩、耳朵、手臂、雙手、腳趾全都戴滿了珠寶、項鍊、手環、耳環與戒指。一件覆著薄紗、以金絲滾邊的長袍底下,隱約可見她腰身的曲線。

女子身後卻是一幅極不協調的畫面:幾名護衛腰間佩戴著無鞘的刀與鑲嵌金銀絲圖案的長手槍,並用轎子抬著一具屍體。

那是一具老人的屍體,身上盡是富麗的土王服飾,就和生前一樣纏

著珍珠頭巾、穿著絲線與金線繡製的長衣、繫著鑲有鑽石的喀什米爾腰帶，並佩戴印度親王專用的豪華武器。

　　隊伍最後是樂師和充當後衛的狂熱信徒，他們的吶喊聲偶爾甚至壓過了樂器震耳欲聾的敲擊聲。

　　克羅馬帝准將以一種十分哀傷的眼神看著這支送葬隊伍，然後轉身對嚮導說：

　　「殉夫。」

　　嚮導點點頭，並將一根手指放在嘴唇上示意他噤聲。長長的隊伍在林間緩緩前進，不久最後幾列的人也都沒入了樹林深處。

　　漸漸地，歌聲消失了，只剩遠遠傳來的幾聲吶喊，最後這場喧鬧終於完全回歸寧靜。

　　佛格剛才聽見了克羅馬帝准將說的那個詞，一待隊伍消失後，他馬上就問：

　　「什麼是殉夫？」

印度貴族土王(rajah)，屬於種姓制度中的戰士階級。英國人讓他們成為帝國的封臣。

66 長長的隊伍在林間緩緩前進。 99

在印度，人死後依傳統用火葬，迄今未變，但不久前，還有將寡婦與丈夫屍體一起火化的風俗。這種寡婦殉夫的儀式(sutty)，部分印度教地區仍然沿用。

「佛格先生，」准將回答道：「那是一種心甘情願的獻祭。你剛才看到的那名女子，明天一早就會被燒死。」

「這些壞蛋！」萬能忍不住憤怒大喊道。

「那具屍體呢？」佛格問。

「那是她的丈夫，是班達肯地區一位獨立的土王。」嚮導回答。

「什麼！」佛格說話的聲音還是平靜如常：「印度還保留著這些野蠻的習俗，英國人竟無法消弭嗎？」

「在印度大部分地區，」克羅馬帝准將回答：「都已經不實行這類祭典了，但是在這些蠻荒之地，尤其是班達肯，我們完全無計可施。文迪雅嶺的北坡一直還上演著謀殺與搶劫的戲碼。」

「可憐的女孩！」萬能小聲地說：「活活被燒死！」

「是呀，」准將又說：「被燒死，否則的話，你們絕對想不到她的親人會如何的凌虐她。他們會把她的頭髮剃掉，只讓她吃幾撮米，大家會認為她齷齪而排斥她，最後她會像癲癇狗一樣死在某個角落裡。如此的慘況為這些可憐女子帶來的往往是痛苦與折磨，而不是愛與宗教狂熱。不過，有時候這種犧牲的確出於自願，政府必須強行介入才能阻止得了。幾年前我還住在孟買的時候，有一位年輕寡婦請求總

督讓她在丈夫火葬時自焚。總督自然不肯答應。結果寡婦就離開孟買，逃到某位獨立土王的領地，在那裡獻了身。」

准將說話的時候，嚮導不停地搖頭，當他話一說完，嚮導便說：

「明天日出時舉行的祭禮並不是自願的。」

「你怎麼知道？」

「這件事班達肯的人都知道。」嚮導回答。

「可是那個不幸的女孩似乎完全沒有反抗。」准將說。

「那是因為他們用大麻和鴉片把她迷得神智恍惚。」

「他們要把她帶到哪裡去？」

「皮拉吉寺院，離這裡兩英里。她會在那裡過夜，等待獻身的時刻到來。」

「獻身的時刻是…？」

「明天天一亮。」

嚮導回答之後，便領著大象走出茂密的樹叢，然後爬上象頸。但是他正要吹出口哨驅策大象前進時，佛格阻止了他，並對克羅馬帝說：

「我們去救這名女子如何？」

「救這名女子！…」准將高喊。

「我還提前了十二個小時，剛好可以用來救人。」

「原來你也是性情中人哪！」准將說。

「看情形，」佛格淡淡地說：「還得我有時間才行。」

萬能再次
證明命運之神總會
眷顧勇者

這個計畫十分大膽、困難重重，也可能行不通。佛格即使不是冒著生命的危險，也可能失去自由，進而使得環遊世界的計畫宣告失敗，但他毫不猶豫。

而且他也將克羅馬帝視為助手的不二人選。

至於萬能，也準備好了隨時聽候差遣。主人的主意令他興奮不已。他感覺到在這副冰冷的軀殼下還有一顆心、一具靈魂。他開始喜歡佛格先生了。

現在只剩嚮導。在這個事件中，他站在哪一方呢？他該不會偏向印度人吧？就算他不幫忙，至少也要確定他處於中立。

克羅馬帝准將開門見山地詢問他。

「長官，」嚮導回答道：「我是帕西人，那名女子也是帕西人。我聽憑差遣。」

「好的，嚮導。」佛格回答。

「不過你們要有心理準備。」嚮導又說：「我們不僅冒生命危險，萬一被抓還可能遭受酷刑。」

「知道了。」佛格回答：「我想我們得等到夜裡再行動。」

「我也這麼想。」嚮導說。

接著這位正直的印度人對他們描述了有關那名受害女子的一些細節。她是帕西人，也是孟買

> 66 她是帕西人，也是孟買一名富商的女兒，美貌遠近馳名。 99

一名富商的女兒，美貌遠近馳名。她在城裡接受完全英式的教育，以她的舉止風度、學問涵養看來簡直就像是歐洲人。她名叫奧妲。

失去雙親後，她被迫嫁給班達肯的這位老土王。三個月後，便成了寡婦。她知道自己即將面對的命運，趁機逃跑，但馬上就被抓了回去，土王的親人們一心想要她死，便決定將她獻祭，如此一來她似乎再難以脫逃了。

這番話更堅定了佛格與同伴們英勇的決心。他們決定讓嚮導帶領大象朝皮拉吉寺院前進，能靠多近就靠多近。

半小時後，他們在寺院五百步外的一處矮林中停下，躲在這裡不會被發現，但教徒們的吼叫聲卻清晰可聞。

於是他們開始商量該如何接近受害女子。嚮

印度婦女每天都會聚在神廟前，敬拜保護婦女的女神。

1829年起，英國禁止寡婦殉夫的習俗。書上記載的1872年，有些不易掌控的地區仍有此習俗。

導對這座寺院很熟悉，他將女子被囚的地點告訴其他人。可不可能趁著所有教徒迷醉酣睡之際從某扇門溜進去？或者必須在牆上鑽洞呢？此時此刻他們尚無法做出決定。但可以確定的是今晚一定要行動，若是等到天亮女子即將受刑的時候，便回天乏術了。

佛格和同伴們等候著天黑。六點當夜幕低垂，他們決定先觀察寺院四周的形勢。僧人的叫聲此時已經停歇。照理說，這些印度人應該已經喝了混合著大麻飲料的鴉片汁而沈沈入睡，也許可以從人群間溜入廟內。

嚮導帶領著佛格、克羅馬帝和萬能，靜悄悄地穿過樹林。在枝葉底下爬行十分鐘後，他們來到一條小河邊，在那裡他們透過鐵炬頂端燃燒樹脂所發出的火光，看到了疊得高高的柴堆。這些木柴是珍貴的檀香木，上面已經淋上了香油。柴堆高處躺著加了防腐香料的土王的屍體，就等著

天亮和他的遺孀一起焚化。寺院高聳在柴堆的百步之外，尖尖的塔頂在夜色中俯瞰著樹梢。

「來吧！」嚮導低聲說。

他加倍小心地引領同伴，無聲無息地溜過高高的草叢。

四下一片悄然，只有風在枝頭低吟。

不久，嚮導在一處空地邊緣站定。幾把樹脂火炬照著，只見遍地都是昏沈入睡的人，就好像屍橫遍野的戰場。男人、女人、小孩都混在一起。有幾個醉漢還偶爾嘟噥一兩聲。

背後樹群之間，皮拉吉寺院隱約矗立。可是令嚮導大失所望的是，土王的護衛在冒煙的火炬照明下，手持出鞘的刀守在門口來回走動。可以想見廟內的教士們也保持著警戒。

嚮導沒有再往前走。他發現強行進入廟內已不可行，便帶著同伴們往後退。

佛格和克羅馬帝也都明白這條路絕對行不通。

他們停下後又開始低聲討論起來。

「再等等，」准將說：「現在才不過八點，這些守衛可能也會撐不住而睡去。」

「的確可能。」嚮導說。

佛格和同伴們於是躺在一棵樹下等待著。

時間似乎過得好慢！嚮導偶爾會離開一下，到樹林邊去觀察情勢。土王的衛兵依然點著火把守護著，寺院的窗戶裡也滲出朦朧的光線。

他們就這麼等到了午夜，情況依舊沒有變化。外頭的衛兵也依舊還在。要等守衛不支入睡顯然並不可靠，他們很可能並沒有喝鴉片汁。看來只有進行另一個計畫，在寺院的牆上打洞了。但還有一個問題，不知道教士們的防護是否也和門口的衛兵一樣嚴密？

最後商量之後，嚮導認為出發的時機到了。

兩幅浮屠的版畫是《環遊世界》雜誌(1869)的插圖。這本異國旅行的

雜誌正是作者靈感的泉源。現在多用佛寺取代浮屠，浮屠源自葡萄牙文"pagoda"，被印度文借用，是指一般亞洲宗教的廟宇。佛教起源於印度，且是印度宗教中的「異端」，幾乎已在印度消失，轉而流傳到中國與日本。

佛格、克羅馬帝和萬能跟在他後面，繞了相當遠的路到寺院後側。

一種立體遊戲：有六面，每面皆重現此書的場景。

午夜十二點半他們來到牆腳下，沒有遇見半個人。這一側無人防守，不過連扇門窗都沒有倒也是真的。

夜色很深。一彎下弦月才剛剛浮出天際，而且四周烏雲密佈。高大的樹影更加深了幽微的氣氛。

不過光是到達牆腳還不夠，還得在牆上開個洞。至於工具，佛格和同伴們都只有隨身攜帶的小刀，幸虧廟宇的隔牆只是用磚塊和木頭混搭而成，應該不難穿鑿。只要挖下第一塊磚，接下來就容易了。

大夥開始動作，並盡可能地不發出聲響。嚮導和萬能分別在兩頭努力地拆磚，以便鑿出一個兩隻腳掌大的洞來。

大夥忙碌的當兒，忽然聽到廟內傳來一聲喊叫，廟外也立刻陸續響起呼應的叫聲。

萬能和嚮導停下手邊的工作。他們被發現了嗎？那是警告訊號嗎？自衛的本能促使他們立刻退開，佛格和克羅馬帝也沒有多耽擱。他們重新躲回樹叢裡，方才若是警戒信號，便等著信號解除，然後再次行動。

不料，守衛竟開始出現在寺院後側，而且還防守得滴水不漏。

這四個人被迫半途而廢，其失望之情實在難

宗教慶典隊伍的車輛。在印度，宗教慶典難以計數：穿越整個國家時，大約算過每天一個。

98

以形容。如今已然無法接近受害女子，又如何能救她呢？克羅馬帝准將咬著拳頭，萬能怒不可遏，嚮導好不容易才制止了他。沈著的佛格也還是面無表情地等著。

「我們只有離開了嗎？」准將低聲問道。

「只有離開了。」嚮導回答。

「等等。」佛格說：「我只要明天中午以前到達阿拉哈巴德就可以了。」

「你還想怎麼做？」克羅馬帝准將說：「再過幾個小時，天就要亮了…」

「我們錯過的機會可能會在最後關頭再次出現。」

准將真希望能從佛格的眼中看穿他的心思。

這個冷靜的英國人還指望什麼樣的機會呢？難道他想在行刑的時候，衝到女子身旁，公然將她從劊子手的手中救出嗎？

若是這麼做就太瘋狂了，這個人怎麼可能瘋狂到這種地步？

然而，克羅馬帝准將還是同意等

❝ 午夜十二點半他們來到牆腳下，沒有遇見半個人。❞

> 66 這時寺院的門開啟，一道較強的光線從裡面射出來。強光底下，佛格和克羅馬帝看見了受害女子正被兩名教士往外拖。 99

到這整個可怕的畫面落幕。但嚮導不讓同伴們留在原來的藏身之處，他把他們帶到了空地的前端。這裡有樹叢掩護，他們可以觀察熟睡的教徒。

但是棲息在高枝上的萬能心裡卻不斷反芻著一個念頭，這個念頭原本只是閃過腦際，最後卻深深地崁在腦海中。

一開始他心想「太瘋狂了！」，而現在他卻不斷告訴自己：「又有何不可呢？這是個機會，也許是唯一一個了，何況他們又那麼笨！…」

萬能並未說出他的想法，但他立刻以蛇一般柔軟的身段溜到較低的樹枝，再順著樹枝彎曲的末端回到地面上。

　　時間一分一秒過去，不久有一些黑影略略變淡，顯示天就快亮了。只不過此時天色還很暗。

　　時間到了。那群昏昏沈沈的信徒彷彿復活了一般，開始騷動起來。手鼓聲迴盪，歌聲與叫喊聲也再度響起，可憐的女孩赴死的時刻到了。

　　這時寺院的門開啓，一道較強的光線從裡面射出來。強光底下，佛格和克羅馬帝看見了受害女子正被兩名教士往外拖，但她強烈的求生意志似乎已經讓她清醒過來，並試圖從劊子手的手中掙脫。克羅馬帝准將心撲通撲通地跳，當他一個緊張抓住費雷斯·佛格的手時，才感覺到佛格手中握著一把張開的小刀。

LE TOUR DU MONDE.

LOTO ALPHABETIQUE.

一盒字母樂透(loto)遊戲：畫板上全是關於此書的圖畫。孩童跟隨每個故事情節來學習字母。盒蓋上，是奧妲夫人被殘忍的卡莉神祭司拖去祭獻。

　　這時候，人群開始行動。女子在大麻煙霧中再度陷入昏迷。她從僧人之間走過，只聽見僧人不斷發出宗教儀式的怒吼。

　　佛格和同伴們混在最後幾列的人群中，跟隨在後。

　　兩分鐘後，眾人來到河邊並停在距離停放土王屍體的柴堆不到五十步之處。在幽暗的光線中，他們看見受害女子一動也不動地躺在丈夫屍體旁邊。

　　接著遞上一支火炬，立刻將澆滿了油的木柴點燃。

就在此刻，克羅馬帝准將和嚮導連忙將佛格拉住，因為他一時按捺不住竟要衝向柴堆…

但當佛格推開他們兩人時，情況卻忽然有了逆轉。人群裡傳出一陣驚恐的叫喊聲。所有的人嚇得急忙撲倒在地。

老土王難道沒有死？他們看見他像幽靈似的猛然站起身來，將女子抱在懷裡走下柴堆，四周彌漫的煙霧更增添了靈異的氣氛。

僧人、守衛、教士霎時間受到驚嚇，全都伏在地上，不敢抬

66 他像幽靈似的猛然站起身來，將女子抱在懷裡走下柴堆，四周彌漫的煙霧更增添了靈異的氣氛。 99

頭目睹這樣的奇蹟！

　　昏死過去的女子躺在那雙強有力的臂膀當中，彷彿一點重量也沒有。佛格和克羅馬帝仍站在原地，嚮導則低著頭，而萬能應該也同樣吃驚吧！…

　　復活的土王就這麼走著，當他走近佛格和克羅馬帝身邊時，忽然低喊了一聲：

　　「快跑！」

　　原來溜進濃煙密佈的柴堆去的正是萬能！趁著天色不明將女子從死亡邊緣救出的也是萬能！以無比勇氣扮演這個角色並幸運地穿過驚慌失措的群眾的還是萬能！

普蘭牌巧克力的包裝紙上，繪有萬能救出奧妲夫人的情況。普蘭牌巧克力是很老的品牌，創立於1848年。

　　不一會，他們四人便消失在樹林裡，隨著大象快速的步伐離開現場。但是一聽到身後的叫喊、喧譁，甚至還有一顆子彈貫穿佛格的帽子，他們便知道事跡已經敗露。

　　因為從燃燒的柴堆裡可以清楚地看到老土王的屍體。教士回過神來之後，意識到陪葬的女子被劫走了。於是他們馬上衝進樹林，守衛緊跟在後。

　　儘管子彈與箭矢齊發，但擄人者逃得飛快，轉眼間便已逃出了槍箭的射擊範圍。

大象的力量可用來執行
死刑。

14
佛格循行整段秀麗的恆河
河谷卻無心瀏覽

　　大膽的救人行動成功了。一個小時過後，萬
能一思及此仍是樂得開懷。克羅馬帝准將和這位
勇敢的僕人握了手，而主人雖然只說了個
「好！」，卻已經是至高無上的讚許了，因此他回
答說其實主人才是整件事的最大功臣，他只不過
是突發奇想罷了。一想到那片刻之間，曾經當過
體操教練與消防官的他萬能，竟成了一名美貌女
子的先夫，一個以香料防腐的老土王，他就忍不
住發笑！

　　至於那名印度女子，對一切過程都毫不知
情。此時的她還裹著毛毯，靠臥在一張轎椅內。

　　大象在嚮導充滿自信的領導下，快速地奔過
依舊晦暗的樹林。離開皮拉吉寺院一個小時後，
又急速穿越一片寬闊的平原。到了七點才停下歇
歇腳。那名女子仍然全身癱軟。嚮導餵她喝了幾
口水和白蘭地，不過她身上麻醉的效果還會持續
一段時間。

　　克羅馬帝很了解吸入大麻煙之後的麻醉情
形，因此一點也不為她憂慮。

　　但儘管准將不擔心這名印度女子的復原情
況，對未來卻不這麼樂觀。他立刻對佛格說假如
奧妲夫人繼續留在印度，一定還會落入那些劊子
手的手中。這些狂熱的教徒遍佈整個半島，不論
是在馬德拉斯、孟買或加爾各答，哪怕有英國警
察保護，他們也能找回他們要的人。克羅馬帝還
舉了一個最近發生的類似的真實事件做為佐證。

他認為女子只有離開印度才會真正安全。

佛格說他會好好考慮此事。

十點左右，嚮導通報說阿拉哈巴德車站到了。這裡開始又有了鐵道，搭上火車不用一天一夜就能到達加爾各答。

佛格必須準時到達，因為前往香港的輪船在隔天十月二十五日正午就要出發了。

他們將那名女子安置在車站的一個房間裡。佛格吩咐萬能去為她買一些梳洗用品、衣服、披肩、皮草等等，而且這回用錢毫無限制。

萬能立刻出發，在城裡的街道間穿梭來去。阿拉哈巴德是「天神之城」，也是印度最受崇仰的城市之一，因為恆河與加姆納河這兩條聖河便在此交會，吸引了整個半島的信徒到此朝拜。而且根據史詩「羅摩衍那」的傳說，恆河發源於天上，後來是梵天將它引到地面上來的。

萬能趁著購買的機會，順便參觀了市區。從前防衛用的宏偉堡壘，如今已成了國家監獄。而這座昔日以工商聞名的城市，如今卻全然沒落了。萬能想找一間和攝政王街上法莫百貨公司附近一間服飾用品店一樣的店面，卻是怎麼也找不著。最後終於在一個囉哩囉嗦的老猶太人開的店裡，找到他要的東西，一件蘇格蘭布料的連身裙、一件寬大的外套和一件很美的獺皮大衣。他二話不說便付了七十五英鎊，然後得意洋洋地回到車站。

奧妲夫人慢慢恢復了意識。皮拉吉的教士施在她身上的麻醉藥性逐漸退去，她美麗的雙眼也重現了印度女子特有的溫柔神采。

當初詩人國王烏薩夫‧烏道歌頌迷人的雅美娜嘉拉王后時，他這麼寫道：「她勻稱中分的亮麗秀髮，環著細緻白皙、光滑稚嫩的雙頰。她烏黑的眉毛有著愛神迦摩天那柄彎弓的形狀與威

大多數的印度節慶是宗教性的，但融合許多世俗事物。為了祭祀春陽，車陣穿遍大街小巷，之間有海螺與定音鼓伴奏。膜拜者將香與米粒丟撒至花車上。

力，而在她如絲般的長睫毛底下，清澈的黑色眼珠宛如喜馬拉雅山上的神聖湖水，映射出最純潔的天光。當她微笑綻開朱唇，那整齊、纖細而潔白的牙齒閃閃發亮，猶如半吐的石榴花心裡的點點露珠。她那曲線均勻可愛的耳朵，她那朱紅的雙手，她那雙猶如

> 萬能趁著購買的機會，順便參觀了市區。從前防衛用的宏偉堡壘，如今已成了國家監獄。而這座昔日以工商聞名的城市，如今卻全然沒落了。

106

蓮花花蕾般柔軟、弓起的小腳，無不閃耀著和錫蘭最美的珍珠、哥康達最美的鑽石一樣耀眼的光芒。她那一手便能掌握、纖細婀娜的腰肢，不僅凸顯臀部的渾圓俏麗，也將胸部襯托得更為豐滿，珍貴無比的花樣青春在此展露無遺。包覆在絲綢般柔細的衣衫底下的她，彷彿是不朽的雕塑家維瓦卡馬以妙手雕琢成的純銀塑像。」

這些形容也許誇張了些，不過班達肯土王的這位遺孀奧姐夫人確實是個美人，而且放諸全歐洲皆準。她說的是純正的英語，嚮導曾說教育將這名年輕的女帕西人改頭換面，一點也不誇張。

火車就要出站了。嚮導還在等著。佛格先生給了他事先說好的酬勞，沒有多給一分一毫。這讓萬能有些訝異，因為他知道嚮導做了多大的犧牲。這名帕西人先是奮不顧身地參與皮拉吉事件，將來那些印度教徒若得知真相，他恐怕很難逃過他們的報復。

另外還有丘尼。用如此高價買來的大象該如何處理呢？

不過佛格倒是早已想好解決之道。

「嚮導，」他對帕西人說：「你很盡職也很熱心。工作方面我已經付了錢，但尚未對你的熱誠表示謝意。你要這隻大象嗎？就送給你吧。」

嚮導的眼睛頓時一亮。

「先生給我的可是一大筆財富啊。」他大喊。

「接受了吧。」佛格說：「即使如此我也還是欠你一份情。」

「好極了！」萬能喊道：「收下吧，朋友！丘尼是一隻善良而勇敢的大象！」

他走到大象身邊，拿出幾塊糖說道：

「吃吧，丘尼，吃吧！」

大象發出幾聲滿足的叫聲之後，用長鼻捲住萬能的腰，把他高舉到頭頂上去。萬能毫不驚

慌，還親熱地摸摸大象。丘尼輕輕將他放回地面以後，又以鼻當手和這位好僕人熱烈地握手道別。

片刻過後，佛格、克羅馬帝和萬能已經安坐在一個舒適的車廂中，而奧姐夫人則坐在最好的位置上，一同全速馳往貝那拉斯。

貝那拉斯距離阿拉哈巴德頂多八十英里，兩個小時就到了。

在這趟旅途中，奧姐完全清醒了，令人昏沈的鴉片煙霧已經消散。

當她發現自己身在火車車廂中，身上穿著歐洲服飾，身旁圍繞著一群陌生人時，她是多麼地詫異！

這些人先是不遺餘力地照顧她，並且用幾滴酒讓她恢復知覺，接著准將才說出了事情的始末。他一再強調佛格為了救人不惜犧牲性命的偉大情操，以及萬能又如何靠著大膽的想像力來終結整個驚險過程。

佛格靜靜聽著，一語不發。萬能聽了感到不好意思，直說「不值一提」！

奧姐真心感謝拯救自己的這些人，雖然未曾多言，但她美麗雙眼中的淚水卻更明白地表達了感激之情。接著，她的思緒又飄回到殉夫的場景，她又見到那片危機四伏的土地，不由害怕得發抖。

佛格知道奧姐的心思，為了安撫她，便提議

沿著恆河岸有許多宏偉的臺階，讓人能步入純淨的恆河中。

108

—— 不過還是不帶絲毫感情 —— 她一起到香港去，然後在那裡住到風波平息。

奧妲滿心感激地接受他的建議。剛好她有個親戚就住在香港，不但也是帕西人，而且在那個位居中國沿海一角卻隸屬英國管轄的城市裡，還是數一數二的大商人。

十二點半，火車在貝那拉斯靠站了。根據婆羅門教的傳說，這座城市就建在卡錫古城的遺址上，據說昔日的卡錫和穆罕默德的墳墓一樣懸在天地之間。不過眼前較為真實的貝那拉斯，也就是東方學家口中的「印度的雅典」，卻穩穩當當地貼在地面上。萬能還瞥見了一些磚房和柴枝搭建的茅屋，只覺得景象十分荒涼毫無地方特色。

這裡是克羅馬帝准將的終點站，他的軍隊就駐紮在城北幾英里外。准將於是向佛格道別，並祝他馬到成功，還表示如果這趟旅程能重新來過，希望能少一點刺激、多一點收穫。佛格只與他輕輕拉了拉手。奧妲則顯得熱情得多，她永

恆河源自喜瑪拉雅山上4200公尺高的冰河，很快流入平原。流貫3000公里後，在孟加拉灣形成寬闊的三角洲。恆河是印度的聖河，數以千計的朝聖客前來沐浴，葬儀用的焚屍柴堆一直在旁燃燒。

濕婆既是毀滅之神，也是豐饒之神。由於擁有四隻手臂，祂也掌管聲韻，喜歡透過舞蹈傳達喜悅與痛苦。

遠也不會忘記克羅馬帝准將的恩情。至於萬能，准將則以最大的熱誠緊握著他的手。感動之餘，他不禁自忖不知何時何地才有機會為准將效力。接著他們便分手了。

過了貝那拉斯，鐵路的部分路段沿著恆河河谷而行。車窗外天氣晴朗，首先映入眼簾的是比哈爾邦多變的景致，接著還有青翠的山巒，種植大麥、玉米和燕麥的田野，滿是綠色鱷魚的江河池塘，淨雅的村落與依舊綠意盎然的林木。有幾頭大象和瘤牛來到聖河裡泡水，此外儘管時值深秋天氣已轉涼，卻仍有一群男女印度教徒虔敬地

在河中進行聖浴。他們都是婆羅門教的虔誠教徒，也是佛教的死敵，他們信奉的主神有三尊：太陽神毘濕奴、自然力量的神祇化身濕婆，以及教士與立法者的最高主宰梵天。但是如今這個英國化的印度，時有汽船嘶鳴攪渾了恆河的聖水，驚擾了飛翔河面上的海鳥、聚集河畔的烏龜與倘佯在岸邊的信徒，梵天、濕婆與毘濕奴又該如何看待呢？

昌德納哥位於恆河三角洲支流胡格里(Hoogly)河畔及加爾各答之北。法國為了與蒙兀兒(Moghol)帝國通商，從1688年起進駐此城。

　　這所有景致如閃電般閃過，而且經常有一大片白色煙霧模糊視野。旅客只能在瞬間陸續瞥見：位於貝那拉斯東南二十英里處、昔日比哈爾土王的堡壘楚納古堡；加吉浦與當地重要的玫瑰香水工廠；高聳於恆河左岸的康瓦里爵士的墳墓；設防的城市巴克薩，印度最大鴉片市場所在的大工商城市帕特納；還有較為歐化的城市孟基爾，這裡就像英國的曼徹斯特與

> 66 這所有景致如閃電般閃過，而且經常有一大片白色煙霧模糊視野。 99

111

16世紀時，加爾各答還是胡格里河畔無數小型通商口岸之一。英國殖民擴張始自1757年佔領孟加拉起。1843年，加爾各答成為英國在印度的政治首府。

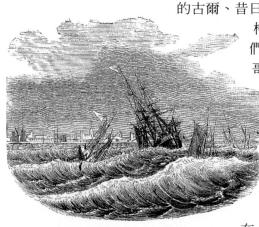

加爾各答的海潮：海潮是當海水漲潮時將出海口的河水向回推。恆河的海潮以猛烈著名。

伯明罕，以鑄鐵廠以及有刃工具與刀劍製造廠聞名，高高的煙囪使得梵天的天空堵滿了黑煙，也給了這個夢幻國度致命的一擊！

接著黑夜降臨，火車在老虎、熊、狼的奔逃嚎叫聲中飛馳前進，但是孟加拉、哥康達、荒頹的古爾、昔日的首府莫夕達巴、布德旺、胡格里、昌德納哥的美景，旅客們卻都無緣得見。尤其昌德納哥位於法屬印度，萬能若能見到飄揚在上空的法國國旗必定感到驕傲！早上七點，終於抵達了加爾各答。前往香港的船要到正午才起錨，因此費雷斯‧佛格還有五個小時。

根據預定行程，佛格必須在十月二十五日，亦即離開倫敦二十三天後，到達印度首府，他也完全按照計畫既未遲到也未提前。只可惜從倫敦到孟買所省下的兩天時間，卻在橫越印度半島時又花掉了，不過佛格應該並不後悔。

15
袋子裡的鈔票又減少了
數千英鎊

加爾各答的清真寺。回教從10世紀引進印度，到12世紀時，回教一神論仍與多神的印度教相距甚遠。他們的共存也寫下印度史上許多血腥的插曲。

火車進站了。萬能第一個下車，佛格先生隨後並攙扶年輕的女伴步下月台。佛格打算直接上船將奧姐夫人安頓好，她在這個國家實在太危險了，他不想丟下她不管。

正當佛格要走出車站時，一名警察走上前來對他說：

「是費雷斯‧佛格先生嗎？」

「正是。」

「這位是您的僕人？」警察指了指萬能說。

「是的。」

「請兩位跟我來。」

佛格完全沒有一點驚訝的反應。這名警察代表了法律，對所有英國人而言，法律是神聖的。萬能不脫法國人的習性就想據理力爭，但警察用警棍碰了碰他，佛格也示意要他服從。

加爾各答的平民區：此城的人口隨港口的發展而增加。

「這位女士可以和我們一起去嗎？」佛格問道。

「可以。」警察回答。

警察帶著佛格、奧妲和萬能朝一輛「帕奇加利」走去，這是由兩匹馬拉的一種四輪車，車上有四個座位。他們出發了。一路走了約莫二十分鐘，誰也沒有說話。

車子首先行經街道狹窄的「貧民窟」，兩旁簡陋的房子裡擠滿了不同國籍的人，他們全都一身髒兮、衣衫襤褸。接著穿越歐化的市區，這裡有賞心悅目的磚砌房屋，高大的椰子樹與林立的旗桿，儘管時間尚早，卻已有姿態優雅的騎兵與

車子首先行經街道狹窄的「貧民窟」，兩旁簡陋的房子裡擠滿了不同國籍的人，他們全都一身髒兮、衣衫襤褸。

恆河上巨大的鐵橋，能
讓人想像河口的寬闊。

華麗的馬車穿梭來去。

「帕奇加利」在一棟外表素樸的屋宅前停下，
但這裡應該不是普通住家。警察讓犯人──的確
可以如此稱呼他們──下車後，帶他們到一間裝
了鐵窗的房裡，說道：

「八點半，歐巴迪亞法官會傳你們出庭。」

他說完便出去了，並關上了門。

「完了！我們被捕了！」萬能頹坐在椅子上，
喊道。

奧姐立刻轉身向佛格，她雖力持鎮定，卻仍
掩不住聲音中激動的情緒：

「先生，不要管我了！都是因為我，你們才會
被追捕！因為你們救了我！」

佛格只回答說這是不可能的事。為了這次殉
夫的事件而遭到追捕！絕不可能！那些人怎敢出
面上告？其中想必有什麼誤會。佛格又說無論發
生什麼事，他都不會丟下奧姐，他一定會帶她到
香港。

「可是船中午就要開了！」萬能說。

「我們會在中午以前上船。」冷靜的佛格只回
了這麼一句。

見他說得那麼肯定，萬能也不禁告訴自己：

「當然囉！中午以前我們一定能上船！」但是
他一點把握也沒有。

八點半一到，房門開了。那名警察再度出

115

上圖是孟加拉步兵。下
圖面向讀者的是孟買步
兵，背對的是馬德拉斯

步兵。他們是英國建構
印度軍隊的主力。

現，將犯人帶到隔壁的房間去。那是一間法
庭，旁聽席上已經有不少歐洲人與當地人等在
那裡。

佛格、奧姐和萬能被帶到一張長凳前坐
下，正好面對著法官與書記官的座位。

歐巴迪亞法官幾乎和他們同時進入庭內，
後面跟著書記官。法官是個圓滾滾的胖子。他
取下掛在釘子上的一頂假髮，熟練地戴上。

「第一個案件，」他說。但卻忽然手按住
頭喊道：「喂！這不是我的假髮！」

「的確，歐巴迪亞法官，那是我的。」書
記官回答。

「親愛的奧斯特普夫
先生，你說一個戴著書記官
假髮的法官，怎麼能做出正
確的判決呢！」

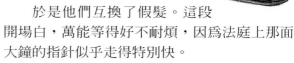

於是他們互換了假髮。這段
開場白，萬能等得好不耐煩，因為法庭上那面
大鐘的指針似乎走得特別快。

「第一個案件。」歐巴迪亞法官又說一
遍。

「費雷斯‧佛格？」奧斯特普夫書記官
說。

「本人在。」佛格應道。

「萬能？」

「在！」萬能回答。

「很好！」法官說：「我們已經在孟買的
火車上盯了你們兩名被告兩天。」

「我們犯了什麼罪呀？」萬能不耐地嚷
道。

「你們馬上就會知道。」法官回答。

「法官大人，」佛格說：「我是英國公
民，我有權利…」

116

「你受到了無禮的對待嗎？」法官問道。

「沒有。」

「好！帶原告出庭。」

法官下令後，其中一扇門開了，庭丁戴著三名印度教士走進來。

「沒錯！」萬能小聲地說：「就是那些想燒死我們奧妲夫人的壞蛋！」

教士走到法官面前站定後，書記官大聲唸出一份訴狀，內容指控費雷斯・佛格先生與其僕人褻瀆了婆羅門教的一處聖地。

「你都聽見了？」法官向佛格問道。

「是的，法官大人。」佛格看了看錶回答說：「我承認。」

「啊！你承認？…」

「我承認，我也等著聽聽這三名教士，承認他們企圖在皮拉吉寺院所做的事。」

教士們互相對看，似乎完全不明白被告的意思。

「對呀！」萬能激動地大

66 「這裡有褻瀆者的鞋子作為物證。」書記官邊說邊將一雙鞋子放到桌上。 99

每當大船進港時，正是商務繁忙的時候：所有腳夫、茶商、流動商人與乞丐都會湧向岸邊。

加爾各答港：無數的舢舨湧向泊岸的大船。

喊：「在皮拉吉寺院前面，他們想燒死受害者！」

教士又大吃一驚，歐巴迪亞法官也深受震撼。

「什麼受害者？」他問道：「燒死誰？就公開在孟買市區？」

「孟買？」萬能喊道。

「是呀。不是皮拉吉寺院，而是孟買馬拉巴山丘的寺院。」

「這裡有褻瀆者的鞋子作為物證。」書記官邊說邊將一雙鞋子放到桌子上。

「我的鞋子！」萬能實在過於驚訝，不由得高呼出聲。

主僕兩人心裡的困惑可想而知。孟買寺院裡的意外事件他們早已忘了，如今卻竟為此在加爾各答受審。

事實上，菲克斯警探知道自己該如何利用這次的事故。他延後了十二小時出發，利用這段時間前去詢問馬拉巴山丘的教士，並答應給予可觀的損害賠償，因為他知道英國政府對這類罪行的懲罰極為嚴厲；然後他便讓他們搭上下一班車追趕瀆聖之人。雖然法官接到專人緊急通知，待佛格與僕人一到站便立刻逮捕，但他二人為了拯救那名年輕寡婦，菲克斯與印度教士反而趕在他們之前抵達了加爾各答。菲克斯聽說佛格尚未到達，自然大失所望。他一定以為這名竊賊在途中某個車站下車，逃往北方省分去了。整整二十四個小時，菲克斯都心急如焚地守候在車站。因此那天早上，當他看見佛格步下車廂，身邊還多了一位身分不明的少婦時，也自然是欣喜若狂。他立刻派出一名警察，接著佛格、萬能和班達肯土王的遺孀就被帶到歐巴迪亞法官面前來了。

如果萬能不那麼專注在自己身上，他就會發現，那名警探正在法庭的角落裡凝神旁聽，他的

118

緊張並不難理解，因爲在加爾各答也和在孟買、蘇伊士一樣，還是沒收到逮捕令！

然而歐巴迪亞法官已經留意到萬能驚呼而出的供詞，萬能就算想付出一切代價收回這句話也來不及了。

「你是坦承罪行了？」法官問道。

「是的。」佛格冷靜答道。

「有鑑於…」法官繼續說：「有鑑於英國法律欲以平等而嚴格的方式保護印度人民的所有宗教，今萬能先生坦承於十月二十日，因未脫鞋而褻瀆了孟買市馬拉巴山寺院之地板，因此本席判他監禁十五天，並處以罰款三百英鎊。」

「三百英鎊？」只關心罰金的萬能不禁大嚷。

「安靜！」庭丁尖聲制止。

「另外，」歐巴迪亞法官又說：「由於並無證據證明主僕二人非共犯關係，而主人也理應爲僕人的行爲舉止負責，因此判費雷斯・佛格監禁八天，並處以罰款一百五十英鎊。書記官，傳下一庭！」

角落裡的菲克斯眞有說不出的滿意。佛格在加爾各答關上八天，他等候逮捕令的時間便綽綽有餘了。

萬能驚呆了。這項判決毀了他的主人，兩萬英鎊的賭注也飛了。這一切只因爲自己貪玩，走進那間該死的寺院！

佛格依然神色自若，連眉頭也沒皺一下，彷彿事不關己似的。正當書記官傳喚下一庭時，他忽然起身說道：

「我要繳保證金。」

「這是你的權利。」法官回答。

菲克斯整個脊背涼了一半，但當他聽見法官宣判「有鑑於費雷斯・佛格與其僕人乃外國人士」，因此每人須得繳納一千英鎊的鉅額保證金，

堤岸上建有鐵道，能加速將貨物輸往內地。

119

他又安了心。

假如佛格不服刑，就得拿出兩千英鎊來。

「我願意繳納。」佛格說。

說完便從萬能的袋子裡拿出一疊鈔票，放在書記官的桌上。

「待你服刑之後，便可歸還這筆金額。」法官說：「現在你們可以交保釋放了。」

「走吧。」佛格對僕人說。

「他們至少該把鞋子還我吧！」萬能氣憤地大喊。

他拿回了鞋子。

「這雙鞋還真貴！」他喃喃地說：「一隻一千英鎊！穿起來還扎腳呢！」

佛格挽著奧妲走出庭外，萬能則可憐兮兮地跟在後面。菲克斯還抱著希望，也許佛格到頭來還是決定不浪費這兩千英鎊，而寧願去坐八天的牢。於是他也尾隨了出去。

佛格招來一輛車，奧妲、萬能和他立刻上了車。菲克斯追著車跑，不久車子便在市區的一道堤岸邊停下。

「仰光」號就停泊在港口外半英里處，啟航的旗幟已經升上桅杆。十一點的鐘聲響起。佛格提早了一個小時。菲克斯眼看著他下車，和奧妲與僕人一起登上一艘小船，忍不住頓足。

「這個無賴！」他喊道：「竟然走了！犧牲了兩千英鎊！可真是慷慨的賊！唉！我不惜追蹤他到天涯海角，只不過再這樣下去，他偷來的錢很快就要花光了！」

菲克斯警探這麼想自有他的道理。因為打從佛格離開倫敦起，一路上又是獎金、又買大象、又繳保證金與罰款，已經花了不下五千英鎊，而警探依追回贓款的百分比所能分到的獎金也隨著不斷地減少了。

16
菲克斯似乎完全弄不清楚狀況

「仰光」號就停泊在港口外半英里處，啓航的旗幟已經升上檣杆。

　　半島與東方公司的「仰光」號，專門航行中國與日本海域，鐵殼船身、以螺旋槳推進、噸位達一千七百七十公噸，更擁有四百的超強馬力。這艘船速度和「蒙古」號一樣快，舒適度卻是不及，因此無法爲奧姐提供佛格所預期的享受。不過船程也只有三千五百英里，亦即十一至十二天，何況奧姐也並非挑剔的乘客。

　　最初幾天，奧姐夫人對佛格有了更深一層的認識。她也不斷地表達自己深深感激之情，對此

121

佛格總是顯得非常冷漠，至少在他的口氣與手勢上，都絲毫沒有流露出任何情緒。不過他對奧妲的飲食起居卻又設想得十分周到。他總會在特定的時間來找她，就算不是聊天，至少聽她說說話。他對她謹守著最正統的禮節，但是那種氣質與舉止卻又像是專為此設計而成的機械人。奧妲夫人不知該作何感想，不過萬能倒是對她稍微解釋過主人的怪異性格，同時也說出了迫使主人環遊世界的那項賭注。奧妲聽完笑了笑；佛格畢竟救過她的命，對這位救命恩人她永遠只有感激。

奧妲證實了那位印度嚮導所說有關於她的感人身世。她的確隸屬於印度最上流的族群。有一些帕西商人在印度靠著買賣棉花致富，其中一位詹姆斯·哲吉博伊先生還獲得英國政府授與爵位，奧妲夫人便是這位孟買富翁的親戚，而她到香港要找的人也正是哲吉博伊爵士的表親哲吉先生。他是否願意收留她並給予幫助呢？奧妲也不能肯定。對此佛格先生要她不用擔心，一切都會有「精密」的安排！他的確是這麼說的。

奧妲了解這個形容詞的可怕含意嗎？這點我們不知道。然而，她那雙大眼睛，那雙「清澈宛如喜瑪拉雅山上神聖湖水」的眼睛，卻直盯著佛格先生看。但頑固的佛格冷淡一如往常，一點也沒有投身入湖的衝動。

「仰光」號最初的航行非常順利。氣候適中，巨大的孟加拉灣的海況也有利船的前進。於是他們很快接近了安達曼群島的主要島嶼大安達曼，遠遠地便可望見島上那座高兩千四百英尺的秀麗山峰

沙德峰。

　　船循著海岸線而
行，但並未見到島
上土著巴布亞人
的蹤跡。他們被列為最低
等的人類，但是他們吃人
肉的傳說卻並非事實。

　　這些島嶼上的風景
美極了。眼前遍佈著蒲
葵、檳榔、竹子、肉豆
蔻、柚木、巨大的含羞草
與喬木狀的羊齒植物，遠方則
有山巒清晰優美的剪影。海岸邊聚集了成千上
萬珍貴的燕子，燕窩更是天朝的一道珍羞。然而
安達曼群島這番變化多端的景致很快便消失了，
「仰光」號快速地航向麻六甲海峽，通過海峽後便
是中國的海域了。

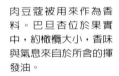

肉豆蔻被用來作為香料。巴旦杏位於果實中，約橄欖大小，香味與氣息來自於所含的揮發油。

　　旅途中，那位不幸被迫跟著環遊世界的菲克
斯警探又在做些什麼呢？他向加爾各答警方下達
「一收到逮捕令就立刻轉送香港」的命令之後，努
力地避開萬能的視線登上了「仰光」號，他希望
在輪船到達香港之前都不要暴露形跡。因為萬能
以為他人在孟買，萬一被他發現不但很難解釋，
還可能引起他的疑心。後來他卻又不得不因時制
宜與那位好僕人重新建立關係。如何辦到呢？往
下看便見分曉。

　　如今菲克斯警探的一切希望都只放在一個地
方，那就是香港，因為船在新加坡停留的時間太
短，無法行動。因此他只能在香港逮捕這名竊
賊，否則罪嫌將很可能永遠逍遙法外。

　　香港已經是旅途上最後一處英國領土了。接
下來，無論到中國、日本或美國，佛格都可以說
是安全無虞。在香港，只要逮捕令終於到達，菲

蘇門答臘居民採收肉豆蔻。肉豆蔻樹有時是野生的，但大多數是種植而成，如孟加拉、蘇門答臘、安地列斯群島的就是。

123

克斯就可以馬上逮捕佛格並交給警方，毫無問題。可是一旦出了香港，光是一紙逮捕令並不夠，還得有一份引渡請求書。如此一來便可能出現種種延誤與障礙，讓佛格可以趁機逃逸。在香港若不採取行動，要抓住他可就難上加難了。

　　「所以，」菲克斯鎮日待在艙房裡不斷想著：「所以，逮捕令可能會到香港，那麼我就可以拿下他，但也可能到不了，這回不惜任何代價都得讓

他走不成！在孟買失敗，在加爾各答失敗！要是在香港又失敗，我就名譽掃地了！無論如何都要成功。但是如果必要的話，該用什麼方法才能耽擱這個該死的佛格的行程呢？」

最後，菲克斯決定向萬能坦承一切，讓他了解他主人的為人。萬能顯然並非共犯，他一旦察覺真相，為了不受牽連，應該就會站到菲克斯這邊來了。不過這個方法畢竟很冒險，非到萬不得已絕不能用，因為只要萬能向主人透露一句就全完了。

當菲克斯在「仰光」號上發現佛格身邊的女伴奧姐夫人時，心中又有了新的想法，因此更加感到左右為難。

這個女人是誰？她是在什麼樣的情況下成為佛格的女伴？他們顯然是在孟買到加爾各答的途中相遇的。但又是在什麼地方呢？他們是巧遇嗎？這趟橫跨印度的行程難道不是佛格為了與這名迷人的女子會合，而特意安排的嗎？她確實迷人！菲克斯在加爾各答法庭的聽眾席上看得一清二楚。

菲克斯著實困惑極了。他心想這會不會是一樁綁票案。對了！一定是！這個念頭深深崁進菲克斯的腦中，而且他發現自己可以善加利用。無

在這張孟加拉灣的地圖上，顯視出「仰光」號的路程，從加爾各答，穿過位於蘇門答臘與麻六甲半島間的麻六甲海峽到新加坡，是一趟長達1500公里的行程。麻六甲半島擁有許多資源，能栽種水稻、蔗糖、棉花、煙草、胡椒、茶、咖啡、可可與橡膠樹，並擁有柚木與檀香木等珍貴木材。在凡爾納的時代，只有南部的麻六甲在英國的控制下。

1774年，第一封電報由法國人勒薩奇(Lesage)在日內瓦發出。它是由24條代表不同字母的電線所組成。直到1843年，摩斯碼制定後才開啟電報的使用，特別是在巴爾的摩與華盛頓之間。一個槓桿造成斷路器，能依照所接受的長短電子訊號，結合成不同的字，這些組合就是摩斯碼。

論這名女子是否已婚，總之她是遭人綁架，那麼這名挾持犯可能就會在香港遇上無法用金錢解決的大麻煩。

可是不能等到「仰光」號抵達香港。這個討厭的佛格老是喜歡從一艘船跳上另一艘船，若是到時才動手，他可能又逃之夭夭了。

現在重要的任務是通知英國有關單位，並且在「仰光」號靠岸前發出預警。這點再簡單不過了，因為船會在中途停靠新加坡，而新加坡與中國海岸之間剛好有一條電報線。

然而，為了在行動之前能更加確定，菲克斯決定去問萬能。他知道要讓這個年輕人說實話並不難，因此決定不再隱藏身分。他已經沒有太多時間，這天是十月三十日，第二天「仰光」號就要在新加坡靠港了。

因此當天菲克斯便走出艙房到甲板上來，打算以無與倫比的驚訝神情「主動」去接近萬能。萬能正在船頭晃來晃去，忽然看見菲克斯衝上來大嚷著：

「你也在船上！」

「菲克斯先生！」萬能認出是「蒙古」號船上的同伴時，詫異萬分：「我和你在孟買分手，竟然又在前往香港的途中重逢！你

該不會也要環遊世界吧？」

「不，不是。」菲克斯回答：「我打算在香港至少停留幾天。」

「喔！」萬能似乎還是不敢相信：「可是從加爾各答出發以後，我怎麼都沒有見到你？」

「哎呀，我人不舒服…有點暈船…我留在艙房裡睡覺…孟加拉灣可不像印度洋對我那麼好。你的主人佛格先生呢？」

66 萬能正在船頭晃來晃去，突然看見菲克斯衝上來大嚷著：「你也在船上！」「菲克斯先生！」萬能詫異萬分。 99

「他還是那麼健康、準時！一天也沒有耽誤！對了，菲克斯先生，有件事你不知道，另外還有一位女士與我們同行。」

「一位女士？」警探回答時，裝出一臉不明所以的表情。

「仰光」號行走的路線從新加坡到婆羅洲，也正是英國博物學家華勒斯(Alfred Russel Wallace, 1823-1913)所行經的路線。他曾花數年時間，在印尼與馬來西亞間研究哺乳動物。凡爾納與華勒斯為同時代的人，當然聽說過他的探險事跡。

不過萬能很快便說出了事情的來龍去脈。他將孟買寺院的意外、以兩千英鎊買下大象、殉夫事件、劫走奧姐、在加爾各答法庭被判刑又交保釋放等經過一一道來。菲克斯雖然知道後半段，卻表現得一無所知，萬能面對聽得如此津津有味的聽眾，也就說得更加賣力了。

「可是，」菲克斯問道：「你的主人到底是不是想把這名女子帶到歐洲？」

「不是的，菲克斯先生，不是！我們只是要把她交給親戚照顧，這個親戚是香港的富商。」

「沒輒了！」菲克斯掩飾了內心的失望，問道：「來一杯杜松子酒嗎，萬能先生？」

「好啊。起碼為了慶祝我們在『仰光』號上重逢！」

17
新加坡到香港途中所發生
的一切

　　從那天起，萬能和菲克斯經常碰面，不過菲克斯非常謹慎，也不再向同伴套話。有兩三次，他在船上大廳裡瞥見了佛格，要不是陪著奧妲夫人，就是玩他的惠斯特牌，一成不變。

　　至於萬能，他開始認真地思考何以旅途上會再度遇見菲克斯，未免巧得離奇。事實上，讀者就不會像他那麼驚訝了。他第一次在蘇伊士遇到這位極度親切、極度熱心的先生，接著他上了「蒙古」號，說要在孟買下船，後來卻又在前往香港的「仰光」號上重逢，總而言之，他是亦步亦趨地跟著佛格，這點令人頗費思量。這個菲克斯究竟有何目的？萬能敢拿自己珍貴收藏的那雙鞋子打賭，菲克斯還會和他們一同離開香港，而且很可能搭同一艘船。

　　萬能就算想上一百年也絕對想不到這名警探的任務。他做夢也想不到費雷斯・佛格竟會被警方當成竊賊，而全球追蹤。不過為一切事物做出合理的解釋這是人之常情，於是萬能靈機一動，

18世紀新加坡的港區。新加坡位於中南半島南部，控制出太平洋最頻繁的出口──麻六甲海峽，也是英國海軍基地。此景取自法國航海家杜維爾(Dumont d'Urville, 1790-1842)的作品。杜維爾在1842年喪生於聖日耳曼昂列(Saint-Germain-en-Laye)鐵路意外前，曾環遊世界三次。

129

想出了菲克斯一直跟著他們的原因，老實說他的想法也還眞是合情合理。他認爲菲克斯只可能是主人在俱樂部那些會友們派來的密探，爲的是證明他們的確依照預定的行程環遊世界一周。

「一定是的！一定是的！」萬能對自己敏銳的觀察力十分驕傲：「他是那些先生們派來跟蹤我們的！他們也眞是不應該！佛格先生是那

66 十點，他們回到船上。而一直悄悄跟蹤他們的菲克斯警探，想必也是不惜代價雇了馬車吧。99

麼正直，名聲又那麼好！竟然派偵探監視他！哎呀，革新俱樂部的諸位先生，你們一定會後悔的！」

萬能有了這番發現之後喜出望外，但他還是決定暫時保密，以免主人因為對手們對自己的不信任而感到受傷。不過他也下定決心，一有機會便要不露痕跡地大大嘲弄菲克斯一番。

十月三十日星期三下午，「仰光」號駛進了介於麻六甲半島與蘇門答臘之間的麻六甲海峽。幾座山勢峭拔壯麗的小島遮住了乘客的視線，因此看不到本島。

翌日，凌晨四點，「仰光」號比預

定時間提早了半天在新加坡靠港補給燃料。

佛格將這半天的時間記入了收穫欄中。而這回他也下了船，因為奧妲夫人說她想利用這幾個小時散散心。

19世紀時，歐洲人在馬來西亞皆住平房。

對佛格的一舉一動無不抱著懷疑的菲克斯，便偷偷地跟隨在後。至於對菲克斯的舉動暗笑在心裡的萬能，則照例去買一些必需用品。

新加坡島並無雄偉的景觀，在這裡見不到山勢起伏，然而貧乏之中卻也不失嫵媚之處。這裡就像被美麗的道路分割開來的公園。幾隻從新荷蘭引進的優雅馬

新加坡市過去被分為許多不同區：歐洲區、華人區與印度人區。

匹套在一輛華麗馬車上，載著奧妲夫人與費雷斯‧佛格四處瀏覽，放眼盡是綠意盎然的棕櫚樹以及丁香樹，丁香花就像是含苞待放的花蕾一般。在這裡，胡椒樹叢取代了歐洲鄉下那些有刺的樹籬；西穀棕櫚，一種枝葉氣勢壯觀的大蕨類，改變了這個熱帶地區的景觀；葉片油亮的肉豆蔻更使空氣中充滿濃郁的香氣。樹林裡有一大群齜牙咧嘴、反應機警的猴子，叢林裡也或許有老虎。假如你對於這麼小的島竟到最近才將老虎滅絕感到不可思議，當地人會告訴你那些老虎都是從麻六甲游水過來的。

新加坡的舢舨碼頭。舢舨的局部被竹編的拱頂所覆蓋，乘客坐在其下，夜裡也在拱頂下入睡。

在鄉間走了兩個小時之後，奧妲與她那位心不在焉的同伴進了城，城裡全是一些外觀笨重的低矮房子，環繞在屋外的美麗庭園裡種了山竹、鳳梨和全世界最甜美的水果。

十點，他們回到船上，而一直悄悄跟蹤他們的菲克斯警探，想必也是不惜代價雇了馬車吧。

　　萬能在「仰光」號的甲板上等他們。他買了幾十個和中型蘋果一樣大的山竹，這種水果的果皮外呈深棕、內部鮮紅，白色的果肉化入口中，眞是人間難得的美味享受。萬能興沖沖地請奧妲夫人品嚐，奧妲則十分優雅地向他道謝。

　　十一點，加滿了燃料的「仰光」號鬆纜啓程，幾個小時後，林中住著全世界最美的老虎的麻六甲那些崇山峻嶺，便已消失在視線之外。

　　新加坡和英國在中國沿海的一個小屬地香港島，相去大約一千三百英里。佛格最遲得在六天後到達，才能搭上十一月六日從香港開往日本大港橫濱的船。

　　「仰光」號上擠滿了人。許多乘客都是在新加坡上船的，其中包括印度人、錫蘭人、中國人、馬來人、葡萄牙人，而大部分乘客坐的都是二等艙。

> 66 天氣本來一直十分晴朗，在下弦月出現後忽然變了天。海浪洶湧翻騰。 99

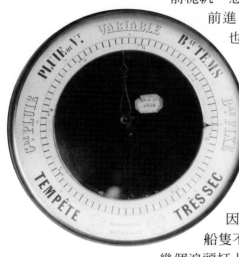

有些大船上會用到氣壓計，能預測天氣變化，避開突如其來的暴風雨侵襲。

駕駛艙裡有許多輪舵：在小船上，舵由舵手便能操作，然而在大船上，舵必須由一個或多個發動機來啟動。

天氣原本一直十分晴朗，在下弦月出現後忽然變了天。海浪洶湧翻騰，偶爾還刮起大風，但幸好來自東南，有利於船行。當遇上好天氣，船長便下令升帆。因此「仰光」號經常揚著雙帆與前桅帆，憑藉著蒸汽與風力的雙層動力加速前進。他們就這樣迎著短促、有時卻也非常累人的海浪，循安南與交趾支那海岸而上。

不過乘客大多暈船並感到疲累，這番過錯倒也不在於海而在於船。

事實上，負責中國海域運輸的半島公司，在船隻建造上有一項嚴重的缺失。由於船隻吃水與船高的比例沒有計算好，因此對海水的抗力十分薄弱，而且船隻不透水的密閉空間不足，因此只要幾個浪頭打上甲板就會影響船速。這些船比起「皇后」號與「柬埔寨」號等法國運輸船隻，即使引擎與蒸發器不差，結構卻是差多了。根據工程師的計算，法國船隻須得有等同於船身重量的海水打上船來才可能沈船，而半島公司的船隻如「哥康達」號、「高麗」號以至於「仰光」號，卻只要有相當於船身六分之一重的海水打上甲板，就會葬身海底。

因此，遇上惡劣的天候，最好還是小心謹慎，有時候得收帆，速度也要減慢。這樣浪費時間，佛格卻像是毫不在乎，倒是萬能顯得氣憤不平。他罵船長、罵機師、罵船公司，凡是與運送乘客有關的一切無不遭殃。而他之所以這麼不耐煩，說不定也和沙維爾街住家裡他忘了關掉的那盞煤氣燈大大有關。

「看來你很急著到香港哦？」有一天警探如此

問他。

「是很急！」萬能回答。

「你以爲佛格先生會急著趕搭前往橫濱的船？」

「十萬火急。」

「這麼說你現在相信這趟不可思議的旅行囉？」

「絕對相信。你呢，菲克斯先生？」

「我？我不信！」

「你眞愛說笑！」萬能眨眨眼睛說。

這句話讓菲克斯陷入沈思。他忽然沒來由地憂心起來。那個法國人莫非猜到了？他也不能肯定。不過他警探的身分只有他自己知道，萬能又怎麼能識破？然而，萬能會這樣說，也一定另有深意。

又有一天，萬能說得更加露骨，但他實在控制不住自己的嘴巴。

「菲克斯先生哪，」他用一種嘲弄的口吻問同伴道：「到了香港以後，你是不是就要下船了？那可眞是可惜！」

杜蒙-杜巴克(Dumont-Duparc)所繪的沉船。航海場面的畫作廣受喜愛，許多畫家專工船舶的描繪，有「海景畫家」之稱。

「這…」菲克斯回答得有些狼狽：「我也不知道！…也許…」

「啊！」萬能說：「要是你能繼續陪著我們就太好了！其實，身爲半島公司的專員怎麼能半途而廢呢！你本來只要到孟買，而現在都快到中國了！接下來美國就在眼前，而美國與歐洲之間也不過一步之遙！」

菲克斯直盯著萬能看，見他露出再友善不過的面孔，便也跟著他笑了。而萬能又興致勃勃地問他，從事這樣的工作待遇是不是很好。

135

「很難說。」菲克斯泰然自若地回答：「有好有壞。不過你要知道我不是自費旅行的！」

「這個呀，我當然知道囉！」萬能笑得更開懷了。

兩人話一說完，菲克斯便走入艙房思考了起來。那個法國人不知用了什麼方法，但他顯然已經識破自己警探的身分。他是否告訴主人了呢？在這整個事件中他又扮演什麼樣的角色？他是共犯嗎？計畫是否因為曝光而失敗了呢？幾個小時下來，菲克斯備受煎熬，有時以為已前功盡棄，有時又希望佛格尚蒙在鼓裡，總之就是拿不定主意。

後來他的思緒恢復了平靜，終於決定向萬能挑明一切。假如到了香港仍無法如願逮捕佛格，又假如佛格準備離開英國這最後一塊屬地，那麼他——菲克斯——便要對萬能說出一切。或許萬能與主人是同謀，佛格也掌握所有情況，那麼整個計畫就完了，但也或許萬能和竊案毫無關係，如此一來他當然就得捨棄主人。

這兩個人各懷心思之際，佛格卻是處之泰然。他依循著預定的軌道環遊世界，根本不去管在一旁運行的小行星。

然而，附近卻有一顆天文學家所謂的攝動星體，可能讓這位英國紳士的內心略起騷動。不可能！因為出乎萬能意外的是奧妲夫人的魅力根本打動不了他，就算有什麼騷動，恐怕也比促使天文學家發現海王星的天王星攝動更難以估量吧。

沒錯！奧妲每天以充滿感激的眼神注視著佛格，看在萬能眼裡不由得他不詫異！佛格雖然有

66 兩人話一說完，菲克斯便走入艙房思考了起來。那個法國人不知用了什麼方法，但他顯然已經識破自己警探的身分。99

「閥內氣壓不足了
呀！」他大喊：「船不
走了！都是這些英國
人！啊！要是美國的船
也許會爆炸，但走得可
快多了。」

英勇救人的心，卻沒有一顆愛人的心！至於他是
否會因為這趟旅行而產生些許煩惱，這點也毫無
跡象可循。但萬能卻是惶惶不可終日。有一天，
他倚在機房的欄杆旁看著那具威力十足卻偶爾會
故障的機器，忽然間一陣劇烈的搖晃將推進器給
晃出了海面，蒸汽從閥門噴射出來，萬能見狀不
禁勃然大怒。

　　「閥內氣壓不足了呀！」他大喊：「船不走
了！都是這些英國人！要是美國的船也許會爆
炸，但走得可快多了！」

137

18
佛格、萬能、菲克斯各人
自掃門前雪

抵達目的地的前幾天,天氣十分惡劣。風轉
強了,而且一直從西南吹來,阻礙了船的前進。
「仰光」號東搖西晃的很不穩定,對於風在海上吹
起這一波接著一波的巨浪,乘客們自然感到不耐
煩。

十一月三日、四日兩天，有一場暴風雨。狂風猛烈地衝擊海面。「仰光」號只得收帆半天，螺旋槳也只能維持在十圈的轉速，盡量不與海浪衝突。但儘管帆全部捲起，索具卻仍是累贅，不斷在暴風中發出嘶嘶的響聲。

船速明顯減慢了，目前估計抵達香港的時間將會延誤二十個小時，倘若風暴不止，則還會拖延更久。

海面上巨浪翻騰，彷彿正面衝著佛格而來，但佛格望著這幅景象卻仍是無動於衷。他眉頭一皺也不皺，然而，延誤二十個小時卻可能讓他趕不上開往橫濱的船。可是這個沒有神經的人竟然既不感到不耐也不覺得煩惱，就好像他已經事先預知了這場暴風雨似的。奧姐與他交談後，發現他還是鎮定一如往常。

而菲克斯的看法就不一樣了。這場暴風雨讓他欣喜不已。假如「仰光」號迫於風暴而不得不轉向，他還會更高興。這些延誤對他很有利，因為如此一來佛格就非得在香港多留幾天。老天爺的這場狂風暴雨可真是幫了他的忙。他雖然晃得有些七暈八素，又有什麼關係！他不在乎嘔吐，儘管身體受著暈船之苦，他的心中卻是欣喜若狂。

至於萬能，在此面臨考驗的時刻，不難想像他的暴怒。在此之前，一切是那麼地順利！陸地與海水彷彿一同為主人效力，輪船與火車對他唯命是從，風與蒸汽也團結一致送他上路。難道厄運終於降臨了嗎？萬能一副無精打采，好像那兩萬英鎊的賭注得由他出似的。這場暴雨令他氣惱，這場狂風使他憤怒，他真想好好修理這片不聽話的海！可憐的僕人！菲克斯小心地隱藏了志得意滿的心情，若是讓萬能稍微看出他心中竊喜，他的日子恐怕就不好過了。

19世紀時，海難經常發生。橫越大西洋的船運公司常遭受一連串的船難，動搖乘客的信心。1873年11月，「勒哈弗城」號被一艘鐵船撞到，12分鐘後沉沒，造成236人罹難。隔年，「歐洲」號船艙進水六公尺後棄船，所幸無人死亡。幾天後，「美洲」號遭遇暴風雨，在法國布列塔尼半島西側的卡森島(Quessant)外海沉沒。

一張東中國海地圖,上有中國、日本與朝鮮。在此書的年代,中國與日本已與西方通商,朝鮮仍處於鎖國時期。直到1880年,朝鮮社會蓬勃發展,政府因而效法日本,開港與外國通商。

狂風大作之際,萬能一直待在甲板上。他在船艙裡待不住,便想幫幫船員的忙,他靈活得像隻猴子倒是令人刮目相看,不過無論船長或其他大小船員都忍不住偷笑,因為實在沒見過這麼性急的年輕人。萬能非得問出暴風雨還要持續多久。他們便要他去看氣壓計,但指標似乎沒有上升的跡象。萬能拿起氣壓計不停晃動,但不管他再怎麼搖晃、怎麼咒罵,氣壓計還是依然故我。

最後風雨終於停息了。海況在十一月四日有了變化,風向也突然轉為南風,再度有利船行。

萬能總算安了心。「仰光」號再度揚起部分船帆,全速上路。

可是失去的時間已難挽回,對於這點也只能坦然接受。他們直到六號清晨五點才望見陸地,而佛格預計抵達的時間卻是五號。因此他們足足晚了二十四小時,往橫濱的船班自然也是錯過了。

六點,領港員登上「仰光」號,在舷梯上就定位,準備引導大船通過航道進入香港的港口。

萬能好想問問這個人,橫濱的船是否已經離開香港,但是他不敢,他寧願抱著一絲希望直到最後一刻。他向菲克斯吐露心中的憂慮,而菲克斯這隻老狐狸還試著安慰他,說佛格先生大不了搭下一班船就是了。萬能聽了更加惱怒。

但雖然萬能不敢冒險詢問領港員,佛格卻在參考了布雷蕭指南之後,不慌不忙地請教那位領港員是否知道從香港前往橫濱的船何時出發。

「明天上午漲潮時。」領港員回答道。

「喔!」佛格絲毫沒有訝異的神色。

當時也在場的萬能真想擁抱那位領港員,而菲克斯卻想當場掐死他。

「請問船名是?」佛格問。

「『卡那提克』號。」領港員回答。

「這艘船不是應該昨天出發的嗎？」

「是的，不過因為要修理一個故障的鍋爐，所以延到明天才啓程。」

「謝謝。」佛格說完，踩著機械的腳步又回到船上的大廳。

而萬能則緊緊抓住領港員的手說道：

「領港員，你眞是個大好人！」

這位領港員大概怎麼也想不通，自己的回答爲何會造成如此熱情的反應。一聲鳴笛之後他便爬上舷梯，導引著這艘大船穿進了麇集在香港港口的帆船、「蛋家」(船上人家)、漁船等各式各樣的船隊之間。

一點，「仰光」號靠岸了，乘客紛紛下船。

照這個情況看來，佛格的運氣確實好得出奇。若非爲了修理鍋爐，「卡那提克」號在十一月五日便已出發，而前往日本的旅客也只得等上

從這張地圖上可以清楚看到，英國在1842年從中國手中取得香港，1863年取得九龍半島。1898年簽訂99年租約，租借九龍北部、新界及大嶼山等235座島至1997年。

香港在英國接管前還是純樸的小漁港。英國一入主後，便快速發展成爲遠東最重要的金融商業中心。

一星期改搭下一班船。如今佛格雖然耽擱了二十四小時，對剩下的航程卻不至於有太大的影響。因為從橫濱橫越太平洋前往舊金山的輪船必須與香港的船銜接，所以非等到香港的船抵達後才能啟程。到橫濱時當然還是會晚上二十四小時，不過在橫越太平洋的二十二天當中，很快就能把這一點時間補回來了。也就是說在離開倫敦三十五天後，費雷斯‧佛格大約只比預定的計畫晚了二十四小時。

「卡那提克」號要到隔天清晨五點才出發，因此佛格還有十六個小時可以處理他的事情，不，應該說是奧妲夫人的事

情。

　　下船後，他挽著奧妲走向一頂轎子。向轎夫詢問過後，他們便一起出發前往轎夫所介紹的「俱樂部旅館」，萬能跟在轎子後頭，二十分鐘後便到了目的地。

　　他爲奧妲訂了一間房間，將一切安排妥當之後，他對奧妲說他馬上去找她要投奔的那位親戚。同時他也吩咐萬能待在旅館裡，陪著奧妲一塊等他回來。

　　佛格立刻前往交易所。既然尊貴的哲吉先生是香港數一數二的富商，那麼在交易所裡一定

" 他爬上船梯，導引著這艘大船穿進了麕集在香港港口的帆船、「蛋家」、漁船等各式各樣的船隊之間。**"**

有人認識他。

佛格詢問的那名經紀人剛好就認識他要找的帕西商人。可是，這位商人早在兩年前便已搬離

香港的維多利亞港曾是英殖民地的首府。

中國。致富之後，他就搬到歐洲，大概是荷蘭吧，因為他從商期間與荷蘭方面來往極為頻繁。

佛格一回到「俱樂部旅館」，立刻求見奧妲夫人，並且開門見山就說出哲吉可能已經搬到荷蘭而不住在香港了。

奧妲聽到這個消息，先是沈默不語，只見她將手放在額頭上，想了好一會。最後，她用柔柔的嗓音說道：

「那我該怎麼辦呢，佛格先生？」

「很簡單，」佛格答道：「去歐洲。」

轎子僅有一個座位，由人力所扛，是極為古老的交通工具之一。

「但我不能耽誤…」

「你不會耽誤什麼，有你同行對我的計畫毫無影響…萬能？」

「是的，主人。」萬能應道。

「回到船上去，預定三個艙房。」

接下來的旅程仍能有這位風姿綽約的女士陪伴，萬能感到十分高興，因此馬上就離開了旅館。

144

19
萬能對主人的事太感興趣
與其後續發展

　　香港只不過是個小島，在一八四二年鴉片戰爭後，依據南京條約割讓給了英國。短短幾年內，大英政府已將這塊殖民地建設成一座重要的都市，並在此開闢了維多利亞港。這座小島位於珠江河口，距離對岸葡屬的澳門只有六十英里。在貿易競爭上，香港打敗了澳門，因此目前絕大部分的中國商品都經由這個英屬城市轉運。這裡無論是船塢、醫院、碼頭、倉庫、哥德式的教堂、市政廳或是碎石路，都像極了肯特郡或索立郡的商業城，就好像這些都市從英國穿越了地心在地球另一頭的中國冒出來似的。

　　萬能兩手插在口袋往維多利亞港走去，一面東張西望看著轎子與在天朝仍十分受歡迎的人力車，還有街上熙來攘往的中國人、日本人與歐洲人。他發現這裡和沿途經過的孟買、加爾各答、新加坡並無太大的差異。好像全世界就被這一連串的英國城市貫穿起來了。

　　萬能來到維多利亞港，只見珠江口外停滿了密密麻麻的船隻，有英國、法國、美國、荷蘭的

　　上海是中國的海港，位於長江出海口，有黃浦江匯流。上海是由外國人所興建的城市。1843年起，相繼成為英、法、美等列強的租界，自此成為亞洲最重要的城市之一。在凡爾納的年代，上海因為外國租界而獲益不小，也就是說，她並不受中國法律管轄。在那兒能見到許多政治流亡者，歐洲人與中國人混雜而居，街坊上充斥著轎子與黃包車。

廣東是中國南部的工商大城，1841年鴉片戰爭時一度為英國所佔領。她曾壟斷與外國通商的權益。位於珠江畔，船夫聚居的舢舨區相當著名。

船，有軍艦與商船，有日本和中國的帆船、舢舨、「蛋家」，甚至還有花船在水上漂浮成一片花海。萬能走著走著，發現有一些年紀很大的當地人，身上都穿著黃色衣服。他走進一家理髮店想刮刮鬍子，才從那位英語說得很好的理髮師傅口中得知，原來這些老人都至少有八十歲了，所以他們才有特權可以穿上象徵皇帝的黃色衣服。萬能雖不明所以，卻也覺得有趣。

修好鬍子之後，他走到上船的碼頭，看見菲克斯正在那裡踱著方步，但他一點也不驚訝。不過菲克斯的臉上倒是明顯流露出失望的神情。

「好！」萬能心想：「情況對革新俱樂部那些先生們可不太妙！」

他笑容可掬地迎上前去，佯裝並未看出菲克斯的氣惱。

不過，菲克斯也實在不得不為自己的霉運感到氣憤。還是沒有逮捕令！逮捕令顯然就追在後頭了，只要在這裡多待幾天就一定能拿到。偏偏香港已經是行程中最後一個英國屬地，再不將佛格拿下，就再也沒有機會。

「菲克斯先生，你決定要和我們去美國了嗎？」萬能問。

「是的。」菲克斯咬牙切齒地說。

「好呀！」萬能故意放聲大笑：「我就知道你一定離不開我們！快來訂房間吧，來呀！」

於是兩人一同走進海運公司辦公室，訂了四個房間。

不料職員竟告知說「卡那提克」號的修理工作已經結束，當天晚上八點就要出發，不再等到原定的翌日清晨了。

「好極了！」萬能回答道：「剛好幫了主人一個大忙。我趕緊去通知他。」

這個時候，菲克斯做了一個緊急的決定。他要向萬能說明一切。這也許是能讓佛格在香港多停留幾天的唯一方法了。走出辦公室後，菲克斯請萬能到酒館去喝一杯。反正萬能還有時間，便接受了同伴的邀請。

碼頭上剛好開了一家小酒館，外觀十分吸引人，於是兩人便進去了。裡頭的大廳裝飾得相當華麗，大廳深處有一張行軍床，床上擺了幾個軟

帆船，比舢舨還大，是遠東地區具代表性的船隻。通常是二桅或三桅，帆為長方型，用來作沿岸航行。

❝萬能兩手插在口袋裡往維多利亞港走去，一面東張西望…還有街上熙來攘往的中國人、日本人與歐洲人。❞

147

66 碼頭上剛好開了一家
小酒館，外觀十分吸引
人，於是兩人便進去
了。裡頭的大廳裝飾得
相當華麗，大廳深處有
一張行軍床，床上擺了
幾個軟墊。 99

墊，還有幾個人睡在上頭。

　　大廳當中有三十來個客人分坐在幾張燈心草
編成的小桌子旁，有人喝著英國啤酒，也有人喝
著琴酒或白蘭地等烈酒。而大多數的人都抽著長
長的紅土煙桿，煙桿裡塞的是加了玫瑰香料的小
鴉片丸。要是有哪個煙客吸得飄飄然而滑到桌子
底下去，酒館裡的侍者就會將他從頭和腳抱起，
放到床上和其他人躺在一塊。於是二十來個客人
就這麼不省人事地排排躺在床上。

　　菲克斯和萬能一看就知道這裡是那些變得愚
鈍、骨瘦如柴的笨蛋、可憐蟲最愛光顧的煙館，

惟利是圖的英國商人每年光是賣這種名叫鴉片的毒品給這些人，就能賺進一百四十萬英鎊！這些錢全都是仰賴人類最卑鄙的劣根性賺來的。

中國政府曾經企圖以嚴刑峻法遏止此一風氣，卻是枉然。原本抽鴉片是富有人家的特權，後來連中下階層的人也染上了，鴉片所造成的災害於是一發不可收拾。天朝裡，隨時隨地都有人抽鴉片。無論男女都沈迷其中，只要一旦上癮就再也脫離不了，否則就得忍受胃痙攣的痛苦。大煙槍可能一天得抽八桿煙，但也活不過五年。

菲克斯和萬能想找個地方喝一杯，找到的卻竟是這類連在香港也隨處可見的煙館。萬能沒有帶錢，但他接受了菲克斯的好意，心想以後有時間和機會再回請他。

他們點了兩瓶波爾圖葡萄酒，萬能大口大口地喝，而菲克斯則比較謹慎，他很小心地留意著同伴。他們天南地北地聊，特別又談起了菲克斯決定搭「卡那提克」號的事情。一說到這艘即將提前幾個小時出發的船，由於酒也喝光了，萬能便起身打算去通知主人。

「等一等。」菲克斯攔住了他。

「怎麼了，菲克斯先生？」

「我有很要緊的事要跟你說。」

「很要緊的事！」萬能嚷道，一面乾掉杯底剩餘的幾滴酒：「我們還是明天再說吧，我今天沒空。」

「別走，」菲克斯回說：「跟你的主人有關！」

萬能一聽，不由得對菲克斯仔細打量一番，見他表情有異，便又坐了下來，問道：

「你要跟我說什麼？」

吸鴉片者。鴉片是從各種罌粟花囊中取出的濃稠汁液，在埃及、伊朗、土耳其與中國皆有種植。鴉片煉製後，成為深黃褐色粉狀物，可供咀嚼或吸食。

菲克斯按著同伴的手臂，低聲回問：

「你已經猜到我是誰了？」

「當然囉！」萬能笑著說。

「那我就全告訴你⋯」

「反正我都知道了，老兄！也好，你就說吧。不過我要先告訴你，那些先生們可是花了冤枉錢！」

「冤枉錢！」菲克斯說：「你說得倒輕鬆！看來你是不知道金額有多大！」

「我當然知道。」萬能答道：「兩萬英鎊嘛！」

「是五萬五千英鎊！」菲克斯緊握著萬能的手說。

「什麼！」萬能大叫：「佛格先生竟敢如此！⋯五萬五千英鎊！⋯那我就更不能浪費一時片刻了。」說完他又站起來。

「五萬五千英鎊！」菲克斯點了一瓶白蘭地後，強將萬能摁下：「我若是成功，就能獲得兩千英鎊的獎金。如果我給你五百，你願意幫助我嗎？」

「幫助你？」萬能瞪大了眼睛喊道。

「對，幫我拖延時間，讓他在香港停留幾天！」

「嘎！」萬能說：「你說什麼？這些先生們派人跟蹤主人、懷疑他的誠信還不夠，竟然還想阻撓他！我真替他們感到羞愧！」

「你這麼說是什麼意思？」菲克斯問。

「我是說他們太不光明正大。這跟搶佛格先生的錢有什麼兩樣！」

「我們正打算這麼做！」

「這是要詭計啊！」萬能不知不覺喝了菲克斯遞上來的白蘭地，不由激動了起來：「根本就是要詭計！瞧瞧這些紳士！這些會友！」

66 有人喝著英國啤酒，也有人喝著琴酒或白蘭地等烈酒。 99

150

菲克斯聽得滿頭霧水。

「這些會友！」萬能嚷道：「這些革新俱樂部的會員！菲克斯先生，你要知道我的主人是個正人君子，他打了賭，就一定會用光明正大的手段去贏。」

「你到底以為我是誰呀？」菲克斯瞅著萬能問道。

「還不是革新俱樂部那些會員請來的密探，任務是阻撓我主人的行程，真是丟臉！還有，雖然我早就猜到你的身分，卻一直沒有向佛格先生透

❝ 「這是耍詭計啊！」萬能不知不覺喝了菲克斯遞上來的白蘭地，不由激動了起來。 **❞**

露！」

「他毫不知情？」菲克斯興奮地問。

「毫不知情。」萬能說著又乾了一杯。

菲克斯抹抹額頭，猶豫了一下沒有接話。他該怎麼辦呢？萬能似乎真的弄錯了，但這樣一來他的計畫卻也更難施行了。眼前這個年輕人說的顯然都是真心話，他與主人並非同謀，菲克斯先前的疑慮消除了。

「既然他不是同謀，」他心想：「他應該會幫我。」

於是菲克斯再度作了決定。何況，他也沒有時間再等了。無論如何，他都得在香港逮到佛格。

將鴉片作醫療用可回溯到遠古時期：蘇美人的書板上從罌粟花談到鴉片，形容它是歡愉的植物；埃及人注意到它具有安眠與止痛的特性。鴉片是有效的鎮定劑、咳嗽藥，以及止瀉與止疼的藥劑，同時也是毒品、麻醉品。此藥品的危險性大於醫療性，一旦上癮，後果不堪設想。

「聽著，」菲克斯用簡潔有力的聲音說：「要仔細聽好。我不是你所想的那種人，不是革新俱樂部會員請來的密探…」

「哈！」萬能以嘲弄的眼神看著他。

「我是警探，是倫敦市警局派來查案的…」

「你…警探！」

「是的，我可以證明。這是我的任務。」

菲克斯從皮夾裡掏出一張紙，正是市警局局長簽了名的委派令。萬能驚愕得說不出話來，只是愣愣地瞪著菲克斯。

「佛格打的賭，」菲克斯說：「只不過是為了瞞過你和俱樂部那些會員的幌子，因為他想讓你們在不知不覺中成為他的共犯。」

「這又是為什麼？」萬能大喊。

「你聽著。九月二十八日那天，英格蘭銀行被偷走了五萬五千英鎊，有人指出了嫌犯的特徵。你看看這些特徵，豈不是和佛格先生一模一樣？」

「不可能！」萬能強有力的拳頭重重地打在桌上：「我的主人是全世界最正直的人！」

「你怎麼知道？」菲克斯回答道：「你根本不

了解他！他出發當天你才成為他的僕人，而且他還拿一個荒謬的藉口匆忙離開，沒有行李，卻帶著一大筆現金！你還敢說他是個正直的人！」

「是的！是的！」可憐的萬能無意識地重複著。

「你難道想成為他的共犯而被捕嗎？」

萬能雙手抱住頭，整個人全變了樣。他不敢看菲克斯。費雷斯·佛格，那個救了奧妲，既熱心又勇敢的人，竟是一名竊賊！偏偏有那麼多推斷都對他不利！萬能努力地想掃除不斷浮上心頭的疑雲。他不想相信主人有罪。

「那麼你要我怎麼做？」他強自克制住問道。

「就這麼做。」菲克斯回答：「我一直追蹤佛格到了這裡，可是卻尚未收到我向倫敦方面申請的逮捕令。所以我要你幫我把他留在香港…」

「我！要我…」

「我就會將英格蘭銀行所發下兩千英鎊的獎金分給你！」

「絕不！」萬能想起身卻又跌坐了下來，他只覺得心力交瘁。

「菲克斯先生，」他喃喃地說：「就算你說的都是真的…就算我的主人真是你要找的竊賊…不過我絕不相信…我也曾經是…我也還是他的僕人…我看到的他那麼好、那麼熱心…要我背叛他…不可能…給我再多的金子也辦不到…我們家鄉的人是不貪這種錢的！…」

19世紀末，中國吸鴉片的現象舉世聞名。在歐洲，吸鴉片出現在18世紀末的英國，是由印度退伍軍人所引進，並迅速流傳開來。英國作家德昆西(Thomas de Quincey, 1785-1859)曾

為了醫療而服用鴉片，長達18年。在他的著作《一名吸鴉片者的懺悔》中有所見證。英國人比較喜歡咀嚼鴉片，法國人則偏愛吸食。

「你不答應？」

「不答應。」

「那就當我什麼也沒說，喝酒吧。」菲克斯說。

「對，喝酒！」

萬能越來越感到不勝酒力。菲克斯知道無論如何都不能讓他去見主人，便想一了百了。桌上正好有幾桿鴉片煙。菲克斯將其中一桿塞進萬能手中，萬能拿過煙桿放到嘴邊，點燃之後吸了幾口，鴉片起作用之後，他一時頭重腳輕便倒了下去。

66 萬能越來越感到不勝酒力。菲克斯知道無論如何都不能讓他去見主人，便想一了百了。桌上正好有幾桿鴉片煙。**99**

「終於！」菲克斯望著昏過去的萬能說：「這樣就沒有人去通知佛格開船的時間了，就算他來得及上船，至少也帶不走這個該死的法國人！」

於是他付了錢便離開了。

20

菲克斯與費雷斯・佛格直接面對面

就在這個可能對他的未來產生重大影響的事件發生之際，佛格先生卻還陪著奧姐夫人在這個英國城市的街道上散步。自從奧姐答應隨他一同返回歐洲之後，他一定將這麼長一段旅程所需要的一切細節都設想到了。像他這樣一個英國男人提著一只袋子環遊世界，這還說得過去，但是女人家可就不能如此隨便了。因此，須得買一些衣服和旅行必需品。佛格以特有的冷靜態度進行這項工作，奧姐對他的殷勤感到有些不安，雖然屢屢勸阻，佛格的回答卻總是一成不變：

「這是為我的旅行著想…一切都在計畫之中。」

買完東西，佛格和奧姐回到旅館享用豐盛的客飯。飯後，奧姐覺得有些疲倦，依著英國禮儀與她那位鎮定沈著的救命恩人握了握手，便回房去了。

而佛格卻是看《時代報》與《倫敦新聞畫報》看了整晚。

如果有什麼事能讓他吃驚的話，應該就是僕人到了睡覺時間竟還沒有回來。可是既然橫濱的船明天清晨才離港，他也就沒有多想。

第二天，佛格按鈴叫喚萬能，他卻沒有出現。

這位紳士主人對於僕人整晚沒有回旅館有什麼想法，誰也說不準。他只是拿起袋子，通知奧姐夫人，並請人招來一頂轎子。

廣東的藥店街。從印度來的鴉片最初作醫療用，但後來被當作毒品吸食，且愈來愈普遍。鴉片戰爭時期，1850年的進口量是五萬箱(估計有兩百萬吸毒者)，到了1880年，增至十八萬箱(高達一千二百萬人吸食)。

香港只有公務區的街道是大量依西方式開闢的。平民區與商業區的道路十分狹窄，刻著小字的老字號招牌林立；商家營業至深夜。

> 66 轎子一來到旅館門口，佛格和奧妲便坐上這舒服的交通工具，後面還跟著一輛人力車負責運送行李。 99

這時是八點，「卡那提克」號要利用漲潮通過航道，而漲潮時間則是九點半。

轎子一來到旅館門口，佛格和奧妲便坐上這舒服的交通工具，後面還跟著一輛人力車負責運送行李。

半小時過後，他二人到了上船的碼頭，這時佛格先生才知道「卡那提克」號已經在前一晚出發了。

佛格原打算在船上和僕人碰面，如今僕人沒見著，連船也不見了。不過他臉上還是沒有絲毫失望之情，當奧妲憂心地看著他時，他只簡單地說：

「夫人，這只不過是一樁意外罷了。」

這個時候，有一個已經注意他很久的人走上前來。他正是菲克斯警探，只見他打了個禮說道：

「這位先生，您不也和我一樣是昨天那班「仰光」號上的乘客嗎？」

「是的。」佛格冷冷地回答：「請問您是…」

「恕我冒昧，我以為能在這裡找到您的僕人。」

「您知道他在哪裡嗎，先生？」奧妲急著問道。

「什麼！」菲克斯假裝驚訝地回答道：「他沒有和你們在一起？」

「沒有。」奧妲回道：「從昨天就一直沒見到他人。他會不會不等我們，自己上了『卡那提克』號？」

「不等你們？…」菲克斯說：「容我問一句，你們也打算搭這條船離開嗎？」

「是的。」

「我也是呀，夫人，你們瞧我多麼沮喪。『卡那提克』號修理好之後，誰也沒通知，就提早十二個小時離開香港了，現在只得再等一星期改搭下一班船！」

說到「一星期」這三個字時，菲克斯只覺得滿心歡喜。一星期！佛格得在香港留一星期！那麼逮捕令就能及時送達了。老天終究還是眷顧執法者。

因此當佛格平靜地說出：「不過我記得香港除了『卡那提克』號之外，好像還有其他船。」對他真有如青天霹靂。

佛格說完便挽著奧妲夫人走向碼頭，找尋一艘即將啟程的船。

震驚不已的菲克斯緊跟在後，就好像有根繩子將他和這個男人綁在一起似的。

然而，至今一直受到命運之神眷顧的佛格，這回似乎果真被捨棄了。三個小時之內，他走遍港口各個角落，心想必要的話還要租船前往橫濱，但是放眼所見都是正在裝卸貨物的船隻，根本不能出海。菲克斯又燃起一線希望。

但佛格卻也不倉皇失措，即使得上澳門去，

1875年的香港一景。19世紀時，香港是個人群雜沓的世界性都市，因為鴉片的輸入而吸引遠東各地的冒險家湧入。

157

他也絕不放棄。到了外港，忽然有一名船員朝他走來，脫帽問道：

「這位先生要找船嗎？」

「您有船可以馬上出海嗎？」

「有的，是一艘引水船，編號43號，整支船隊最好的一艘。」

「跑得快嗎？」

「大約有八九英里。您要不要瞧瞧？」

「好。」

「先生一定會滿意的。您想出海轉轉嗎？」

「不，是一趟遠行。」

「遠行！」

「您願意載我們到橫濱嗎？」

船員一聽立刻雙臂鬆垂，瞪大了雙眼說道：

「先生在開玩笑吧？」

「不！我錯過了『卡那提克』號的開船時間，而我最遲要在十四號到達橫濱，趕搭開往舊金山的船。」

「很抱歉，我沒辦法。」領港員回答道。

「我願意每天出一百英鎊，假如及時到達再給你兩百英鎊的賞金。」

「真的？」領港員問。

「千真萬確。」佛格回答。

領港員退到一旁，望著海洋，心中顯然十分掙扎，既想賺這筆鉅額又害怕旅途遙遠。菲克斯更是心急如焚。

在此之際，佛格轉身向奧妲夫人問道：

「妳不怕吧，夫人？」

「跟你在一起，不怕。」奧妲回答。

那名領港員再次走向佛格，手中一面玩弄著帽子。

「如何呢？」佛格問道。

有一名船員朝他走來，脫帽問道：「這位先生要找船嗎？」

「這位先生，」領港員回答：「路途這麼遠，我的船只有二十噸不到，加上又是這個時節，我不能拿我的船員和你我的性命開玩笑。何況，我們是不可能及時到達的，從香港到橫濱有一千六百五十英里呢！」

「只有一千六百。」佛格說。

「意思一樣。」

菲克斯大大鬆了一口氣。

「不過，」領港員又說：「也許還有其他辦法。」

菲克斯簡直要窒息了。

「什麼辦法？」佛格問道。

「可以到日本南端的長崎或只到上海，長崎距香港一千一百英里，上海則只有八百英里。若到上海，就可以沿著中國海岸前進，而且洋流會將船往北推，對我們十分有利。」

「領港員，」佛格回答道：「我前往美國要在橫濱搭船，不是在長崎或上海。」

「怎麼不行呢？」領港員回答：「往舊金山的船不是從橫濱出發的。船只是中途在橫濱和長崎靠港，起點其實是在上海。」

「您確定嗎？」

「確定。」

「那麼船什麼時候從上海出發？」

「十一號晚上七點。所以我們還有四天的時間。四天，也就是九十六個小時，假如平均時速維持在八英里，假如我們運氣夠好，假如始終吹著東南風，假如海面平靜，我們

❝ 領航員退到一旁，望著海洋⋯菲克斯更是心急如焚。在此之際，佛格轉身向奧姐夫人問道：「妳不怕吧，夫人？」「跟你在一起，不怕。」奧姐回答。❞

159

就能準時走完香港與上海之間的這八百英里。」

「您什麼時候可以出發？」

「給我一個小時買買東西，準備一下就行了。」

「一言為定…您是船主嗎？」

「是的，我叫約翰‧班斯比，是『水上人家』的船主。」

「需要先付訂金嗎？」

「如果先生不介意的話。」

「我先付給您兩百英鎊…這位先生，」佛格轉身對菲克斯說：「如果您想搭個便船…」

「是呀，」菲克斯堅定地說：「我正想向您提出這個要求呢。」

「那好。我們半小時後上船。」

「可是那個可憐的萬能…」奧姐夫人一直很惦記著失蹤的萬能。

「我會盡我所能幫助他。」佛格答道。

當菲克斯氣急敗壞地上領港員的船時，佛格二人卻朝著香港警方的辦公室走去。佛格向警方描述了萬能的形貌特徵，並留下一筆錢讓他可以回國。在法國領事館填好資料，回到旅館拿了行李之後，他們倆又乘著轎子回到外港來。

三點整。船員和糧食上了船，43號引水船已然整裝待發。

「水上人家」是一艘小而迷人的雙桅縱帆帆船，船頭尖、船身開闊、水線極長，活脫一艘快艇。從船上閃亮的銅器、鍍鋅的鐵件、白得有如象牙的甲板，看得出船主約翰‧班斯比將船保養得極好。兩根桅杆略略後傾。船上有後桅帆、前桅下

「您什麼時候可以出發？」
「給我一個小時買買東西，準備一下就行了。」
「一言為定…您是船主嗎？」
「是的，我叫約翰‧班斯比，是『水上人家』的船主。」

帆、前桅支索帆、三角帆、頂桅帆，順風時還可以升起前桅帆。這艘船性能一定很好，先前在引水船競賽當中也確實贏得了幾個獎項。

船上除了船主約翰・班斯比之外，還有四名船員。他們全都是大膽的水手，經常在各種天候下為船隻引航，對這一帶的海域極為熟悉。約翰・班斯比年約四十五歲，身材健壯，長年風吹日曬而皮膚黝黑，一副精力充沛、穩重而歷練豐富的模樣，無論心裡再怎麼害怕，看到他都會感到安心。

香港曾是個免稅港，二分之一輸往中國的英國物品是經由此地轉運。在佛格旅行的年代，走私十分猖獗，尤其是鴉片。

佛格和奧姐一塊上船。菲克斯則已經先到了。從船的後方可以通往甲板底下一間方室，裡面有一張圓形沙發，沙發上方的隔板中心挖空成吊床狀。正中央擺了一張桌子，藉著搖擺不定的油燈照明。房間不大，但很乾淨。

「很抱歉沒能好好招待您。」佛格對菲克斯說，而菲克斯只微微欠身沒有答腔。

菲克斯對於自己如此利用佛格的熱心，感到有些羞恥。「沒錯，」他心想：「他是個很有禮貌的壞蛋，但他終究是個壞蛋！」

三點十分，展帆了。英國的旗幟在船的斜桁上飄揚著。乘客們都坐在甲板上。佛格與奧姐最後又望了碼頭一眼，看看是否有萬能的身影。

菲克斯也很擔心，因為萬一那個遭到他以卑鄙手段對待的可憐僕人臨時出現了，一解釋開來，對他可是一點好處也沒有。不過萬能沒有出現，說不定鴉片的藥性還沒退呢。

最後，船主約翰・班斯比下令開船，於是「水上人家」便張滿了帆迎風破浪前進。

祖柏 (Henri Zuber, 1844-1909)所繪的上海一景。他是法國海軍軍官,也是偉大的航海家,以風景畫及海洋畫著稱。

21
「水上人家」的船主差一點就得不到兩百英鎊的賞金

　　搭著二十噸的小船行駛這八百英里其實十分冒險,尤其又是這個時節。通常一到春分或秋分,這一帶的中國海域便狂風大作、險象環生,而此時卻還是十一月初。

　　既然佛格出了那麼高的價,倘若船主能把乘客送到橫濱自然最有利。但是在這樣的海況下行船,不要說是到橫濱,就算只到上海也嫌鹵莽了。不過班斯比對他的「水上人家」很有信心,瞧這艘船如海燕般地隨浪起伏,也許他是對的。

　　傍晚時分,「水上人家」駛過了香港變幻莫測的航道,由於順風而行,速度快得驚人。

　　「領港員,」當他們出了大海之外,佛格說道:「我應該無須再提醒您加速前進了吧。」

　　「先生儘管放心好了。」班斯比回答道:「現在已經張滿帆全速前進了。加了頂桅也沒有用,只會讓船速減慢下來而已。」

　　「這是您的專業,我不懂,我信任您。」

　　佛格挺直上身、張開雙腳,像個海員一樣沈穩地望著波濤洶湧的海洋。奧妲坐在船尾,凝視著這片籠罩在暮色中的大海,想到自己正搭著如此單薄的小船乘風破浪,心情不由得激動起來。飄揚在她頭頂上的白帆,有如大大的翅膀帶著她遨遊天際。而小船也像是迎風飛了起來。

　　黑夜降臨了。天空裡掛著上弦月,微弱的月光想必很快就會被天邊的薄霧給遮蔽。東邊飄來的一些雲,已經遮住了半邊天。

船主掛起了船位燈，這在船隻來往頻繁的近海地區是必要的防範措施。由於行程中會與不少船隻相遇，加上船速又這麼快，只要輕輕一撞就可能粉身碎骨。

　　菲克斯獨自在船頭想心事，他知道佛格不多話，便也不去找他，何況他一想到要和這個招待自己的人說話就覺得反感。他同時還想著未來。佛格似乎已經確定不在橫濱逗留，而將即刻搭上舊金山的船前往美國，在那兒土地遼闊，他也就更有把握能逃出法網了。佛格的用心在他看來實在是再明顯不過。

　　這個佛格不像一般的歹徒從英國直接前往

> 66 佛格…沈穩地望著波濤洶湧的海洋。奧姐坐在船尾，凝視著這片籠罩在暮色中的大海…心情不由得激動起來。99

美國，卻繞過大半個地球，以確保自己能安全抵達美洲，到了那裡也甩掉了警察，他便可以安心享受從銀行偷來的錢了。可是一旦到了美國領土，菲克斯該怎麼做呢？放棄這個人嗎？不，絕不！而且在取得引渡請求書之前，他絕不會離開佛格一步。這是他的職責所在，他一定會有始有終。無論如何，總算還是有個對他有利的情況：萬能已經不在主人身邊，尤其是菲克斯已吐露真相，就更不能讓這對主僕見面了。

至於佛格，他也想起了離奇失蹤的僕人。他仔細思考過後，心想萬能可能是陰錯陽差地在最後一刻搭上了「卡那提克」號。奧姐夫人也是同樣的想法，她實在很想念這位對她恩情深重的僕人。若是如此，他們便能夠在橫濱找到他，因為要查出他是否搭上這班船並非難事。

十點左右，風開始增強。收帆也許比較保險，但是船主仔細觀察天空的狀況之後，還是決定繼續張著帆。由於「水上人家」吃水很深，因此帆也張得十分穩健，而且船上也已作好準備，一遇到短暫的風雨便能快速地將帆降下。

到了半夜，佛格和奧姐走進艙房。菲克斯早

他們一步，此時已躺在床上。至於船主與其他船員則整夜留在甲板上。

　　第二天十一月八日天亮時，船已經走了一百多英里。測程儀上顯示船的平均速度保持在八至九英里。船依舊張著滿帆，再加上後側風的推動，自然能以最快的速度行進。倘若風的狀況一直不變，將大大有助於船行。

　　這一整天下來，「水上人家」一直沒有遠離海岸，這裡的海流十分有利。這段凹凸不平、偶爾放晴時才能見得著的海岸，距離船的左舷後側頂多五英里。幸好風來自陸地，海上的風浪不大，因為這些小噸位的船最怕長浪，不但會影響速度甚至可能受損。

日本面對廣大的中國、朝鮮與亞俄，由環太平洋的中心島鏈所組成：主要是四個大島(由北而南：北海道、本州、四國與九州)，加上三千個大小島嶼排成弓狀。

　　晌午時分，風力減弱了些，風向轉東南。船主於是升起頂桅帆，但兩個小時後由於風力再次增強，只得再度降下。

　　佛格和奧妲十分幸運都沒有暈船，還能津津有味地吃著船上的罐頭食物與乾糧。菲克斯受邀與他們一同進餐，他知道自己總得填飽肚子因此不得不接受，但心裡真不是滋味！讓這個人招待旅行，又吃他準備的食物，菲克斯覺得這有點小人行徑。不過他還是吃了，雖然只是草草了事，但畢竟還是吃了。

　　飯後，他覺得有必要表態，便將佛格拉到一旁對他說：

「先生…」這聲「先生」叫得他口乾舌燥，他努力地克制住自己出手逮住這位「先生」的衝動：「先生，很感謝您讓我搭這趟順風船。雖然我無法像您出手這麼闊綽，但我還是應該分擔我的部分…」

「這件事就不用提了。」佛格回答。

「當然要提，我一定要…」

「不，」佛格堅定的口氣讓人無反駁的餘地：「這已經納入了一般開銷！」

菲克斯欠身行禮後，由於煩悶不已便走到船頭去舒展舒展，但一整天都沒有再說一句話。

船走得很快，班斯比充滿了希望。有好幾次他對佛格說，他們能在預期的時間到達上海。佛格只回答說但願如此。船上的人員都很賣力，這筆賞金的誘惑實在太大了。因此沒有一條帆腳索不是拉得緊緊的！沒有一面帆不是張得開開的！舵手也把舵掌得穩穩當當！參加皇家遊艇俱樂部船賽的認真程度也不過如此。

當晚，測程儀顯示自香港出發至此已經跑了兩百二十英里，佛格很有希望能分秒不差地抵達橫濱。也就是說，自從倫敦出發後所遇上第一次的嚴重意外事故，很可能並不會造成損失。

接近破曉時刻，「水上人家」完全進入了介於大島福爾摩莎與中國沿海之間的福建海峽，並跨越了北回歸線。海峽中風大浪急，並且到處是逆流漩渦。船在一波波短浪的阻撓下，走得很辛苦。漸漸地，在甲板上幾乎也已站不穩。

天亮後，風繼續增強。從天象看來似乎會有強風，氣壓計裡的水銀也起伏不定，顯示天氣即將起變化。同時東南方向的海面捲起長長的浪頭，這也是風雨欲來的前兆。前一天，太陽下山時滿天紅暈，海面上更是磷光閃閃。

船主望著這怪異的天象看了許久，嘴裡一邊

嘟嘟囔囔地不知說些什麼。過了一會，他走到乘客身旁，低聲說道：

「先生想知道一切實情嗎？」

「絕不要隱瞞。」佛格回答。

「就要起大風了。」

「是北風還是南風？」佛格只問了一句。

「南風。這可是颱風呀！」

「南來的颱風正好可以把我們往前推。」佛格回答道。

「如果您這麼想，那我也無話可說！」船主說。

班斯比的預感沒有錯。根據一位著名的氣象學家形容，春颱或夏颱就像電光火花般一閃

即逝，但秋颱卻可能來勢洶洶。船主事先做了防範措施。他將所有的船帆綁緊，降下橫桁，並降低頂桅的高度，收起補助帆桁，艙門也仔細地堵死了。如此一來，船身便滴水不漏。他們只在船首升起一面暴風雨時專用的三角帆，以便讓船可以順風勢前進。然後大夥便等著。

班斯比勸乘客們到艙房裡去，可是由於空間狹窄、空氣稀薄，加上海浪晃動的力道，關在那裡頭可是一點也不舒服。因此無論佛格、奧妲或是菲克斯都寧可待在甲板上。

八點左右，一陣狂風暴雨襲上船來。風的強勁力道實在難以形容，「水上人家」只靠著一小片帆，被風一刮就有如羽毛般飛舞。火車全速衝

福爾摩莎(意為美麗)的打狗港(今高雄)。福爾摩莎是葡萄牙人在16世紀時為臺灣所起的名。福爾摩莎是中國東南外海150公里的島嶼，在書中的年代主要以農業為生。17世紀明朝末年，才有來自中國的移民，加入這塊原有馬來族群及葡萄牙與荷蘭佔領者居住的土地。到了1683年，福爾摩莎重新歸屬於清政府。

19世紀中，海上主要還是帆船航行的年代。1850至1870年間，法國勒哈弗港是帆船20條定期航線的起點。

" 天亮後，風繼續增強，從天象看來似乎會有強風…同時東南方向的海面捲起長長的浪頭，這也是風雨欲來的前兆。 "

刺的四倍速度恐怕都還不足以形容此時船速之快。

一整天裡，小船就這麼乘著滔天巨浪往北奔去，幸好也一直維持著和浪濤同樣的速度。有無數次，從船尾湧起像山一樣高的海浪差點將小船吞噬，但是船主機警地掌穩了舵，每次總能化險為夷。偶爾乘客被打上船來的水花淋得全身溼透，但也都能逆來順受。菲克斯大概還會埋怨兩句，可是勇敢的奧妲注視著身旁的男伴，對他處變不驚的態度欽佩不已，便以他為榜樣，與他並肩迎戰暴風雨。而看佛格的樣子，這場颱風似乎也在他預料之中。

直到目前為止，「水上人家」一直還是朝北走，但到了傍晚，令人擔心的事終於發生了。風向轉了一百八十度變成西北風，於是海浪打在船的側面，船身開始劇烈晃動。若是對牢固的船體結構不了解的人，感受到海浪如此猛烈的撞擊恐

怕會嚇得魂飛魄散。

　　入夜後，風雨繼續增強。班斯比眼看天色越暗風雨越大，不由感到憂心忡忡。他心想也許該靠岸停一停，便和船員們商量。

　　和船員商量過後，班斯比走向佛格，對他說：

　　「先生，我想我們最好找個港口靠岸。」

　　「我也這麼想。」佛格回答。

　　「是嗎？」班斯比說：「但是到哪個港口呢？」

　　「我知道的只有一個。」佛格平靜地回答。

　　「那是…？」

　　「上海。」

　　船主聽了，起先並不明白其中的含意，也不明白其中所隱含的固執與堅持。後來他才大喊道：

　　「是呀！先生說得不錯。到上海！」

　　於是「水上人家」堅持著原有的方向，繼續北行。

> 66 一整天裡，小船就這麼乘著滔天巨浪往北奔去，幸好也一直維持著和浪濤同樣的速度。 99

好可怕的一夜！小船沒有傾覆真可說是奇蹟。有兩次船都已經側傾了，若非有繫索支撐著，船上的一切早已沒入海中。奧姐夫人筋疲力竭，但她沒有一句怨言。佛格先生不只一次地衝過去保護她，以免她受到猛浪的襲擊。

　　天又亮了。暴風依舊呼號不休。不過風向再次轉為東南，這是個令人欣喜的轉變，而「水上人家」也重新投入波濤洶湧的大海，原來的海浪與後來風向轉變後所湧起的新浪交互衝擊，較不堅固的船隻恐怕早已被撞得支離破碎。

1860年的上海海關：在此港轉運的貨物的進出口關稅都在這裡課徵。

　　偶爾透過細碎的薄霧可以望見沿海陸地，但卻一艘船也見不著。只有「水上人家」孤軍與大海對抗。

　　到了中午，風暴似乎有暫緩的跡象，當太陽降到地平線時，平息的跡象也更加明顯。

　　這場暴風雨由於威力強大所以並未持續太久。已然筋疲力盡的乘客們終於能吃點東西，休息一下了。

　　那一夜過得相當平靜。船主下令重新升起幾面帆。船行駛得極快。第二天十一號天一亮，遠遠便可望見陸地，班斯比肯定地說距離上海已經不到一百英里。

　　一百英里，而他們也只剩下一天的時間！佛格若不想錯過橫濱的船班，就必須在當天晚上到

達上海。要不是遇上颱風浪費了幾個小時，這時候距離港口應該只有三十英里了。

風力明顯減緩，海面也跟著平靜下來。船上的帆全部都升了起來。

頂桅帆、支索帆、後桅支索帆全部開展，船首破浪前進。

到了中午，距離上海只剩不到四十五英里。要趕在橫濱的船出發之前入港的話，現在只剩六個小時。

船上的人無不心急如焚。無論付出什麼代價都希望能準時到達。每個——佛格自然是例外

破浪而行的帆船。持續不斷的海浪是因海上起風而形成。雖然風只會影響海面，但在橫越海洋時也會帶來危險。

66 天又亮了。暴風雨依就呼號不休。不過風向再次轉為東南。99

171

66 水面上忽然冒出了一管
長長的黑煙囪,
頂上還繚繞著縷縷濃
煙。前往美國的船準時
開船了。99

——都因為迫不及待而心跳不已。小船的平均時速必須保持在九英里,風仍然不斷減弱!一陣陣不規則的微風從陸地吹來,風過之後海面立刻恢復平靜。

然而由於小船很輕,質料佳、撐得又高的帆將四面八方的風都收攏起來,再加上海流的幫忙,到了六點,據班斯比的說法只要再十英里就能抵達上海的河口,而上海市距離河口至少還有十二英里。

七點,離上海還有三英里。船主忍不住狠狠地咒罵一聲⋯兩百英鎊的賞金顯然就要飛了。他望著佛格先生。佛格依然毫無反應,而他的全部財產可就取決於這一刻了⋯

此時此刻,水面上忽然冒出了一管長長的黑煙囪,頂上還繚繞著縷縷濃煙。前往美國的船準時開船了。

「該死！」班斯比大罵，一氣之下用力推了方向舵一把。

「發出訊號！」佛格說。

小船的船首架設了一個銅製的小砲筒，是起霧的時候發射訊號用的。

炮筒填得滿滿的之後，船主拿起炙熱的木炭正要燃點火門，佛格突然又說：

「降半旗。」

信號旗幟於是下降一半的高度。這是求救的信號，如果那艘美國船發現了，應該會暫時轉移航道前來救援。

「開火！」佛格這才說。

小銅砲的轟鳴聲響徹雲霄。

艾彼納(Epinal)這幅畫畫的是凡爾納在當時最大的遊輪「偉大東方」號上。凡爾納擁有三艘航行英吉利海峽的船隻。他上溯塞納河直達

巴黎，但從不是個偉大的航海家，也不是個了不起的旅行家。

22

萬能發現
即使到了地球另一端，
身上最好還是帶點錢

「卡那提克」號於十一月七日晚上六點半離開香港後，以最快的速度駛向日本，船上滿是貨物與乘客。船尾有兩間艙房空著，那是為佛格先生預定的房間。

翌日清晨，頗令人訝異的是有一名眼神呆

> 他醒了過來，並極力想克服鴉片驚人的藥性……一路搖搖擺擺、扶著牆壁，跌倒了再爬起來，彷彿不斷有一種下意識推著他走出煙館。

滯、步伐蹣跚、頭髮散亂的乘客，從二等艙房跌跌撞撞地走出來，坐到甲板上一根備用桅杆上。

這名乘客正是萬能。事情的經過是這樣的。

菲克斯離開煙館不久，就有兩名侍者將不省人事的萬能抬到專為煙客準備的床上。但萬能即使在睡夢中也念念不忘一件事，因此三個小時後他醒了過來，並極力想克服鴉片驚人的藥性。一想到任務尚未完成，他立刻清醒了些。他下床之後，一路搖搖擺擺、扶著牆壁，跌倒了再爬起來，彷彿不斷有一種下意識推著他走出煙館，一面還像夢囈般的喊著：「『卡那提克』號！『卡那提克』號！」

香港島西南的香港仔舢舨碼頭：這個海灣與蘇格蘭的一個港口有著相同的名字：亞伯丁（Aberdeen）。這裡有許多水上餐館。

船就在前面冒著煙，準備出發。萬能只要再幾步就到了。他衝上活動甲板，跳過舷門，當「卡那提克」號起錨之際，他已經昏倒在船首了。

水手們看慣了這種場景，便將這個年輕人抬到一間二等艙房裡，萬能直到第二天早上才清醒，這時離中國的土地已有一百五十英里。

正因為如此，這天早上，萬能才會出現在「卡那提克」號的甲板上，大口大口地吸著清涼的海風。呼吸了純淨空氣的他於是不再昏沈。他開始努力地想，卻幾乎無法集中思緒。最後，他終於想起了前一天菲克斯的告白、那間煙館等等的情景。

「我顯然是被他用卑鄙的手段灌醉了！」他心想：「佛格先生會怎麼說？反正我沒有錯過船

班，這才是最重要的。」

接著一想到菲克斯，他又想：

「這個人，但願我們已經擺脫他，就憑他對我說的那番話，諒他也不敢再跟著我們上船。說他是追蹤主人的警探，還說主人是英格蘭銀行竊案的嫌犯！算了吧！佛格先生要是竊賊，我就是殺人犯！」

萬能該不該把這些事都告訴主人呢？該不該讓主人知道菲克斯所扮演的角色呢？等回到倫敦再對主人說有一個警察跟蹤他環遊了世界一圈，然後再和主人一起嘲笑一番，會不會比較好呢？對，這樣應該比較好。反正這件事不急，現在比較重要的是趕緊去找佛格先生，為自己可恥的行為好好道個歉。

於是萬能站起身來。海上白浪滔滔，船搖晃得很厲害。萬能儘管雙腳仍癱軟無力，好不容易還是走到了船尾。

甲板上，沒有見到主人或奧妲夫人的身影。

「這個時候，」他心想：「奧妲夫人還在睡覺。至於佛格先生，依據他的習慣，一定是找到了志同道合的牌友…」

這麼一想，他便走下了大廳。佛格先生不在那兒。現在只有去問船上的事務長看看佛格先生住在哪個房間。事務長卻說乘客當中沒有這個名字。

「麻煩您了。」萬能仍不死心：「他是個高高的、態度沈穩、不太多話的紳士，他另外還有一

停泊在法國聖納捷港(Saint-Nazaire)的汽輪。"steamer" 或 "steamboat" 一字，是由 "steam"(蒸汽)和 "boat"(船)這兩個字所組成。由於南特(Nantes)港太小，汽輪無法進出，所以在1857年建構了聖納捷港，用以取代南特港。南特是位於羅亞爾河出海口的小港灣。

位年輕的女伴…」

「船上並沒有年輕的女士。」事務長回答道：「這是乘客的名單，不信您可以查一查。」

萬能查看了名單…上面沒有主人的名字。

他立刻感到一陣頭暈目眩。忽然一個念頭閃過腦際。

「這艘船！我搭的這艘船是『卡那提克』號嗎？」他大喊。

「是的。」事務長回答。

「前往橫濱？」

「正是。」

東京灣圖。東京在1457年後稱為江戶(Edo)，1868年才成為日本的首都，改名東京。

萬能本以為自己搭錯了船而心中一驚！但假如自己是在「卡那提克」號上，那麼主人就肯定沒搭上船了。

萬能跌坐在一張沙發椅上。這真是青天霹靂。忽然間，他明白了。他想起「卡那提克」號提前開船，他本該去通知主人，而他竟然沒有這麼做！這麼說，佛格先生和奧妲夫人會錯過這班船，都是他的錯！

他當然有錯，但是更可惡的是那個為了不讓他去見主人，為了把主人留在香港而將他灌醉的陰險小人！他終於想通了菲克斯警探的手段。如今佛格先生一定是破產了，他打賭輸了，又要被捕，甚至可能已經入獄！…萬能一想到這裡，便忍不住撕扯頭髮。要是有一天菲克斯落到他手裡，非得好好跟他算帳！

19世紀末的橫濱：橫濱港於1859年對外開放，正當美國強迫日本結束鎖國政策之時。

一時的沮喪情緒過後，萬能恢復冷靜並開始思考目前的處境。這種情形一點也不值得稱羨。這個法國人正往日本途中，到是一定到得了，但該怎麼回家呢？他口袋空空，一個子兒也沒有！

YOKOHAMA — Vue du Wharf ; à l'extrémité le " Tourane "

橫濱是由漁港改建而成，並迅速發展為最重要的港口，佔有日本絕大多數的海上貿易量。

不過他的船費和伙食費已經事先付過了，所以他還有五六天的時間可以想辦法。他整路大吃大喝，既為主人也為奧妲夫人，更為了他自己。他那模樣就好像他即將前往的日本是個荒漠，什麼東西都沒得吃似的。

十三號上午漲潮時，「卡那提克」號駛進了橫濱港口。

這裡是太平洋上一個重要的中繼點，來往於北美、中國、日本與馬來西亞群島之間的郵輪或客輪，都會在此停靠。橫濱就座落於江戶灣內，與大城江戶相去不遠。江戶是日本帝國的第二個首都，從幕府時代開始，世俗領袖幕府將軍便居住於此，與精神領袖天皇所居住的都城分庭亢禮。

外國人為了貿易，在橫濱建造許多商務與居住用的建築物，圖中的橫濱大飯店就是其中之一。

「卡那提克」號停進了橫濱的碼頭，附近有港口的堤岸與海關商店，還有許多各國船隻。

當萬能雙腳踩上太陽子孫的這塊奇異國土時，絲毫沒有興奮之情。此時的他也只能隨意亂走，到市街上去碰碰運氣了。

　　萬能首先來到完全歐式的一區，這裡的房子低矮，屋外的陽台底下還有格調高雅的柱廊。這一整區的街道、廣場、船塢、倉庫將盟約岬至河岸之間的地區全都佔滿了。這裡就和香港、加爾各答一樣，萬頭鑽動之中有各種不同種族的人，美國人、英國人、中國人、荷蘭人，全是做各式各樣買賣的生意人，萬能置身其間竟有被丟到南非何騰托部落的錯覺。

　　萬能其實還有個辦法：那就是到法國或英國駐橫濱的領事館尋求協助，但是他實在不想說出自己的遭遇，這和主人關係太過密切，因此他決定在所有其他方法都行不通時再走這一步。

橫濱的劇場街。日本最特別的戲劇是能劇（No），能劇是既有歌唱，又有劇情的長篇詩歌表演，有時會被穿插的舞蹈、樂隊或合唱的歌曲所打斷。此種詩歌形式的戲劇起源於巫舞，或多或少與佛教有關。此外，還有在街上露天舞台表演的通俗鬧劇，以及取材自偉大文學作品的古老農村舞曲。

　　於是，走遍歐式市區毫無所獲之後，他來到了日式市區，必要的話他甚至打算走到江戶去。

　　橫濱這個日本人居住的地區叫做「弁天」，名稱來自鄰近島民所崇拜的一名女海神。在這裡他看見了雅致的冷杉與雪松林徑，建築風格怪異的聖門，隱匿於竹林間與蘆葦中的橋，豎立在百年老松巨大而孤寂的樹蔭下的廟宇，一些供僧人與儒家信徒過著深居簡出的生活的寺院，還有長無止境的街道，街頭一大群臉色紅潤、兩頰紅撲撲的小娃，活像從日本屏風畫中跳脫出來的人物，正逗著幾隻短腿的捲毛狗和幾隻慵懶而柔順的無尾黃貓玩耍。

　　街道上真是萬頭鑽動，人群熙來攘往：有敲

打著單調鈴鼓的僧人隊伍，有戴著鑲漆尖帽、腰間插著兩把刀的海關或警察人員，有穿著白條紋藍棉布衣、佩帶著火槍的軍人，有套著絲質短上衣、全副鎖子甲的天皇武裝衛隊，以及其他各個階級的軍人，因為在日本軍人所受到的尊敬就和中國人鄙視軍人的程度一般。此外，還有募捐的修士、穿著長袍的朝山客、一般的平民百姓，這些人髮絲光滑烏黑，頭很大，上身很長，腿很細，身材不高，臉色從古銅到全白都有，就是沒有中國人——一個和日本人差異極大的民族——的黃色肌膚。而在那些來來往往的車輛、轎子、馬匹、人力車、油壁車和竹子編成的軟轎之間，還可以見到幾個婦女纏著小腳、穿著布鞋、草鞋或精緻木屐，輕移蓮步穿梭其中。這些女人多半

傳統的日式屋宇，在建材與觀念上與西方建築大異其趣。直到現代化時期，也就是明治維新(1868-1912)時期，木材還是最重要的建材。橫濱的建築風格在日本十分罕見，從19世紀末起打破傳統方式：房舍仍保持傳統式外觀，但用新式建料，如水泥。

不美，單眼皮、胸部扁平、牙齒為了趕流行而染黑，不過身上都穿著優雅的傳統和服，絲帶在身前交叉到背後打成一個超大的蝴蝶結，看來現代巴黎人的服飾設計還是向日本人借來的點子。

萬能在混雜的人群中走了幾個小時，也順便瞧瞧那些琳瑯滿目的古怪商店、擺滿了假金銀首飾的市集、裝飾著狹長小旗與一些特有旗幟卻不許他進入的「餐館」，另外還有茶館和煙館，茶館裡可以喝到香濃的茶水和以米釀製的清酒，而在舒適的煙館裡抽的是一種很細緻的煙草而不是鴉片，日本人對鴉片還相當陌生。

接著，萬能來到了一望無際的稻田邊。在這裡，長在高大樹上而非低矮灌木中的山茶，正綻

放著最鮮豔的色彩與最濃郁的香氣，竹籬內有櫻桃樹、李樹和蘋果樹，但種這些樹倒像是為了花而不是為了果實，另外還有扮相古怪、會發出刺耳聲音的稻草人，為果園驅走麻雀、鴿子、烏鴉與其他貪吃的鳥。每株宏偉的雪松枝頭無不棲息著大鷹，每株垂柳底下也總有孤單單的鷺鷥單腳佇立，總之到處都是小嘴烏鴉、鴨子、鷹、野鵝與成群的鶴。鶴象徵著長壽與喜樂，在日本人眼中是極為神聖的動物。

　　一路這麼逛著逛著，萬能忽然在草叢中發現了幾棵菫菜，便說：

　　「好呀！晚餐有著落了。」

　　可是他聞了聞，卻發現一點香味也沒有。

　　「可惜！」他心想。

　　當然了，萬能在下船之前，已經未雨綢繆先

❝ 萬能在混雜的人群中
　走了幾個小時。❞

大吃了一頓，可是一整天走下來，肚子又餓了。他早已留意到日本肉舖裡完全見不到羊肉和豬肉，而且他也知道除了農業用途之外不得任意宰殺牛隻，由此可以想見肉類在日本是很罕見的。他想得沒有錯，但儘管沒有肉店的肉，要是能有幾塊日本人用來配米飯的山豬或黃鹿肉、山鶉或鵪鶉肉、雞鴨或魚肉也夠好的了。然而此時他也只能逆來順受，民生問題待第二天再作打算吧。

天黑了。萬能又回到日本人聚居區，他在掛著五彩燈籠的街上閒晃，看看江湖藝人賣藝，還有占星家在露天觀看天象，引來了無數圍觀的群眾。接著他又看見停泊港，上頭漁火點點，那是漁夫燃燒樹脂用來誘引魚群。

街上的人群漸漸散去，接著夜裡負責巡邏的官吏便出來了。他們穿著華麗，身後又跟著大批隨從，像極了外交使節，因此萬能每回碰到一支盛大的巡邏隊伍，總會打趣著說：

「看哪！又有一位日本使節要到歐洲去了！」

23
萬能的鼻子變得太長了

第二天，又累又餓的萬能心想無論如何都得吃點東西，而且是越快越好。其實他把錶賣掉就有錢了，但若要這麼做他寧可餓死。看來老天賦予他那即使不算悅耳卻也宏亮的歌喉，正好可以趁現在展現一下。

他會唱幾首法國和英國歌曲，因此他決定一試。日本人應該都很愛好音樂，因為每戶人家都不時會傳出鐃鈸、銅鑼與鈴鼓聲，他們一定懂得欣賞他這位歐洲能手的才華。

日本鄉下村民在旅館門前閒話家常(1866)。

不過這個時間演唱似乎稍嫌早了些，那些音樂愛好者意外被吵醒，想必不會掏出印有天皇頭像的硬幣賞給唱歌的人。

萬能決定再多等幾個小時，但他一面走一面想：這身打扮似乎太好了，不像一個街頭藝人，於是他打算去換一套與自己身分較為相符的舊衣。而且換了衣服之後一定還能拿到一些差額，那麼就能馬上將肚子填飽了。

下定決心之後，便要付諸行動。萬能找了好久才找到一個當地的舊貨商，並向他提出交換的要求。舊貨商很喜歡那套歐洲服飾，不久萬能便穿著一件舊的日本長袍，頭上綁著一條日久褪色

這是佛格在橫濱靠岸時所見到的景象。

183

在這幅1872年的木版畫上，可看到橫濱開港後七年，1866年設立的法國駐橫濱公使館。公使館是一個國家在外國長駐的代表團，並無委派大使。19世紀時，在亞洲有很多公使館，由掛有大臣或部長職銜的外交官所掌管。

的頭巾，怪里怪氣地走了出來。不過，這時的他口袋裡已經有幾文錢幣撞得叮噹響了。

「好！」他心想：「我想該去狂歡一下了！」

改成日本裝扮後的萬能，第一件事就是先到一家外觀簡陋的茶館，就著些許米飯和殘餘的雞肉飽食一頓，只不過解決了這一餐，下一餐卻仍是個問題。

「現在，」吃飽喝足後，他心中暗想：「可不能昏了頭。我已經不能拿這件舊衣再去換一件更日式的衣服了。所以我得想法子盡快離開這個令我不堪回首的太陽國！」

於是萬能想到前往美國的船上去碰碰運氣，也許能上船當個伙夫或打打雜，至於報酬只要能供他吃並送他到美國就行了，到了舊金山再想辦法脫困。現在最重要的就是橫越介於日本與新大陸之間、寬達四千七百英里的太平洋。

萬能向來是即思即行，因此一有了這個念頭之後便往橫濱的港口走去。可是當他漸漸接近碼頭，一開始覺得再簡單不過的計畫卻似乎越來越顯得窒礙難行。美國的船上為什麼會需要伙夫或是打雜的？憑他這副可笑的裝扮，有誰敢信任他？他能提供什麼保證？又有誰能為他做保？

他正想著，視線忽然落到一塊巨大的牌子上，那是一個像小丑一樣的人在橫濱街上到處展

示的廣告板，上頭用英語寫著：

日本馬戲團
團長威廉・巴圖卡先生
前往美國之前
最後一次演出
直接受天狗神庇護的
長鼻—長鼻
精采好戲！

“ 十五分鐘後，他來到一間掛著幾面燕尾旗的大屋前停下。**”**

「美國！」萬能大喊：「這不正是我要的嘛！…」

他跟在廣告人後面，不一會又回到了日本區。十五分鐘後，他來到一間掛著幾面燕尾旗的大屋前停下，外牆上用鮮豔的色彩畫了一群雜耍的人。

這裡就是巴圖卡先生的戲團所在。根據廣告板上所說，這位團主領著一班藝人、雜耍演員、小丑、雜技演員和體操手，將在離開太陽帝國前往美利堅合眾國之前進行最後一場表演。

萬能走過屋前的柱廊，求見巴圖卡先生。巴圖卡先生來了之後，看到萬能以

185

為是個日本人，便問他：

「有什麼事嗎？」

「請問您需要一位打雜的僕役嗎？」萬能問道。

「僕役？」團主撫著下巴那簇濃密的灰色鬍子大喊道：「我已經有兩個又忠心、又順從的僕人，他們從未離開過我，而我也只需要提供他們伙食…你瞧！」說著他伸出了兩隻粗壯的臂膀，膀子上的青筋有如琴弦一般粗。

「這麼說完全沒有用得著我的地方囉？」

「完全沒有。」

「唉呀！要是能和你們一起走該有多好。」

「喔唷！」巴圖卡說：「你要是日本人我可不就是猴子了！你怎麼打扮成這副德性？」

「有什麼當然就穿什麼了！」

「說得也是！您是法國人嗎？」

「是的，我是巴黎人。」

「那麼您應該會扮鬼臉了？」

「是呀，」自己的國籍竟然引發如此聯想令萬能深感不悅，便回答道：「我們法國人的確會扮鬼臉，不過卻還比不上美

三種日本傳統的戲劇：能劇、歌舞伎與淨琉璃（joruri，一種傀儡戲），是由街頭藝人的後裔所演出。19世紀時，日本有許多流動性的特技雜耍團。

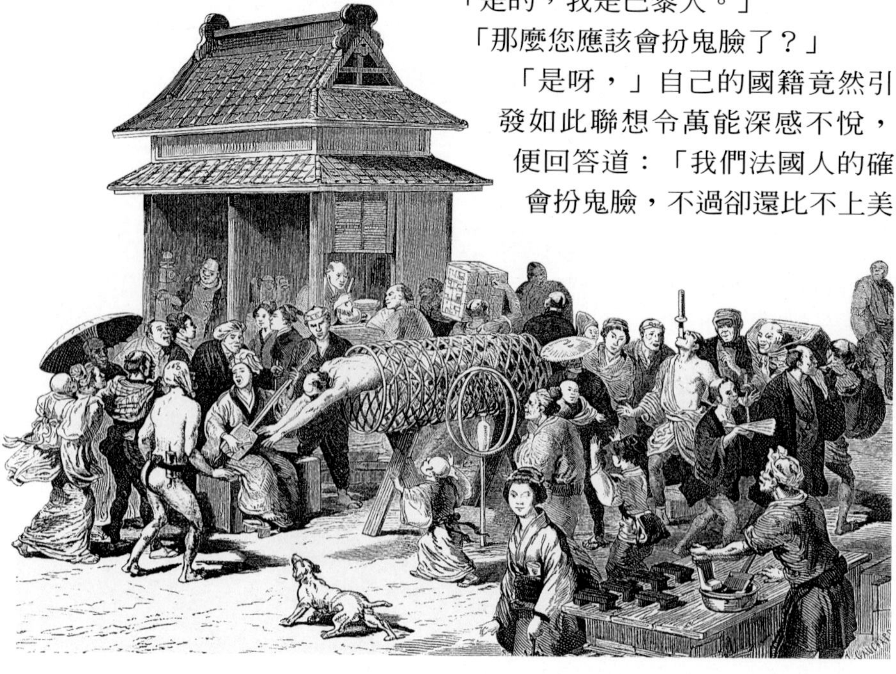

國人！」

「沒錯。那好，雖然我不需要僕役，但我可以讓你扮小丑！你懂吧，老兄，在法國看外國丑角表演，到了國外卻要看法國丑角！」

「啊！」

「不過你精力夠好嗎？」

「只要吃飽飯就精力充沛。」

「你會唱歌嗎？」

「會。」萬能回答，因為他曾經在街頭演唱過。

「可是你會頭下腳上，左腳掌頂著一個旋轉的陀螺，右腳掌平放著一把刀，這樣唱歌嗎？」

「當然會囉！」萬能想到自己年輕時玩的把戲，便這麼回答。

「好，這樣就夠了！」巴圖卡團主說。

他們當場立刻簽訂契約。

萬能終於找到一份工作，受聘於日本知名的馬戲團兼做雜役。這似乎不太光彩，但不到一個禮拜他就能踏上往舊金山的旅途了。

巴圖卡團主大聲地宣佈表演將於三點開始，不久日本弦樂、鈴鼓與銅鑼等樂器便熱熱鬧鬧地在門口彈奏敲打了起來。雖然萬能沒有事先預演，但是他卻必須在象徵天狗神的長鼻演出「疊羅漢」時貢獻出自己強壯結實的雙肩，這齣「精采好戲」正是一連串表演的閉幕戲。

不到三點，大屋裡已經擠滿了觀眾。歐洲人、當地人、中國人、日本人，不論男女老幼都

1870年左右的橫濱。當城市和鄉村有慶典，或廟會有活動時，每個表演團體便會使出渾身解數。這些娛樂表演來自中國，稱為「散樂」(sangaku，唐朝傳入日本的劇情歌舞劇，盛行於平安時期)，後來逐漸演變成「猿樂」(sarugaku，為歌舞伎前身)。

一對日本夫妻，攝於
1860年左右：男子佩帶
武士刀與匕首，這是用
來切腹自殺的兩種傳統
武器。他坐在西式的椅
子上，女子則是傳統坐
姿，身著和服；和服是
種有長袖的緊身衣，用
長腰帶緊緊交錯裹住。
在她身旁有盆花；在日
本，插花是門藝術。

急著坐上狹窄長
凳，或進入面對舞
台的包廂。樂師們
都已經進入室內，
整套的弦樂、銅
鑼、響板、笛子、
鈴鼓和大鼓奏得震
天價響。

這場表演基本
上還是以雜技為
主，不過我們不得
不承認日本人的確是開世界之先的平衡好手。有
人以一把扇子和一些小紙片，便能變化出優雅的
蝴蝶與花朵。有人以煙斗噴出芳香的淡藍色煙
霧，很快地在空中寫出一連串給觀眾的問候語。
有人拋接點燃的蠟燭，並將每支落到嘴前的蠟燭
吹熄，然後再重新一一點燃，而高超俐落的拋接
動作從無一刻間斷。還有人表演難度高得不可思
議的旋轉陀螺，這些響聲宏亮的玩意在他的手底
下不斷迴旋，彷彿有生命的物體一般，一下在刀
尖上轉，一下在纖細如髮、繃緊固定於舞台兩側
的鐵絲上轉，轉過大大的水晶，爬上竹梯，又散
落於各個角落，同時各個陀螺所發出的不同聲調
還組合成了一種奇特卻和諧的樂音。雜耍演員拋
接時，陀螺便在空中轉，若拿起木拍把它們當羽
毛球來打，陀螺還是轉個不停，就算放進口袋裡
再拿出來，也仍然繼續轉，直到最後彈簧一鬆開
才像天女散花一樣迸射開來！

至於其他特技與體操的表演就更不用說了。
無論是梯、杆、球、桶等等特技演出，全都無懈
可擊。不過重頭戲還是在於長鼻的表演，這是一
種歐洲人仍尚未見識過的平衡特技。

這些長鼻是直接受天狗神庇護的團體。他們

在肩膀裝上一對華麗的翅膀，打扮成中世紀的傳令使者。不過最特別之處卻在於他們臉上所戴的那副長鼻與長鼻的作用。這些鼻子也不過就是一些五、六、十呎長的竹子，有些筆直有些彎曲，有些光滑有些凹凸不平。而所有的平衡特技都是在這些牢牢固定在臉上的長鼻子上頭進行的。約莫有十來個天狗神的信徒平躺在地板上，其餘的同伴則在那些像避雷針一樣直挺挺立著的鼻子上跳來跳去，並表演許多令人難以置信的戲法。

節目最後，主持人特別向觀眾介紹疊羅漢的演出，也就是由五十來個「長鼻」疊成札格納特神的馬車。不過這些演員的疊羅漢卻並非以肩膀作為支撐點，他們只能用鼻子互相銜接。由於擔任神車底層的一位演員離團了，而底層的人也只需強壯、敏捷，因此團主才會選擇萬能來接替他。

當萬能穿上中古世紀的服裝、裝上那對彩色翅膀，臉上又戴上那隻六呎長的鼻子時，他想到自己年輕時的遭遇，不禁悲從中來！然而，這隻鼻子畢竟是他謀生的工具，他也只有忍耐了。萬能

❝ 然而，這隻鼻子畢竟是他謀生的工具，他也只有忍耐了。萬能走上台… ❞

走上台，和其他擔任神車底層的同伴們一起平躺下來，鼻子朝天。第二層的演員疊上長鼻之後，第三層、第四層也相繼往上疊，不久就靠著鼻尖互相銜接一直疊到了舞台的沿幕。

然而，就在如雷的掌聲與樂聲中，台上的羅漢忽然失去平衡垮了下來，原來是底層的一個長鼻不見了，神車才會像紙牌屋一般崩塌…

這全都是萬能的錯。他離棄了自己的位子，沒靠翅膀就飛奔過舞台前的腳燈，爬上右側樓座，撲到一名觀眾的跟前喊道：

「我的主人！我的主人呀！」
「是你？」
「是我！」

「那好！既然如此就上船吧！…」

佛格先生、陪伴著他的奧妲夫人和萬能匆匆走出大屋外的走廊。可是巴圖卡團主卻怒氣沖沖地要求他們賠償他的損失，佛格便丟下一把鈔票以平息他的憤怒。到了六點半即將啓程時，佛格與奧妲一塊登上了美國的船，而跟在他們後面的萬能竟然還來不及脫下背上的翅膀，和臉上那隻六呎長的鼻子！

兩幅描繪橫濱的木版畫。木版畫是以分割的木板或整片木板雕刻的方式，在遠東地區是極佳的處理文字和畫面的印刷術。在日本，木版畫的發展歷史已與插畫及銅版畫的印刷混在一起，難以分清。19世紀時，銅版畫由於成本降低，擴大了客源，成為極其普遍的藝術。

24
安然橫越了太平洋

上海那邊所發生的事自然不難猜想：橫濱的船發現了「水上人家」所發出的訊號。船長一看見降半旗，立刻向小船方向駛去。片刻過後，佛格付清了事先說好的費用，五百五十英鎊於是便進了船主班斯比的口袋。接著佛格、奧妲與菲克斯便即登上輪船，立刻出發前往長崎與橫濱。

十一月十四日早上準時到達之後，佛格讓菲克斯去辦自己的事，而他則登上了「卡那提克」號。在船上他聽到了一個令奧妲十分高興的消息——或許他也一樣高興，只不過表面上絲毫沒有顯露出來——原來萬能已經在前一天到達橫濱

191

了。

　　當天晚上就要重新上路前往舊金山的佛格，立刻動身前去尋找僕人。他先到法國與英國的領

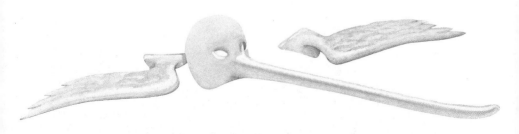

❝ 於是不到一個小時，卸下了鼻子和翅膀的萬能，便再也嗅不到一絲絲天狗神信徒的味道了。❞

事館詢問，但沒有消息，後來又跑遍橫濱的大街小巷還是沒有下落，原本他都已經打算放棄，不料竟意外地──也或許是預感使然──走進了巴圖卡的馬戲團。他當然沒有認出一身傳令使者怪異打扮的僕人，可是萬能躺在地上卻看見了樓座裡的主人。他無法繼續保持鼻子的姿勢，整體的平衡也因而隨之崩潰了。

　　萬能從奧姐的口中得知了他們是如何和一位菲克斯先生一同搭上「水上人家」這艘小船，從香港來到橫濱的經過。

　　聽到菲克斯的名字，萬能的眉頭皺也沒皺一下。他心想此時此刻還不宜將警探與自己之間所發生的事情告訴主人。因此當萬能說起自己的遭遇時，只說是因為在香港一家煙館不慎抽了鴉片而昏睡過去，請主人原諒他的大意。

　　佛格只是靜靜聽著，沒有說什麼；聽完之後，便給了僕人一筆費用讓他在船上買幾件較為得體的衣服。於是不到一個小時，卸下了鼻子和翅膀的萬能，便再也嗅不到一絲絲天狗神信徒的味道了。

　　從橫濱往舊金山的船乃是太平洋郵輪公司所

屬船隻，名為「格蘭特將軍」號。這是一艘噸位達兩千五百噸的大輪船，設備佳，速度又快。

甲板上有一根巨大的平衡橫樑不斷地起起落落；橫樑一端鉸接著活塞桿，另一端的傳動桿則將直線運動轉變為圓周運動，直接作用在輪軸上。「格蘭特將軍」號上備有三桅縱帆，帆面大，對於增強馬力極有幫助。以十二英里的時速計算，不到二十一天便能橫越太平洋。因此佛格可以大膽估計十二月二日抵達舊金山後，十一號可到紐約，而二十號便可到倫敦，比十二月二十一日的最後期限還提早了幾個小時。

船上的乘客相當多，有英國人，有不少美國人，有一大群移民美國的苦力，還有一些印度軍隊的軍官趁著假期環遊世界。

這趟航行沒有發生任何海上事故。輪船靠著大輪與堅固船帆的支撐，幾乎是穩如泰山。太平洋也果然名副其實的「太平」。佛格先生則還是一如往常地冷靜、少言語。他那年輕的女伴對他除了感激之外，似乎也產生出另一種依戀之情。佛格沉默卻寬厚的天性深深打動了奧妲的心，而她也在不知不覺中對他產生了感情，但神秘的佛格卻似乎一點感覺也沒有。

此外，奧妲對佛格的計畫也非常投入。她很擔心中途出現障礙而使得這趟行程無法圓滿達成。奧妲經常和萬能聊天，萬能自然能從言語中察覺她的心思。萬能現在可是一心一意向著主人，因此對主人的善良、寬厚與熱誠屢屢讚不絕口；他還安

美國西岸、溫哥華島、英屬哥倫比亞到內華達山的地圖。直到1866年，溫哥華島才併入英屬哥倫比亞，1871年兩地一起併入加拿大。內華達山分隔內華達高原與薩克拉門多和聖瓦爾金間的加州山谷。

193

慰奧妲夫人說旅程一定會成功，因爲他們已經脫離了中國和日本這些古怪的國家，也就是說最困難的部分已經結束，他們馬上就要回到文明地區，最後只要從舊金山搭火車到紐約，再從紐約搭上橫渡大西洋前往倫敦的客輪，應該就能在預定的期限內完成環遊世界這趟不可能的任務了。

離開橫濱九天後，佛格已經整整繞了世界半圈。因爲「格蘭特將軍」號在十一月二十三日通過南半球一百八十度的經線，這裡正好是倫敦的對蹠點。佛格八十天的期限已經用掉了五十二天，如今只剩下二十八天了。儘管就「經度差異」而言他只到達半途，但實際上他卻已經走完了三分之二的路程。先前從倫敦到亞丁、亞丁到孟買、加爾各答到新加坡、新加坡到橫濱，繞了多大的一圈呀！若是循著通過倫敦的五十度緯線走，距離也只不過約莫一萬兩千英里，而佛格限於交通工具卻不得不走上二萬六千英里的路，到了十一月二十三日這天，他則已經完成大約一萬七千五百英里。不過接下來的路線都是直線，菲克斯已經無法再阻撓他們！

「華盛頓」號：同時使用蒸氣與風帆的滾輪輪船，在1866年6月15日於勒哈弗港下水。1855年，艾米勒(Émile)兄弟與佩黑何(Isaac Péreire)創建海運總公司，1861年時採用橫越大西洋船運總公司之名。它有「華盛頓」號、「拉法葉」號與「歐洲」號三艘郵輪航行於紐約與勒哈弗之間。

而十一月二十三日當天，萬能也格外高興。還記得吧？這個頑固的僕人怎麼也不肯調整他那只傳家錶的時間，所以無論到哪個國家錶上的時間都不正確。可是就在這一天，雖然他沒有將錶撥快或撥慢，手錶卻和船上的時鐘不謀而合。

　　萬能當然是得意極了。要是菲克斯也在場，他倒想聽聽他有什麼說法。

　　「這傢伙跟我說什麼經度、太陽、月亮一大堆的！」萬能心想：「哼！這些人呀！要是聽了他們的，都可以開一間大鐘錶行了！我就知道太陽遲早有一天會重新照著我的錶運行的！…」

　　萬能卻是忽略了一點：假如他的手錶也和義大利時鐘一樣分成二十四小時，他也就沒什麼好得意的了，因為當船上時鐘上午九點時，他手錶的指針將會指在晚上九點，也就是二十一點，這也正好是倫敦與一百八十度經線之間的時差。

　　不過即使菲克斯能夠解釋這種純地理學原理，又即使萬能真能聽得懂，他大概也不會承認。其實，就算菲克斯此時果真出乎意外地出現在船上，理所當然懷恨在心的萬能想必會用完全不同的態度和他處理另一件事情吧。

　　但是，菲克斯現在何處呢？…

　　說巧不巧，菲克斯就在「格蘭特將軍」號上。

　　原來到了橫濱之後，菲克斯暫時丟下佛格便直奔英國領事館。在這裡，他總算接到了逮捕令，這紙命令已經下達四十天，從孟買一路追在他身後，而且也正如他所預期，逮捕令果然在香港和他一同上了「卡那提克」號。菲克斯警探的

> 還記得吧？這個頑固的僕人怎麼也不肯調整他那只傳家錶的時間，所以無論到哪個國家錶上的時間都不正確。

195

失望之情自然可想而知！逮捕令已經形同廢紙！
因為佛格已經離開英國屬地！現在要抓他還需要
一張引渡請求書！

「也罷！」菲克斯一時氣憤過後，心想：「逮
捕令在這裡發揮不了功效，回到英國總行了吧。
這狡猾的傢伙顯然以為擺脫了警察的追捕，還要
重回家鄉。至於錢嘛，但願還沒有花光！不過這
一路上，又是賞金、又打官司、又繳罰款、又買
大象，這種種開銷已經花了他不下五千英鎊了。
反正，銀行有的是錢！」

拿定主意後，他立刻登上了「格蘭特將軍」
號，當佛格與奧妲到的時候他人已經在船上。最
令他感到驚訝的是，他認出了那個身著古代傳令
使者服裝的人正是萬能。他隨即躲回艙房之中，
以免解釋開來全盤的計畫都泡湯了，所幸船上乘
客眾多，他心想敵人不至於會發現自己，不料這
一天他卻在船頭和萬能碰個正著。

萬能二話不說便撲上去攫住菲克斯的頸子，
對著可憐的警探就是狠狠的一擊，顯示法國的拳
擊果然遠遠勝過英國，而一旁有幾個美國人則看
得興致高昂，還馬上打賭萬能會贏。

萬能打過之後冷靜了下來，也覺得鬆了一口
氣。菲克斯十分狼狽地站起來，看著對手冷冷地
說：

「打夠了嗎？」

「暫時夠了。」

「那麼我想跟你談談。」

「我…」

「關於你主人的事。」

萬能彷彿震懾於警探冷靜的態度，便乖乖地
跟了去，兩人一塊在船首坐了下來。

「你已經痛打了我一頓。」菲克斯說：「好，
現在聽我說吧。在此之前，我一直和佛格作對，

但從現在開始我也加入他的行列。」

「總算！」萬能大喊：「你相信他是個好人了吧？」

「不，」菲克斯冷冷地回答道：「我還是認爲他是個狡猾的傢伙…等等！別動，聽我把話說完。當佛格還在英國屬地上的時候，我一直等著逮捕令想要拿下他。我也想盡了辦法。我不但請來孟買的教士對他做出不利的指證，我還在香港把你灌醉，不讓你和他見面，使得他錯過了橫濱的客輪…」

❝ 最令他感到驚訝的是，他認出了那個身著古代傳令使者服裝的人正是萬能。他隨即躲回艙房中… ❞

197

萬能越聽，拳頭握得越緊。

「而如今，」菲克斯接著說：「佛格似乎打算回到英國是嗎？那好，我就跟著他回去。不過從現在起，我會幫助他掃除障礙，而且就像我先前阻撓他一樣用心、一樣努力。你等著瞧，我的手法變了，但這是爲了我自己的目的著想。我還要告訴你，其實你的目的也和我一樣，因爲只有到了英國，你才能知道你服事的是個罪犯或是個好人！」

萬能很仔細地聽著菲克斯的每一句話，他相信菲克斯這回絕對是眞心誠意。

「那我們是朋友嗎？」菲克斯問道。

「不是朋友，」萬能回答：「而是部分利益與共的盟友，要是被我發現你稍有背叛之心，我就扭斷你的脖子。」

「一言爲定。」菲克斯平靜地說。

十一天後，十二月三日，「格蘭特將軍」號駛進金門灣，抵達了舊金山。

至此，佛格連一天也沒有提早或延誤。

25

集會日瀏覽舊金山

在這舊金山的全景中，長達12公里的金門灣還未將奧克蘭與灣區相連。

　　上午七點，佛格、奧妲與萬能踏上了美洲大陸——如果供乘客下船用的漂浮碼頭也能稱之為大陸的話。這些碼頭隨著潮水起伏，也使得船隻裝卸貨物更為便利。這裡停靠了大大小小的快速帆船、各國的輪船，以及高達好幾層、專門行駛薩克拉門多河與其支流的汽船。這裡也堆滿了與墨西哥、祕魯、智利、巴西、歐洲、亞洲以及太平洋所有島嶼往來的貿易商品。

　　萬能終於抵達美國的土地，欣喜萬分，便想以一記最美的高空觔斗翻下船去。可是當他落到碼頭上時，由於木板已遭蟲蛀，差點就被他穿破了。萬能狼狽之極地踏上新大陸，不由大叫了一聲，嚇得一大群鸕鷀和鵜鶘——漂浮碼頭上的常客——紛紛飛起。

1848年，發現金塊促使大量移民進入加州，舊金山合宜的位置使她成為大都會。

　　佛格一下船就立刻詢問第一班前往紐約的火車何時開車。出發時間是晚上六點。因此佛格可以在這個加州的首府待上一整天。他花了三元為

199

舊金山的蒙哥馬利街。
蒙哥馬利(Richard
Montgomery, 1771-
1854)原籍愛爾蘭，在
美國獨立戰爭期間打敗
英國人，但在魁北克包
圍戰時身亡。

奧妲與自己招來一輛車，萬能跳上駕駛旁邊的座位後，車子便開往國際旅館。

　　萬能帶著好奇的眼光，從高高的座位上俯視著這座美國大城：寬闊的街道，低矮而排列整齊的房屋，盎格魯撒克遜哥德式風格的教堂與神殿，巨大的船塢，像宮殿一般、有些

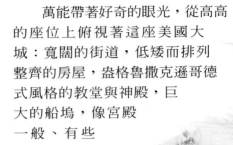

木造有些磚砌的倉庫。街道上有許許多多的車輛、公共汽車和電車，而擁擠的人行道上除了美國人和歐洲人，還有中國人和印第安人，也正是這些人組成了當地為數二十

多萬的人口。

　　萬能看了感到十分吃驚。

❝當萬能來到國際旅館時，總覺得好像並未離開英國。❞

　　他的想像還停留在一八四九年的傳奇城市，那個盜匪橫行，到處殺人放火、搶奪金塊的城市，那個人人一手拿槍一手握刀、拿金粉作賭注的匪類天堂。不過那個「美麗年代」已經結束，此時的舊金山呈現出了商業大城的風貌。有守衛站崗的市政廳高高聳立於切割得方方正正的大街小巷之上，街道之間還點綴著綠意盎然的廣場，另外還有一個中國城，簡直就像是裝在玩具盒裡直接從天朝運過來似的。不再有寬邊氈帽，不再有淘金者常穿的紅襯衫，不再有插著羽毛的印第安人，卻到處都是穿著黑色禮服、戴著絲質禮帽、

行色匆忙的紳士。有些道路——尤其是蒙哥馬利街(相當於倫敦的攝政王街、巴黎的義大利大道、紐約的百老匯)——兩旁精緻的商店林立,店內更擺設

舊金山的市場街:電車、汽車與馬車同時並行。

了來自世界各地的商品。

當萬能來到國際旅館時,總覺得好像並未離開英國。旅館的一樓有一個很大的酒吧,是一個免費供應的開放式自助餐吧。顧客無須掏腰包就能享用乾肉、鮮蠔湯、餅乾和乾酪,只有在你想喝點清涼飲料如麥酒、波爾圖紅酒和赫雷斯白酒時,才需要付錢。萬能覺得這點倒是很「美國」。

旅館的餐廳相當舒適。佛格和奧妲坐定後,皮膚黑得油亮的黑人侍者便開始將一道道迷你餐點端上桌來。

吃過飯後,佛格在奧妲夫人的陪同下正要離開旅館,前往英國領事館辦理簽證,卻在走道上遇見萬能,萬能問主人說搭乘太平洋鐵路的火車之前,是不是去買十來支安菲爾式卡賓槍或柯爾特式左輪手槍比較保險。萬能聽說過蘇族和波尼族人就和西班牙盜匪一樣會搶劫火車。佛格回答說這樣的預防措施沒有用,不過假如萬能認為這樣比較妥當,他也不反對。說著便往領事館去了。

1862年的便餐酒會(lunch):英文 "lunch" 一字是相當新近的單字,開始於1820年。它是指取代午餐的簡便飯食。

佛格還走不到兩百步竟遇見了菲克斯,真是「無巧不成書」。菲克斯顯出滿臉驚訝的神色。什麼!佛格先生也和他一起橫渡了太平洋,而他們在船上竟始終沒有碰面!總之,能夠再見到對自

己幫助那麼多的佛格先生，菲克斯實在感到無比榮幸，這回由於歐洲的業務需要他回去一趟，要是旅途上能得此良伴那就太好了。

　　佛格回答說這是自己的榮幸，而菲克斯為了盯緊他，便提議與他一同參觀舊金山這個奇異的

城市。佛格答應了。

　　於是奧妲、佛格和菲克斯三人便到街上閒逛。不久他們來到了人潮洶湧的蒙哥馬利街。到處人山人海，人行道上、馬路中央、電車軌上——儘管有馬車與公共汽車來來往往——商店門前、所有房子的窗口，甚至屋頂上，全都擠滿了

1862年在舊金山的一場
政治集會：美國的選舉
常會組織大型的群眾集
會，在公開場合爭論公
眾議題。候選人直接面
對面交鋒。這些聚會有
時也會在社交界聚會的
地方，或是全家散步的
場所舉行。

人。有一些廣告人也混在人群當中。國旗
與燕尾旗隨風飄揚。喊叫聲從四面八方響起。

「卡梅菲爾德萬歲！」

「曼迪波萬歲！」

是個集會。至少菲克斯是這麼想的，他還將
自己的想法告知佛格，並說：

「我想我們最好避開這群人。否則恐怕只會有
毋妄之災。」

「的確。」佛格回答：「政治力的拳頭可不比
一般的拳頭輕！」

菲克斯聽了為表示禮貌便笑了笑。奧妲夫
人、佛格和他三人既想觀看又不願受波及，便到
一道階梯高處站定，這道階梯恰與一個平台相連
接可以俯瞰蒙哥馬利街。他們望向對街，介於一
位煤商的碼頭與一位石油批發商的店面之間，有
一片大大的露天集會處，各路的人群似乎便是朝
著那兒蜂湧而去。

為什麼會有此集會呢？是為
了什麼原因召開的？佛格全
然不知。是為了任命
某一高階武官或
文官、某一

政府首長或國會議員嗎？見全市民心沸騰的景象，如此的猜測也並非不可能。

這個時候，群眾突然做出一個很大的動作。所有人的手都高舉在空中，有幾個緊握的拳頭似乎舉起之後又很快在喊叫聲中落下，大概是以激烈的手段表達對候選人的支持。人潮忽然往後湧，旗幟搖搖晃晃，消失片刻之後又再次出現卻已破爛不堪。人潮的波動一直蔓延到階梯旁，一個個人頭起伏不定，彷彿一片海水猛然受到暴風雨的侵襲翻攪。黑色帽子的數目明顯減少，大部分的人也似乎都矮了一截。

舊金山的中國銀行家。由於舊金山位於太平洋岸的位置，使她直到1880年仍容納最多的亞洲移民。中國人聚集在一區，成為一個真正在舊金山內的中國人城市，因而有「中國城」(Chinatown)之稱。

「這顯然是一個集會。」菲克斯說：「集會的原因也一定很能鼓動人心。若說是為了阿拉巴馬事件我也不驚訝，雖然這件事已經解決了。」

「也許吧。」佛格淡淡地說。

「總之，」菲克斯又說：「兩位領袖已經正面對峙了，卡梅菲爾德先生和曼迪波先生。」

奧姐挽著佛格，滿臉詫異地看著眼前混亂的場面，菲克斯則向旁邊的人詢問民情激憤的原因，這時候情況忽然又有了變化。歡呼聲夾雜著咒罵聲，愈發地熱烈了。旗杆變成了攻擊武器，拳頭如雨點般落下。被攔下的車輛與公車頂上，開始上演全武行。每個人是有什麼就丟什麼，只見靴子、皮鞋在空中畫出一道道的平直彈道，而叫罵聲中甚至彷彿還傳出了幾聲手槍轟鳴。

人群漸漸往階梯靠近，並且漫上了低階。顯然有其中一方被逼退了，但是旁觀者卻也分不清

究竟是曼迪波或是卡梅菲爾德佔上風。

「我想我們還是快走吧。」菲克斯說，他不想讓「他的人」無故挨揍或惹上麻煩：「如果這一切和英國有關，又被人認出我們是英國人，恐怕就脫不了身了！」

「一個英國公民…」佛格話還沒說完，在他身後，也就是階梯前面的那個平台上發出了巨大的吼聲：「曼迪波！加油！萬歲！」原來有一群支持者趕來救援，並從卡梅菲爾德支持群眾的兩側包抄過來。

佛格、奧妲和菲克斯剛好夾在兩隊人馬之間。現在要逃已經太遲。這群人手拿包著鉛塊的棍杖，聲勢兇猛難擋。佛格和菲克斯為了保護女伴，被推擠得幾乎招架不住。佛格依然保持著一貫的冷靜，企圖以上帝賜予每個英國人手臂末端的那一對天然武器來自衛，卻是徒然。有一名漢子蓄著一撮紅色山羊鬍、肩膀寬闊、身材壯碩、膚色黝黑，似乎是帶頭者，他搏起大拳頭便往佛格揮來，若不是菲克斯挺身替他擋下，佛格恐怕已受重傷。菲克斯不僅帽子被砸扁，頭上也立刻腫了一個大包。

「美國佬！」佛格無比輕蔑地看著對手，說道。

「英國人！」對方回道。

「我們還會再碰面的！」

「絕對奉陪。」

「閣下是？」

「費雷斯‧佛格。你呢？」

「史坦普‧普羅克托上校。」

話才說完，人潮洶湧而過。菲克

22道長來福線的卡賓槍(carabine)：來福(rifle)是個英文字，就是指卡賓槍。卡賓槍因重量較輕及膛線槍管而與燧發槍(fusil)有所區別。現在卡賓槍延伸指所有輕型長槍。

美國人科特(Samuel Colt, 1814-1862)發明左輪手槍(revolver，源自拉丁文revolvere，旋轉之意)。

斯被擠倒在地，重新站起時衣服都破了，所幸沒有嚴重的瘀傷。他的外套撕成了大小不等的兩半，而他的褲子則像是某些印第安人事先除去後襬才穿上身的短褲。不過，奧妲夫人倒是安然無恙，只有菲克斯平白挨了那一拳。

「謝謝你。」他們脫離人群之後，佛格對菲克斯說。

「不用客氣，」菲克斯回答道：「走吧。」

「上哪兒？」

「找一家裁縫店。」

的確有此需要。佛格和菲克斯的衣服都被扯破了，好像他二人也為卡梅菲爾德與曼迪波兩位候選人打了一架似的。

一個小時過後，他們又體體面面地回到國際旅館。

在旅館裡，萬能已經準備好六七支可裝六發子彈的左輪手槍等著主人。當他看見菲克斯和佛格在一起，臉不由得

> 66 佛格上了車。火車也隨即以最快的速度離站。 99

207

沈了下來。不過聽完奧妲簡述方才發生的事，萬能便又放心了。菲克斯已經不是敵人，而是盟友。他果然守信。

吃過飯後，他們叫了一輛馬車準備帶著行李上車站去。就在他們要上車時，佛格對菲克斯說：

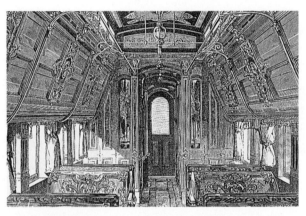

此種車廂設有臥鋪。美國工程師普門(George Pullman, 1831-1897)以發明與改進豪華車廂而享有盛名。這些車稱為普門式客車。

「你有沒有再見到那位普羅克托上校？」

「沒有。」菲克斯回答。

「我會再回美國來找他的。」佛格冷冷地說：「英國公民可不能受到這樣的對待。」

菲克斯笑了笑，沒有答腔。不過看得出來佛格就是這樣的英國人，即使在自己國家不可能與人決鬥，但是到了國外，一旦名譽受損就一定爭鬥到底。

五點四十五分，他們到了車站，列車也差不多要出發了。

佛格正要上車，突然看見一名員工，便走過去問道：

「請問一下，今天在舊金山是不是有一些暴動？」

「先生，那是一場集會。」

「可是我卻看見街上有騷動的情形。」

「那只是選舉的造勢活動。」

「那麼應該是選最高指揮官囉？」佛格問道。

「不，是選治安法官。」

聽完這個回答之後，佛格上了車，火車也隨即以最快的速度離站。

26

搭上了太平洋鐵路的
特快車

　　「Ocean to Ocean」，這是美國人的說法，而這
三個字也就代表了連接美國本土極東與極西點的
那條長程幹線。其實太平洋鐵路有一個明顯的分
段點，從奧登往西到舊金山是中央太平洋鐵路，
從奧登往東到奧馬哈是聯合太平洋鐵路。到了奧
馬哈有五條不同路線在此匯集，與紐約之間的交
通頻繁。

　　因此紐約與舊金山之間可以說有一條鐵道直

在這張美國地圖上，鐵
路網似已開發完成。

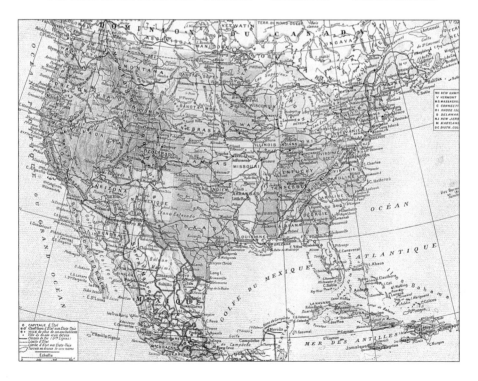

林肯(Abraham Lincoln, 1809-1865)在選舉後抵達華盛頓。林肯於1861年3月當選總統，在美國史上最艱困的時刻，也就是南北戰爭期間，治理美國。1865年4月15日，他在戲院前，被一個精神失常的演員布思(John Booth)暗殺身亡。

通，鐵道總長則不下於三千七百八十六英里。奧馬哈與太平洋之間的路段，經常有印第安人與猛獸出沒，而摩門教徒在被趕出伊利諾州之後，也於一八四五年左右開始治理這一大片的土地。

從前，即使在最順利的情況下，從紐約到舊金山也要六個月，如今卻只要七天。

一八六二年，儘管南方議員強力反對，並堅決主張將路線南移，最後鐵路線的位置卻還是定於北緯四十一度與四十二度間。林肯總統還親自選定內布拉斯加州的奧馬哈市，作爲新鐵路線的起點。於是美國人以其特有的積極態度展開了這項工程，既無官僚作風的延宕，進展之速也絲毫未曾影響工程品質。在大草原上，鐵路以每天一英里半的速度往前伸展。火車行駛在前一天鋪設好的鐵道上，運來了翌日所需的鐵軌，並隨著軌道一日日地完工向前奔馳。

太平洋鐵路沿途在愛阿華、堪薩斯、科羅拉多與俄勒岡等州都有支線。自奧馬哈開始，鐵路便沿著普拉特河左岸直到與北側支流匯流處，再循南側支流穿越拉阿密地區與瓦薩屈山脈，繞過鹽湖來到摩門教重鎮鹽湖城，進入特伊拉谷地，再沿著美國的沙漠區、席德峰與洪保德峰、洪保德河、內華達山，然後轉下薩克拉門多直到太平洋岸，整條路線即使進入到落磯山脈，傾斜度也不會超過每英里一百一十二呎。

這就是列車行駛七天的長途幹線行經的路線，佛格也將藉此而得以於十一號在紐約搭上前往利物浦的客輪，至少他是這麼希望的。

佛格搭乘的車廂有如一節長長的公車，車廂底下有兩組共八個車輪。車內沒有包廂，只有兩排與車行方向垂直的座位，座位中間的走道可通往各節車廂的盥洗室。每節車廂之間都有走道連結，因此乘客從車頭走到車尾均可通行無阻，車

美國火車因十分舒適而快速獲利，1880年太平洋鐵路線上的餐車就是證明。

210

上還有客廳車廂、露天車廂、餐車與咖啡座車廂供乘客利用。雖然還缺戲劇車廂，但這只是遲早的事。

走道上不斷有書報販子來往穿梭，另外也還有賣酒、賣食品、賣雪茄的，生意都相當不錯。

晚上六點，列車駛離了奧克蘭站。天色已黑，四下陰陰冷冷，天空雲層很厚像是要下雪了。火車前進的速度並不快。由於考慮到沿途有不少站要停靠，因此時速總不超過二十英里，但

> 66 火車開出一個小時後，下雪了，幸而只是雪花輕飄，不至於影響列車行進。從車窗望出去，只見一大片雪白的蒼茫，相較之下，從火車頭盤桓而上的蒸汽倒變得灰濛濛了。99

即使這樣的速度仍然可以在預定的時間內橫跨整個美國。

車廂內的乘客幾乎都不說話，何況大夥也很快就感到疲倦。萬能坐在菲克斯旁邊，但沒有和他交談。自從後來發生那些事情之後，他們的關係已經明顯冷淡，彼此不再有好感，不再熱絡。菲克斯沒有太大的改變，但萬能卻顯得小心翼翼，彷彿只要稍有不對就準備要掐死自己的前友人。

火車開出一個小時後，下雪了，幸而只是雪

1866年，太平洋聯合的鐵路線一直開闢到內布拉斯加州的奧馬哈(Omaha)。隨著鐵路以及鐵道旁的土地准許開發，大批墾荒者湧向西部。

薩克拉門多河向南流入舊金山灣；薩克拉門多是加州的首府。

❝ 鐵軌順著山勢蜿蜒而行，有時攀附在山腰側、有時懸掛在峭壁上空… ❞

花輕飄，不至於影響列車行進。從車窗望出去，只見一大片雪白的蒼茫，相較之下，從火車頭盤桓而上的蒸汽倒變得灰濛濛了。

八點時，一位服務員走進車廂，宣佈睡覺的時間到了，於是這節臥鋪車廂在短短幾分鐘內便成了寢室。長椅的椅背收攏之後，透過一個精巧的機關，原本仔細收藏的小床鋪立刻鋪展開來，整個車廂也立刻隔成許多小隔間，不久每名乘客便有了一張舒適的床，四周還有厚厚的簾幕遮蔽著。床單潔白，枕頭柔軟，不上床睡覺還能做什麼呢？於是當火車全速馳過加州之際，每個人都像是在舒適的船艙一般安穩地睡著。

從舊金山到薩克拉門多之間的這塊土地，起伏較少。這段中央太平洋鐵路首先以薩克拉門多為起點，然後往東與以奧馬哈為起點的路段相接。從舊金山到加州首府，鐵道一路沿著最後注入聖保羅灣的亞美利加河往西北走。兩大城之間一百二十英里的距離，走了六個小時，午夜時分通過薩克拉門多時，乘客們睡夢正甜呢。因此加州州政府所在的這個重要城市，無論是美麗的碼頭、寬大的街道、華麗的旅館、廣場或聖堂，乘客們一概皆未見著。

列車駛離薩克拉門多，接著行經姜欣、洛克林、奧本、科法克斯等站後，便進入了內華達山區。經過西斯科車站，已是上午七點。一個小時

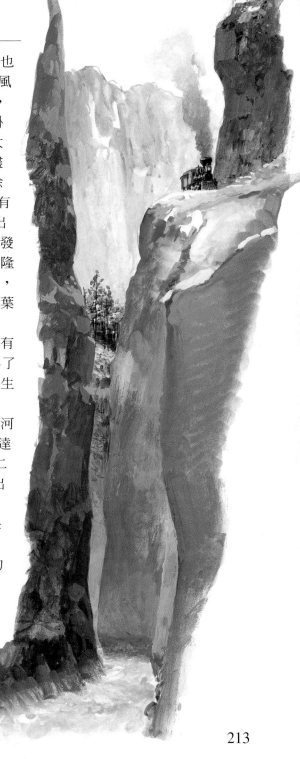

後，車廂又恢復了原貌，乘客也得以透過車窗瀏覽山中的秀麗風光。鐵軌順著山勢蜿蜒而行，有時攀附在山腰側，有時懸掛在峭壁上空，遇到轉角便以大膽的幅度轉彎，看似山窮水盡的狹谷也照闖不誤。火車頭除了大燈射出黃褐色的燈光，還有銀光閃閃的鐘和如馬刺般突出的排障器，閃亮耀眼，並不時發出尖銳的鳴笛聲與響亮的轟隆聲，與湍流和瀑布的水聲唱和，吐出的煙霧也在墨黑的冷杉枝葉間盤旋繚繞。

　　一路上幾乎沒有隧道也沒有橋。鐵軌繞著山側轉，並未為了尋求直線捷徑而破壞大自然生態。

　　九點左右，列車經由喀森河谷繼續往東北，進入了內華達州。中午，乘客在雷諾停留二十分鐘用餐之後，又再度出發。

　　從這裡開始，鐵道與洪保德河並行，往北走了幾英里。接著又轉向東，一直到河流的發源地洪保德山區才與河道分離，而這裡幾乎已經是內華達州的東端了。

　　用餐過後，佛格、奧妲與另外兩名同伴重新回到座位上。他們四人舒服地坐

213

著，一面欣賞眼前變化多端的景致，有寬闊的草原，有映在天際的山影，有白沫四濺的潺潺溪流。偶爾聚集在遠方的野牛驟然出現，彷如一座移動的堤壩。這大批的牛群經常是列車行進間難以克服的障礙。曾經有人見過數以萬計的野牛密密麻麻地穿越鐵道，整整花了幾個小時的時間。遇上這種情形，火車也只有停下來等到牛群全部通過為止。

接下來發生的情形便是如此。下午三點左右，為數一萬到一萬二的牛隻擋住了鐵軌。列車減緩速度之後，試著以排障器的尖端從旁刺入這支龐大隊伍，無奈這支隊伍滴水不穿，最後仍不得不停下車來。

這些野牛——美國人給了牠們一個不太正確的稱呼叫「buffalo」（水牛）——氣定神閒地走著，偶爾發出幾聲洪亮的哞叫聲。美洲野牛的身形比歐洲的牛隻來得大，腿與尾巴較短，鬐甲部位有一塊肉團高高隆起，兩隻角分得很開，頭、頸、肩上都覆滿了濃密的長毛。最好還是別妄想阻止這場遷徙行動。美洲野牛一旦決定了前進的方向，任何人事物都無法阻擋或是轉移路線。世上沒有任何一座堤壩能夠容納得下這道滾滾「肉流」。

乘客們三三兩兩站在走道上，觀望著這番奇景。而最趕時間的佛格則坐在位子上，靜靜地等著野牛想通了讓出路來。為了這一大群野牛而延誤時間，萬能氣憤極了。他真想把槍全都拿出來掃射一陣。

「什麼鬼地方？」他嘆著：「竟然連牛也能擋住火車的去路，而且還這麼慢吞吞的，好像根本不影響交通似的！我倒想問問佛格先生，是不是

214

也預先想到了這場意外！還有那個機師看見這些龐然大物，竟然就不敢開過去了！」

機師十分謹慎，根本不打算硬闖。他也許可以利用火車頭的排障器撞開幾頭牛，可是無論火車頭的威力再如何強大，還是很快就會被擋下來，到時也就免不了出軌遇難的下場了。

因此最好還是耐心等待，然後再加快速度把時間補回來。野牛整整走了三個小時，鐵路再次通車時已經入夜了。此時，當最後一群野牛越過鐵軌時，帶頭的那群早已消失在南方地平線的彼端。

火車來到綿延不絕的洪保德山脈時，已經八點，到了九點半，才進入大鹽湖所在地，也是奇特的摩門教地區猶他州。

> 66 野牛整整走了三個小時，鐵路再次通車時已經入夜了。 99

印第安人捕野牛為生。拓荒者僅為了野牛的皮革或獵殺的樂趣而屠殺牠們。

215

27

萬能以二十英里的時速循行摩門教的歷史軌跡

❝ 時間一到，那位老威廉·希區站起身來，一開口聲音就充滿憤怒，好像事先已經有人和他唱反調似的。
「我告訴各位，」他說：「喬·史密斯是殉道者，他的兄弟海勒姆也是殉道者⋯」❞

十二月五日深夜至六日凌晨，列車往東南行駛了大約五十英里的距離，接著又往北也走了大約五十英里，漸漸接近了大鹽湖。

早上九點左右，萬能到走道上透透氣，氣溫不高，天色灰暗，但雪已經停了。日輪透過薄霧似乎變大了，看起來像一枚巨大的金幣，正當萬能忙著將這枚金幣的價值換算成英鎊聊以自娛之際，忽然出現了一個頗為奇怪的人。

這個人是在艾科站上車的。他身材高大，膚色黝黑，留著黑色的小鬍子，穿戴著黑襪、黑帽、黑背心、黑長褲、白領帶和狗皮手套。看似一位牧師。他從車頭走到車尾，每經過一節車廂，就用封信用的小麵團將一張手寫的告示貼在車廂門上。

萬能趨前一看，告示上寫著摩門教傳教士老威廉·希區先生，趁此搭乘48號列車之便，將於十一點至午時，在117號車廂宣揚摩門教義，歡迎所有對末世聖徒的宗教奧祕有興趣者到場聆聽。

「這當然要去。」萬能心想，因為除了一夫多妻制的基本教義之外，他對摩門教一無所知。

消息很快在載運了百來個乘客的列車上傳開。被吸引的乘客人數不超過三十人，他們十一點便在117號車廂的長椅上坐定，而萬能就坐在第一排。至於他的主人和菲克斯則都沒有興趣前來。

時間一到，那位老威廉·希區站起身來，一

開口聲音就充滿憤怒，好像事先已經有人和他唱反調似的。

「我告訴各位，」他說：「喬‧史密斯是殉道者，他的兄弟海勒姆也是殉道者，而美國政府若繼續迫害先知，那麼布萊恩‧楊也同樣會成為殉道者！誰敢說不是這樣呢？」

傳教士的激昂與他天生平和的面貌形成強烈對比，以致誰也不敢出口反駁。不過，從他的憤怒大概也可以猜到摩門教目前正面臨著嚴厲的考驗。事實上，美國政府花了好大工夫，直到最近才減少了這些宗教狂熱份子的人數。政府以叛變與重婚罪名將布萊恩‧楊入獄後，一舉奪下了猶他州，並使該州受聯邦政府法律控管。自那時起，這名宗教領袖的弟子更加緊努力，在等待法令頒佈的同時，也以口頭對抗國會。

猶他州的鹽湖城是摩門教的首府，是依據少數受迫害的宗教團體的唯一願望而誕生的城市。教派創建人史密斯(Joseph Smith)的繼任者楊(Brigham Young)，決定在自然條件極為嚴苛的大鹽湖東岸邊開墾。摩門教徒辛勤墾植，終於能夠在鹽土上灌溉並耕種，且有收穫。

你瞧，老威廉‧希區連上了火車都還要傳布信仰呢。

他以激動的聲音與誇大的手勢述說著摩門教自聖經時代以降的歷史，他說著「在以色列，約瑟族中的一位摩門先知如何公佈新教年史，並傳給了他的兒子摩門；幾個世紀後，佛蒙特州一位農夫小約瑟‧史密斯如何將這部以埃及文字撰寫的珍貴經書翻譯出來，而成為一八

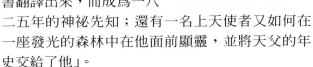

二五年的神祕先知；還有一名上天使者又如何在一座發光的森林中在他面前顯靈，並將天父的年史交給了他」。

這時候，有幾位聽眾對傳教士追溯歷史的敘述不感興趣，便先行離開；但威廉‧希區仍繼續

說著「小史密斯如何與他父親、兩名兄弟與幾名信徒，一同創立了末世聖徒教會，而這個宗教不只流傳於美洲，甚至遠播至英國、北歐、德國，信徒包括了手工藝匠與許多自由業人士；他們如何在俄亥俄州建立一處據點；他們如何以二十萬美元的代價建立一座聖堂，又在刻克蘭創立一座城市；史密斯如何成為一位成功的銀行家，又如何從一個展示木乃伊的人手中，獲得一份由亞伯拉罕與其他幾位埃及名人親筆所寫的紙莎草紙文稿」。

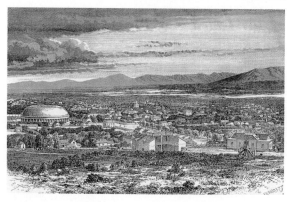

1860年大教堂未建前的鹽湖城西部，可以見到社區精神中樞的半圓頂帳幕。

這段敘述相當冗長，因此又走了一些聽眾，此時只剩下二十來人。

但是老威廉也不管聽眾逐漸散去，仍詳細地敘述「史密斯如何在一八三七年破產；那些受牽連的股東如何在他身上塗滿瀝青、黏滿羽毛；幾年後他如何在密蘇里的獨立城東山再起，甚至更加成功，成為一個富足社區的領袖，統理的信徒不下三千人，卻也因而遭異教徒妒恨，不得不逃往大西部。」

布萊恩・楊從1844年領導摩門教徒，直到1877年猝逝為止。

這時還剩下十名聽眾，其中包括了一直洗耳恭聽的萬能。於是他又得知「史密斯在經過重重迫害之後，如何再度出現在伊利諾，並於一八三九年在密西西比河畔的諾弗建立了一個社區，居民人數也提高到了兩萬五千人；史密斯如何成為市長、最高法官與最高指揮官；一八四三年他如何參加美國總統競選，最後又如何在卡夕基中埋伏而入獄，並且遭到一群蒙面人殺害。」

說到這裡，車廂內便只剩萬能一人了，老威

廉盯著他看，繼續又說：史密斯遇害兩年後，他的繼承人先知布萊恩·楊離開了諾弗，來到鹽湖畔定居，這裡不僅風景美麗、土地肥沃，也是穿越猶他州前往加州的移民必經之地，所幸有了摩門教一夫多妻的教義，這個新據點才能如此興盛繁榮。

「所以囉，」威廉·希區接著說：「就是這樣才會招惹國會的忌妒！國軍才會踏上猶他的土地！他們也才會枉顧正義囚禁了我們的領袖先知布萊恩·楊！我們會向惡勢力低頭嗎？絕不！即使被趕出佛蒙特，被趕出伊利諾，被趕出俄亥俄，被趕出密蘇里，被趕出猶他，我們依然可以找到一處獨立之地搭起我們的篷帳…兄弟，」老威廉眼中冒著怒火注視著自己唯一的聽眾，最後又加了一句：「你會到我們的旗幟底下搭起你的帳篷嗎？」

❝「兄弟，」老威廉眼中冒著怒火注視著自己唯一的聽眾，最後又加了一句：「你會到我們的旗幟底下搭起你的帳篷嗎？」❞

「不會。」萬能勇敢地回答之後，也連忙逃開了，留下著魔般的傳教士一個人自說自話。

但就在他傳教的這段時間，火車不停飛奔，中午十二點半時，已經到了西北端的大鹽湖。從這裡，乘客可以將這個內海的風光盡收眼底。鹽湖又名死海，美國的約旦河便注入此湖，湖上風光曼妙，四周圍繞

著地基廣大的嶙峋奇岩，岩石上有白鹽結晶。昔日湖水的面積更大，但由於湖岸日漸升高，因此湖水變深，湖面卻變小了。

鹽湖長約七十英里，寬三十五英里，位於海拔三千八百英尺高處。鹽湖與低於海面一千兩百英尺的瀝青湖不同，它的鹽度極高，固體物質的重量佔了湖水重量的四分之一。蒸餾水的比重是1,000，鹽湖水卻高達1,170，因此魚類無法生存。而那些順著約旦河、韋伯河與其他溪流流入此湖的魚類，也很快便會死亡；但若說因為湖水鹽分太高而不能潛水，卻不盡確實。

湖邊的田地開墾得極為完善，因為摩門教徒十分擅長耕作：畜養家禽家畜的牧場與畜欄，種植小麥、玉米、高粱的田地，繁茂的草原，到處可見野薔薇樹籬，以及刺槐與大戟樹叢，六個月後這一帶將會是這一幅景象；但如今大地全都覆蓋在一層薄薄的白雪底下。

兩點，乘客們在奧登下車。火車要到六點才會再次啟程，因此佛格、奧妲與兩名同伴，便有時間可以從奧登的另一條小支線前往「聖人之城」。利用兩個小時參觀這座典型的美國城市已然足夠，此地和美國其他城市一模一樣，大大的棋盤上佈滿又長又冷的線條，而且一套句雨果的話說——「直

角也顯得淒涼哀傷」。「聖人之城」的創立者還是免除不了盎格魯撒克遜人喜愛平衡對稱的習性。在這個奇特的地區，人民肯定不懂得學以致用，什麼東西做出來都是方方正正直截了當，都市、房子和蠢事都不例外。

　　三點時，他們已經來到這座建於約旦河岸與瓦薩屈山脈前山之間的城市，並在街道上悠閒地散步。在這裡幾乎沒有教堂，倒是見到了有如紀念館一般的先知宅第、法院和武器庫；還有一些青磚砌成的屋舍，屋外有陽台與長廊，四周有刺槐、棕櫚與角豆樹叢圍起的花園。一道於一八五三年以黏土與碎石築起的城牆，圍繞著城廓。在主要的大街上，除了市集之外，還有幾間以旗幟點綴的旅館，其中一家便是「鹽湖館」。

　　佛格一行人發現這個城市的居民似乎並不多。街上幾乎空蕩蕩的，只有在穿過幾個以柵欄圍起的地區之後來到聖堂區，才出現多一點的人潮。婦女人數頗多，這是由於摩門教家庭中結構特殊之故。不過倒也不是所有的摩門教徒都有許多妻子。這是個人的自由，但值得一提的是猶他州的婦女特別急著嫁出去，因為根據本地信仰，單身女子是不可能獲得幸福的。這些可憐的女人看起來既不寬裕也不快樂。其中有幾個或許較為富有，穿著腰部開衩的黑色絲質短上衣，披著非常樸素的斗篷或是披

> 66 萬能看著這些必須多人共事一夫的女子，不由得心生幾分恐懼。99

221

1859年興建中的鹽湖城摩門教教堂，直到1867年才建成。19世紀時，美國經歷巨大的宗教復興運動，摩門教派因而快速發展，信徒匯集到鹽湖城與鄰近其他州，促進了美西的開墾。

肩，其餘的人則只穿著印花棉布衣料。

萬能看著這些必須多人共事一夫的女子，不由得心生幾分恐懼。以他之見，可憐的倒是丈夫。他覺得一次要與這麼多女人共同歷經生命中的坎坷波折，帶領著她們到達摩門天堂，期望在享天福的史密斯陪同下──這個樂園裡當然少不了史密斯──與她們長相廝守，實在是一件可怕的事。他當然完全領略不到神的感召，甚至還覺得──可能是他多心了──鹽湖城的婦女們投注到他身上的目光有些令人不安。

幸而他待在鹽湖城的時間並不長。快四點的時候，乘客們都回到車站並返回車廂的座位。

火車的汽笛聲響起，但就在火車頭的主動輪開始在軌道上滑行，列車也逐漸加速之際，忽然傳來「停車！停車！」的叫喊聲。

火車一旦啟動就不可能停了。因遲到而大聲叫喊的那位先生顯然是個摩門教徒。他跑得上氣不接下氣，幸運的是車站沒有門也沒有柵欄，因此他衝到月台後，馬上跳上最後一節車廂的踏板，最後氣喘吁吁地跌坐在車廂的長椅上。

萬能看到這場有如體操表演般的過程，興奮不已，不但直盯著遲到的乘客看，還興味盎然地出口詢問。當他得知這位猶他州民是因為家庭糾紛而逃家時，更加覺得有趣。

待這名教徒稍稍喘息之後，萬能壯起膽子很禮貌地問他有幾位妻子，萬能心想以他剛才奔逃的模樣，至少也有二十幾個。

「一個！」教徒高舉起雙臂回答道：「一個就夠了！」

28

萬能有理說不清

列車離開大鹽湖與奧登站後，往北走了一個小時直到韋伯河，從舊金山至此已經跑了約莫九百英里。接下來再度往東穿越瓦薩屈山區。在這一帶——也就是介於瓦薩屈山與落磯山之間的地區——美國的工程師們面臨了最艱鉅的考驗。因此美國政府提供給這段路線的補助金高達每英里

落磯山脈(左圖)構成西起美國內陸大平原的山脈中相當壯觀的一部分。這塊山地佔據30%的北美地表，北起加拿大，南至墨西哥，最高峰超過4000公尺。在南邊，內華達山(右圖)綿

四萬八千美元，至於平地路段也才不過一萬六千元。但是據說工程師們並未破壞大自然，而是以迂迴的手段繞過險阻，因此到達大盆地的整條鐵路線上，只挖鑿了一段長一萬四千英尺的隧道。

鹽湖其實是全程海拔最高之處。過了鹽湖，鐵路線便沿著長長的曲線朝苦溪河谷往下走，然後再爬升到大西洋與太平洋的分水嶺。這個山區裡水流遍佈，因此必須藉由單孔橋跨越泥溪、綠河等等溪流。越接近終點，萬能越是焦躁不安。而菲克斯也希望盡快脫離這個地勢險要的地區，他擔心時間延誤，擔心發生意外，甚至比佛格還急於早日踏上英國本土！

到了晚上十點，火車在布利哲堡停留片刻後

延700公里。落磯山脈主要是花崗岩構成，山峰的形狀十分特別：緩和地傾斜延展，或十分尖銳高聳，正符合西班牙文鋸子(sierra，又作山脈解)一字的意思。

223

隨即出發，走了二十英里後便進入了原名達科塔的懷俄明州，而這一路循行而來的苦溪河谷，也是科羅拉多州境內部分河川系統的發源地。

翌日十二月七日，在綠河站停了十五分鐘。前一夜裡下了不少雪，但因夾著雨水融了大半，所以無礙於火車的行進。然而，天候不佳還是讓萬能十分煩惱，因為雪越積越高，遲早一定會使得車輪動彈不得而影響了行程。

「主人也真是的，」他暗想：「竟然選在冬天旅行！他就不能等到好季節嗎？這樣機會也大些。」

不過，這位好僕人正擔心著天候與氣溫不斷下降的當兒，奧妲夫人卻有另一個更大的疑慮。

原來有幾名乘客走出車廂，在綠河站的月台上閒步走著，而奧妲認出了其中一人竟是史坦普‧普羅克托上校，也就是在舊金山的群眾集會上對佛格動粗的那名美國人。奧妲不想讓他看見自己，連忙往後一閃。

此刻的情形使得奧妲的內心紛擾不已。儘管佛格外表冷漠，但他每天表現出來的卻是一個盡心盡力的紳士，因此奧妲的心也漸漸緊繫在他身上。她或許還未領悟自己對恩人的那份深厚感情，以為只是純粹的感激之情，殊不知這份感激已經在不知不覺中變質了。因此當她認出那個粗魯的人，也

知道佛格遲早要找他理論，心不由得一緊。普羅克托上校會出現在列車上顯然純屬巧合，但他畢竟出現了，因此無論如何都不能讓佛格看見他。

當列車重新出發後，奧姐趁著佛格打盹的時機，將情形告知菲克斯與萬能。

在太平洋聯合鐵路候車室等車的移民。1866年，此條鐵道的鐵軌最初安置在奧馬哈。1869年5月10日，兩條鐵道，一條來自紐約，另一條起於舊金山，相會在鹽湖之北的海岬點：從東岸到西岸搭火車只要一星期左右就可抵達。

「那個普羅克托也在車上！」菲克斯大喊：「夫人儘管放心，不用等大爺…我是說佛格先生去找他，我就得先找他算帳了！我覺得整個情況下，遭受最大侮辱的人還是我！」

「還有，」萬能接著說：「不管他是什麼上校，我都會擺平他。」

「菲克斯先生，」奧姐說：「佛格先生不會讓任何人替他復仇的。他也說過，他會回到美國來找這名侮辱他的人。萬一他發現了普羅克托上校，我們便無法阻止他們碰面，到時甚至可能導致不幸的後果。所以一定不能讓他看見他。」

「夫人，您說得對。」菲克斯回答：「一旦碰了面可能一切都完了。不管佛格先生贏或輸，都勢必會耽誤行程，而且…」

「而且，」萬能接著說：「豈不是讓革新俱樂部那些先生們佔了便宜？再過四天我們就到紐約了！只要這四天當中，主人都不離開車廂，就很可能不會和那個該死的美國人碰頭！必要的話，我們可以想辦法不讓他…」

225

他的話沒有說完。佛格醒了，正透過印著點點雪花的窗玻璃望向田野。後來，萬能背著主人和奧妲夫人對菲克斯說：

「你真的願意為他去決鬥？」

「只要能讓他活著回到歐洲，我什麼都願意做！」菲克斯用一種堅定不可動搖的口氣說。

萬能渾身打了個冷顫，不過他仍然堅信主人的清白。

橫越美國的長距離，使美國工程師設計出十分舒適的火車。

現在有什麼辦法可以將主人留在車廂內，以免他與上校有任何相遇的機會呢？這點應該不難，因為佛格天生就不愛動也不好奇。菲克斯似乎就想出方法來了，因為過了一會便聽見他對佛格說：

「火車上的時間真是漫長而難熬啊。」

「的確，」佛格回答道：「不過終究會過去的。」

「在船上，你有打牌的習慣不是嗎？」菲克斯

問。

「是的，不過在車上就難了。既沒有牌也沒有伴。」

「這個呀！牌可以買得到，

美國的火車上什麼都賣。至於伴嘛，要是夫人…」

「當然了，」奧姐連忙回答：「我會玩惠斯特牌。這也是英式教育的一部分。」

「我呢，我的牌技也很不賴的。那麼我們三人再加上夢家…」

「就聽你的吧。」得以繼續自己最喜愛的牌戲，佛格心中十分樂意，儘管是在火車上也無所謂。

萬能急忙去找服務生，不久便帶回了兩副牌、一些籌碼和一塊鋪了布的板子。一應俱全之後，牌局開始了。奧姐夫人牌打得還不錯，嚴肅的佛格甚至還誇了她一兩句。至於菲克斯可說牌技一流，與佛格兩人旗鼓相當。

「現在，」萬能心想：「我們把他纏住，他就

不會再亂跑了！」

　　上午十一點，火車來到了兩大洋的分水嶺布利哲隘口，海拔高度七千五百二十四英尺，是穿越落磯山區路段中的最高點。在行駛了大約兩百英里後，乘客們終於看見了延伸至太平洋岸的廣大平原，在平原上鐵軌也趁大自然之利而得以順利鋪設。

　　太平洋盆地的斜坡上已經開始出現北普拉特河的大小支流。整個北部與東部天際都披覆在一大片半圓形的帷幕之下，這片帷幕也正是落磯山脈的北側山區，以拉阿密山為主峰。在此弧狀地區與鐵路之間延展出廣大的平原，灌溉的水源也很豐沛。鐵軌右側山巒層層疊疊往南延伸，直到密蘇里河的重要支流之一阿肯色河源頭。

1880年左右的餐車非常豪華，這一切是為了讓大眾喜歡搭乘火車，消除他們對新式交通工具的不安。

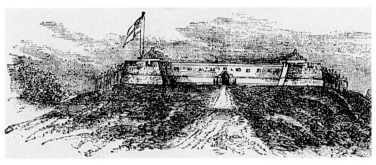

小型駐軍的碉堡可以保護當時的西部幹線。此圖是位於俄勒岡州入口處著名的瓦拉堡(Fort Walla Walla)。

　　十二點半時，乘客瞥見了這一帶居高臨下的哈列克堡。再過幾個小時就可以出落磯山區，因此列車行駛過這個艱險的地區應該不會再有意外發生。雪已經停了，空氣變得乾冷。有一些大鳥被火車頭驚起，向遠方飛去。平地上沒有猛獸、熊或狼，只有一片光禿禿的無垠沙漠。

　　在車廂裡舒適地吃過午餐後，佛格和同伴們又開始玩起永遠打不完的牌，忽然聽見尖銳的汽笛聲響起，火車倏地停了下來。

　　萬能從車門探頭看，卻沒見到有什麼障礙，也沒見到車站。奧姐和菲克斯有一度還擔心佛格

會想下車瞧瞧。可是佛格卻只是對僕人說：

「去看看怎麼回事。」

萬能衝出車廂。這時已經有四十來個乘客離開了座位，其中也包括普羅克托上校。

火車之所以停下來是因為有一個轉紅的號誌燈將鐵道封閉了。機師與駕駛下車後，正與一名巡道工激烈地交談，他是下一站美迪辛波站的站長派來迎接列車的。有幾名乘客走上前去，加入他們的談話，那位普羅克托上校也在其中，口氣和手勢還是一樣蠻橫無禮。

萬能走近後聽到巡道工說：

「不行！絕對不能通過！美迪辛波橋已經不牢固，支撐不了火車的重量。」

巡道工說的這座橋是架設在急流上的一座吊橋，距離火車停車處一英里遠。據巡道工的說法，橋上有幾根繩索已經斷裂，橋隨時可能崩塌，絕不能冒險通過。他一點也沒有

機師與駕駛下車後，正與一名巡道工激烈地交談，他是下一站美迪辛波站的站長派來迎接列車的。

誇大其詞。何況，以美國人樂觀的天性，要是說得如此謹慎便一定有非謹慎不可的道理。

萬能不敢去報告主人，只是咬牙切齒地聽著，整個人像座泥雕動也不動。

「喂！」普羅克托上校嚷道：「總不會要我們就這麼待在雪地裡吧！」

「上校，」駕駛回答：「我們已經打電報到奧馬哈車站請他們發出一班車來，但是至少要等六個小時車才會到美迪辛波。」

「六個小時！」萬能驚叫。

「是的。」駕駛回答：「而且我們走路到車站也需要這麼長的時間。」

「走路！」所有的乘客都驚呼出聲。

「車站到底有多遠啊？」一名乘客問道。

「十二英里，在河的對岸。」

「在雪地裡走十二英里！」普羅克托上校高喊。

西部幹線沿路所遭遇的天然障礙，使得施工時工人必須冒著極大危險，工程師必須突破技術性障礙。這是中央太平洋鐵路公司位於加州希克里鎮(Secrettown)的高架鐵道，有三百公尺長。鐵路公司在中國招募大量的工人，華工當時以樸實、勇敢與勤勞而著名。

上校咒罵連連，既罵公司也怪駕駛，怒氣沖天的萬能幾乎也要和他一唱一和起來。這回這個障礙花再多錢也解決不了。

此外，時間延誤暫且不提，光是想到要涉雪走過十五、六英里的路，乘客們都很不滿。於是喧譁、驚呼、叫罵聲此起彼落，佛格若非過於沈溺於牌局，一定會被驚動的。

但萬能覺得有必要去通知主人，便低著頭往車廂走去，這時候列車的機師——一位道地的美國人，名叫佛斯特——忽然開口說話了：

「各位，也許有辦法可以通過。」

「從橋上過？」一名乘客反問。

「從橋上過。」

「搭我們這班車？」上校問道。

「搭我們這班車。」

萬能一聽立刻停下腳步，焦急地等著機師說下去。

「可是橋可能會崩塌呀！」駕駛說。

「不要緊。」佛斯特回答：「我想只要以最快的速度衝過去，還是有機會的。」

「老天哪！」萬能說。

不過有部分乘客立刻就認同了這個提議，普羅克托上校更是欣然接受。這個性喜冒險的狂熱份子覺得此法絕對可行，他還說曾有工程師想到開著火車全速衝過沒有橋的河面云云。最後，所有相關的人終於還是接納了機師的意見。

「我們有五成的機會可以通過。」一人說。

「六成。」另一人說。

「八成！…九成！」

萬能簡直嚇呆了，雖然他也打算盡一切手段渡過美迪辛溪，可是這樣的手段似乎有點太「美國」了。

「何況，」他心想：「還有一個更簡單的方法，這些人竟然想都沒想到！…」

「先生，」他對一名乘客說：「機師提議的方法好像太冒險了一點，可是…」

「有八成的機會呢！」乘客回答後便掉過頭去。

「我知道，」萬能又對另一位先生說：「可是只要稍微動點腦筋…」

「不必動腦筋，沒有用的！」這位美國人聳聳肩說：「反正機師保證我們可以過得去！」

「也許可以過得去，」萬能又說：「但是比較保險的做法…」

「什麼！保險！」普羅克托上校無意中聽到這兩個字，不由暴跳如雷：「不是已經說了，高速通過！懂不懂？高速通過！」

「我知道…我懂…」誰也不讓萬能把話說完，他還是一再地說：「既然保險這兩個字你聽了不順耳，那麼至少比較自然一點…」

「誰？什麼？這個人是怎麼回事，說什麼自然一點？」吼聲從四面八方傳來。

可憐的萬能已經不知道該說給誰聽。

「你是不是害怕？」普羅克托上校問道。

「我，害怕！」萬能大叫：「那好吧！我就讓這些人瞧瞧，法國人也能和他們一樣『美國』！」

「上車！上車！」駕駛喊道。

「對！上車，」萬能重複著說：「上車！馬上上車！可是他們還是阻止不了我的想法，先讓我們乘客徒步過橋，火車隨後再來不是更自然一點嗎！…」

但沒有人聽見這個明智的想法，就算有人聽見，也不會有人承認他說得對。

乘客重新回到車廂裡。萬能回到座位上，關於剛才的事一句話也沒說。其餘三人正玩牌玩得入迷。

火車汽笛聲大作。機師反向進氣將火車倒退將近一英里，就好像一個準備衝刺的跳遠選手。

接著第二次鳴汽笛，火車重新向前推進：車速慢慢加快，不久便快得驚人，只聽得火車頭發出嘶嘶的響聲，活塞每秒鐘來回運作二十下，輪

在加州弗其(Fourche)河畔淘金。1848年1月24日，馬歇爾(John Marshall)在加州發現黃金。消息立刻傳遍全美各地，8月時，熱潮已傳到美東地區。這就是西部淘金熱的開端。

軸的油箱也冒出煙來。整班火車彷彿以一百英里的時速向前飛奔，不再貼著鐵軌走。速度已經蓋過了重力。

　　果然通過了！就樣閃電一樣，誰沒瞧見橋的模樣。列車可以說是從此岸跳到了彼岸，而且一直到過站五英里之後，機師才總算將全速衝刺的火車給停下來。

　　可是火車才一過河，橋就整個垮了，轟然一聲崩落進美迪辛波的急流之中。

<blockquote>
66 只聽得火車頭發出嘶嘶的響聲，活塞每秒鐘來回運作二十下，輪軸的油箱也冒出煙來。整班火車彷彿以一百英里的時速向前飛奔。 99
</blockquote>

29
只有在美國鐵路線上才會
發生的各種意外事故

當晚，列車一路暢行無阻地通過松德斯堡，穿越昔安隘口，抵達全線最高點，海拔高度八千零九十一英尺的艾凡士隘口。過了這裡，乘客們便一路往下走，經由大自然所夷平的這片一望無際的平原直達太平洋岸。

穿越內華達山東部迪克希(Dixie)山谷的鐵道。

長程幹線有一條支線通往科羅拉多的首府丹佛市。這個地區盛產金銀礦，如今已有超過五千民眾在此定居。

從舊金山到這裡一千三百八十二英里，跑了三天三夜。依據預定時間，到紐約只需四天四夜，因此佛格依舊維持著正常的進度。

法國淘金客在加州探測地層。發現金礦吸引了從各大洲來的投機份子。

夜裡，火車從瓦爾巴營區的右側通過。洛治波爾溪沿著懷俄明與科羅拉多之間筆直的州界，與鐵道並行。十一點進入內布拉斯加州，經過塞治威克附近，接著在位於普拉特河南側支流上的朱爾斯堡停靠。

一八六七年十月二十三日，聯合太平洋鐵路便是在此舉行落成儀式，主任工程師是道齊將軍。在這裡停了兩具強力火車頭，後面拖著九節

234

載滿賓客的車廂，而副總裁湯瑪斯・杜蘭先生也在其中；在這裡歡呼聲雷動；在這裡蘇族與波尼族人表演了一場小型的印第安戰爭秀；在這裡煙火的光芒四射；最後也在這裡利用了手提式印刷機出版了第一期的《鐵路先鋒報》。場面如此盛大便是為了慶祝這條重大鐵路的落成，這是進步與文明的工具，讓它直穿沙漠而過，以便將來能連結一些目前尚不存在的城鎮。藉由火車所發出比安菲昂的七弦豎琴更具威力的汽笛聲，這些城鎮想必很快就會在美國土地上冒出來了。

早上八點，麥佛森堡已經落在後面。此地距離奧馬哈三百五十七英里。鐵道在普拉特河南側支流的左岸，依循著河道蜿蜒前進。九點，來到了重要城市北普拉特，該城座落於普拉特河兩條支流之間，二河在此匯流之後，又在奧馬哈北側注入密蘇里河。

同時他們也通過了101度經線。

佛格與同伴們又開始玩牌。他們之中──包括夢家在內──誰也沒有抱怨旅途冗長。菲克斯才剛剛贏來幾個基尼卻又開始輸了，不過他的熱衷程度倒也不輸給佛格。這天上午，佛格的運氣

> ❝ 有一回，正當他決定冒險打出黑桃時，椅背後面忽然響起一個聲音說：「要是我就打方塊…」❞

似乎好得出奇，所有的王牌、大牌都紛紛落在他手中。有一回，正當他決定冒險打出黑桃時，椅背後面忽然響起一個聲音說：

「要是我就打方塊…」

佛格、奧妲和菲克斯不約而同地抬起頭來。普羅克托上校就站在他們跟前。

普羅克托與佛格立刻便認出了對方。

「是你啊！英國先生。」上校大喊道：「你竟然想打黑桃！」

「而且還打出去了。」佛格冷冷地回答，一面打出一張黑桃十。

「我覺得還是應該打方塊。」普羅克托上校氣憤地說。

他出手抓住佛格打出的牌，又說：

「你根本不會玩牌。」

「我也許是另有專長吧。」佛格說著便站起身來。

「那就試試看好了，你這隻約翰牛！」粗魯的上校說。

奧妲的臉變得慘白，她身上所有的血液都倒流回了心臟。她抓住佛格的手臂，卻被佛格輕輕推開。萬能眼看上校以充滿侮蔑的眼光瞪著主人，恨不得衝上去揍他一頓。但菲克斯卻站起來，走過去對上校說：

「這位先生，你忘了該找你算帳的人是我，因為你不但侮辱我還打了我！」

> 不過雖然沒有時間在這裡決鬥，在途中決鬥也並非不可行呀！

「菲克斯先生，」佛格說：「對不起，但這是我個人的事。上校說我的牌打錯了，這又再次侮辱了我，我要向他討回公道。」

「時間地點隨你挑，武器也由你決定！」上校回應道。

奧姐試著拉住佛格卻沒有成功。菲克斯企圖將焦點轉到自己身上也失敗。萬能想把上校從車門扔出去，但被主人的一個手勢制止了。佛格走出車廂，上校則跟著他來到走道上。

「上校，」佛格向對手說：「我很急著趕回歐洲，只要稍有延誤便將對我大大不利。」

「這與我何干？」普羅克托上校答道。

「上校，」佛格還是很禮貌地說：「自從我們在舊金山相遇之後，我已計畫好一旦結束歐洲的事情，便回到美國來找你。」

「是嘛！」

「你願意與我約定六個月後碰面嗎？」

「怎麼不說六年呢？」

「我說六個月，就一定準時赴約。」佛格回答。

「根本是藉口！」普羅克托大嚷：「不馬上解決就不用解決了。」

這幅由積木拼成的畫面顯示，印第安人正在攻擊佛格所乘坐的火車。從東到西橫越美洲大陸，除了自然障礙十分危險，還有印第安人的攻擊也使旅客卻步。

「好吧。」佛格先生回答：「你上紐約嗎？」

「不是。」

「上芝加哥？」

「不是。」

「上奧馬哈？」

印第安酋長華麗的服飾顯示出他在戰士中的尊貴。但有時他的決定會遭到質疑，部落可將酋長革職，另擇他人頂替。

「不關你的事！你聽過李樹溪嗎？」

「沒有。」佛格應道。

「就是下一站，再有一個小時就到了。火車會停靠十分鐘。十分鐘已經夠我們交換個幾槍了。」

「好吧，」佛格回答：「我會在李樹溪下車。」

「我想你是再也上不了車了！」上校以無比傲慢的口氣說道。

「誰知道呢？」佛格說完又回到車廂，態度仍是那麼冷靜。

他開始安慰奧姐，說那些充好漢的人沒什麼好怕的。他又請菲克斯為他們的決鬥做見證，菲克斯也無法拒絕。接著佛格若無其事地繼續剛才未完的牌局，並且毫不猶豫便打出了黑桃。

十一點汽笛聲響，即將到達李樹溪站。佛格站起來往走道走去，菲克斯跟在後面。萬能也帶了兩把手槍陪在一旁。

奧姐待在車廂內，面如死灰。

這時候，另一節車廂的門開了，普羅克托上校也出現在走道上，身後跟著他的證人，也和他是同一類的美國人。但就在兩人要走下鐵軌時，駕駛匆匆跑來大喊道：

「各位不要下車。」

「為什麼？」上校問道。

「我們已經遲到二十分鐘，所以不在這裡停留。」

「但是我要跟這位先生決鬥。」

「很抱歉。」駕駛說：「我們馬上就要出發了。您聽，鐘聲都響了！」

鐘聲確實響

了，火車也緩緩啓動。

「實在很抱歉。」駕駛說：「若非情況緊急，我一定成全兩位。不過雖然沒有時間在這裡決鬥，在途中決鬥也並非不可行呀！」

「也許這位先生不方便呢！」上校嘲弄著說。

「我絲毫沒有不便之處。」佛格答道。

「這裡眞是道地的美國！」萬能心想：「而火車的這位駕駛也是一流的紳士！」

然後他便跟著主人走了。

兩名決鬥者與雙方的證人隨著駕駛經過一節又一節的車廂，往車尾走去。最後一節車廂只坐了十來名乘客。駕駛請乘客們暫時迴避一下，因爲有兩位紳士要在此進行決鬥。

乘客當然十分樂意配合，便紛紛退到走道上。

這節車廂長約五十英尺，用來決鬥再適當不過。兩名決鬥者可

❝ 他們這才發現列車遭到一群蘇族人攻擊。這些大膽的印第安人可不是第一次攔截列車。**❞**

戰鬥前，印第安人會跳戰舞。他們隨著咒語起舞，祈求神靈庇護。

在興建鐵路之初，印第安人對他們眼中的「鐵馬」懷有迷信的恐懼。由於鐵路公司剝奪他們的獵地以興建鐵路，他們因此大肆攻擊列車，破壞鐵道枕木。

以從長椅之間走向對方，並隨時開火。以決鬥而言，再也沒有更理想的安排了。佛格和普羅克托各自佩戴了兩把裝有六發子彈的手槍，進入車廂內。留在外面的兩方證人替他們將車廂門關上。他們必須在火車汽笛發出第一聲鳴響時開槍…兩分鐘過後，再將留下來的那人拖出車廂。

整件事眞是再簡單不過了。也正因為太過簡單，菲克斯和萬能的心都緊張得快蹦出來了。

大夥正等著第一聲汽笛，忽然卻傳來了野蠻的尖叫聲，另外還伴隨著轟鳴聲，但聲音卻不是從決鬥的車廂裡傳出來的。這些轟鳴聲響一直延伸到車頭，整班列車上都聽得到。這時列車內也響起了驚恐的叫喊聲。

普羅克托上校與佛格手裡拿著槍，立刻離開車廂，往轟鳴聲與叫喊聲最響的車頭衝去。

他們這才發現列車遭到一群蘇族人攻擊。

這些大膽的印第安人可不是第一次攔截列車。依他們的習慣，不等列車停止便有百來人跳上踏板，然後像小丑在飛奔的馬背上耍戲法一樣地爬上車廂。這些蘇族人都帶著

槍，而轟鳴聲也由此而來，由於乘客幾乎人人擁
有手槍，自然開槍還擊。一開始，印第安人便衝
向火車頭，用短棍將機師與駕駛敲昏。一名印第
安頭子想將火車停下，卻不知如何操縱，不僅沒
有關上蒸汽反而大開，火車頭頓時以可怕的速度
衝了出去。

在此同時，其
他族人已經
開始侵襲車
廂，他們像
發狂的猴子
一般在車廂
頂上奔跑，
然後破門
而入與裡
面的乘客扭打
起來。行李車
廂也遭到洗劫，
行李全都散落到軌
道上。尖叫聲與槍聲依
然響個不停。

> **❝** 他一面緊抓鏈索一面
> 藉助煞車桿與車底縱
> 梁，機靈地爬過一節一
> 節車廂來到了車頭。**❞**

然而，乘客們無不勇敢奮戰。有幾個緊閉的
車廂猶如流動城堡一般，在每小時一百英里的高
速移動之中，乘客仍固守城池。

自攻擊行動爆發以來，奧姐夫人一直表現得
十分勇敢。她拿著手槍，透過破裂的玻璃窗朝著
出現在窗外的野蠻人開槍，英勇地自衛。二十來
個蘇族人被打死後掉落在鐵軌上，有些人從走道
上滑落軌道，像蟲一樣被車輪碾得稀爛。有幾名
乘客由於遭子彈或短棍重創，而倒在長椅上。

這場混戰已經持續十分鐘，也該結束了。要
是火車再不停，最終獲利的必定是蘇族人。因為
喀尼堡站離此已經不到兩英里，那裡有一處美國

印第安酋長的頭飾具有特殊意義，羽毛表示身

分地位。由上到下是：克羅族(Crow)酋長、

波尼族(Paunie)酋長與昔安族(Cheyenne)酋長。

崗哨，但一旦錯過這處崗哨，那麼蘇族人必能在到達下一站之前控制全車。

駕駛與佛格並肩作戰，不料一枚子彈射中了他。他倒下的同時大喊道：

「要是五分鐘內車還不能停下，我們就輸定了！」

「車會停下來的！」佛格說，一面就要往車廂外衝。

「主人，你留下來。」萬能對他喊道：「這是我該做的！」

佛格還來不及阻止，這位勇敢的僕人已經趁印第安人不注意打開車門，偷偷溜到車廂底下。於是，就在大夥持續打鬥、子彈在他頭上穿梭之際，他又恢復了昔日柔軟、矯健的身手在車底下爬行，他一面緊抓鏈索一面藉助煞車桿與車底縱梁，機靈地爬過一節一節車廂來到了車頭。他沒有被看見，也不可能被看見。

這時，他一手攀在行李車廂與煤水車廂之間，另一手解開了安全鏈條；但由於拉力太大，若非車頭一個晃動使得牽引桿自動脫落，他說什麼也無法將桿子卸下。於是與車頭脫離的車身慢慢地停了下來，而車頭卻以更快的速度飛奔向前。

在原有力量的作用下，車身繼續向前推進了幾分鐘，但由於車廂內的煞車系統產生效用，列車終於在距離喀尼堡站不到一百步的地方停下來了。

崗哨的士兵被車上的槍聲驚動，紛紛趕過來。蘇族人沒有等士兵趕到，火車還沒停穩就一哄而散了。

不料當乘客們在車站月台上清點人數時，卻發現少了幾個人，其中也包括奮不顧身解救眾人的那名法國人。

30

費雷斯・佛格只不過
盡自己的本分

　　包括萬能在內的三名乘客失蹤了。他們在混戰中被殺了嗎？或是被蘇族人抓走了？目前仍無法得知。

　　受傷的人數相當多，不過倒是沒有人有生命危險。其中傷勢最重的一位便是普羅克托上校，他勇敢抗敵時，不幸被一枚子彈射中了腹股溝。他和另外幾名需要立刻治療的乘客，一塊被抬進了車站。

　　奧姐夫人安然無恙。佛格沒有那麼幸運，但也只是輕微破皮，而菲克斯則是手臂受了輕傷。但是萬能不見蹤影，奧姐忍不住淚水盈眶。

　　所有的乘客都已經下車。只見車輪上血跡斑斑，輪轂與輻條上有血肉殘餘的痕跡。雪白的平原上可以看見長長的血跡延伸至遠方，看來最後幾個印第安人是往南方的雷帕布利坎河方向逃去了。

1865年南北戰爭末期，薛曼(Sherman)將軍嚴格劃分屬於印第安人的土地，並領導鎮壓部隊進行多次的軍事行動。由左至右是：司令官、將軍與軍人。

243

佛格交抱著雙臂，一動也不動。他必須做出一個重大的決定。奧姐夫人站在他身邊，只是默默注視著他…他明瞭這眼神的含意。倘若僕人被俘，他難道不該冒一切危險將他從印第安人手中救出嗎？…

「無論是生是死，我都會找到他。」他只對奧姐說了這麼一句。

「啊！…佛格先生！」奧姐抓住他的雙手，而這雙手很快就被她的淚水所沾溼。

「要是不多浪費一分鐘，他就能活命！」佛格又說。

佛格做此決定便等於完全犧牲了自己，也等於親口宣佈破產。因為只要延誤一天，他就趕不上紐約的船，他打的賭也輸定了。但一個簡單的念頭：「這是我的責任！」便使他義無反顧。

喀尼堡的指揮官也在現場。他手底下百來個士兵立刻嚴加戒備，以防蘇族人直接偷襲車站。

「上尉，」佛格對指揮官說：「有三名乘客失蹤了。」

「死了嗎？」指揮官問道。

1880年，印第安人終究戰敗，被迫住在保留區內，例如這家蘇族人。

「可能死了也可能被俘。」佛格回答：「這個疑團必須馬上解開。請問您打算追擊蘇族人嗎？」

「先生，事關重大。」指揮官說：「這些印第安人可能一直逃到阿肯色境內呀！我可不能棄守我負責的崗哨。」

「可是這關係到三條人命。」佛格又說。

「也許吧…但我又怎麼能為了救三個人而犧牲五十個人的性命呢？」

「我不知道您能不能，但您非做不可。」

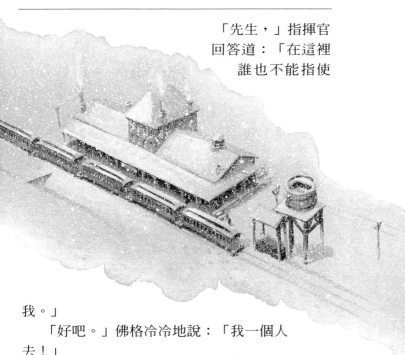

「先生，」指揮官回答道：「在這裡誰也不能指使我。」

「好吧。」佛格冷冷地說：「我一個人去！」

「您去！」走上前來的菲克斯大叫道：「您一個人去追那些印第安人！」

「難道您要我丟下可憐的萬能不管，這裡所有的人都欠他一條命！我去。」

「不行，您不能一個人去！」指揮官不由得激動地大喊：「不行！您真是勇敢！…我要三十個志願者！」他轉身向士兵們說。

眾人蜂擁而上，指揮官只得從中挑選。三十名士兵指定之後，由一名中士帶領。

「謝謝您，上尉！」佛格說。

「我可以陪您一起去嗎？」菲克斯問佛格。

「隨您的意思。」佛格回答道：「不過假如您想幫我，就請您留下來陪奧妲夫人。以防我遭遇不測…」

菲克斯的臉色立刻變得慘白。他努力不懈、亦步亦趨地跟著佛格，如今竟得與他分開！竟得

66 在原有力量的作用下，車身繼續向前推進了幾分鐘，但由於車廂內的煞車系統產生效用，列車終於在距離喀尼堡站不到一百步的地方停下來了。**99**

為了消除橫越美國長途旅程的勞頓，乘客不忘安排火車上的日常生活與消遣。裝飾華麗的餐車上，提供精心製作的餐點。

讓他冒險進入那片荒漠！菲克斯瞪著佛格看，儘管他心中存有成見，也儘管內心掙扎不已，最後面對佛格平靜而坦率的眼神，他還是低下頭說道：「我留下。」

片刻過後，佛格與奧姐握了握手，並將珍貴的旅行袋交給她之後，便隨著中士率領的小隊士兵出發了。

不過在出發前，他對士兵說：

「各位朋友，假如救出了俘虜，你們將會獲得一千英鎊賞金！」

此時才剛剛過了晌午。

奧姐躲到車站的一個房間裡，一個人等著，一面想著佛格，想著他單純而寬大的胸懷，想著他鎮定的勇氣。佛格先是付出了金錢，現在又以生命作賭注，這一切他都毫不猶豫，二話不說義無反顧。在她眼裡，費雷斯·佛格是個英雄。

至於菲克斯警探卻不這麼想，因此克制不住煩躁的情緒。

在這節沙龍車廂中，旅客聚在一起打牌。真實的社會生活在此重現。

他焦急地在月台上走來走去，不一會他又恢復了自我。佛格走了，他知道自己犯了多大的錯誤。什麼呀！他跟蹤了大半個地球的人，竟然就這麼跟他分開了！他開始自怨、自責，好像他是倫敦市警局局長，正在指責手下經驗不足、過於天真。

「我真是愚蠢！」他心想：「那傢伙一定早就告訴他我的身分！他走了，不會再回來了！現在

246

上哪去抓他？菲克斯呀，你口袋裡還裝著逮捕令，怎麼會就這樣昏了頭呢！我真是個大笨蛋！」

菲克斯一面這麼想，一面又覺得時間過得好慢。他不知道該做些什麼。有幾次，他真想向奧姐夫人說出實情。但他知道自己會受到什麼樣的對待。該怎麼辦呢？他又想穿越大大的白色平原，追捕佛格去！想找到他似乎並非不可能。雪地上還留著他們的足跡呢！…但是不久之後，新鋪上的一層雪把足印全都抹去了。

菲克斯沮喪極了。他有一股強烈的慾望想打退堂鼓。正好，他的機會來了，他可以離開喀尼站，繼續這趟令人極度失望的旅程。

下午兩點左右，在大片大片飄下的雪花當中，從東邊傳來了長長的汽笛聲。只見一個巨大的黑影頂著微弱的黃褐色光團緩緩前進，透過薄霧看去黑影變得極大，甚至給人一種虛幻的感覺。

但是這個時候不應該有車從東邊來。求救的電報不可能這麼快就到了，而從奧馬哈到舊金山的列車也要後天才會通過這裡。答案很快便揭曉了。

這個緩速慢行卻又汽笛聲大作的，正是與各節車廂脫離之後，以驚人的速度載著不省人事的駕駛與機師繼續向前飛奔的火車頭。它在鐵軌上跑了幾英里，後來由於沒有了燃料火力下降，蒸汽於是降壓膨脹，一個小時過後，火車頭終於在通過喀尼車站二十英里處停了下來。

機師和駕駛都沒有死，兩人在昏迷了許久之後甦醒了。

他們於是將火車頭停下。當機師發現自己身處沙漠，火車頭後面又一節車廂也沒有，立刻明白了。他猜想不到車頭與車身如何分離，但他相信落在後頭的車廂必定已經遇難。

入夜後，木製座墊能夠下翻成床，並提供床毯：車廂變成臥鋪。

早上還有水可供盥洗。

機師當機立斷。繼續往奧馬哈方向開去比較保險；若往回走，那些印第安人或許還在車廂裡搶劫財物，太危險了…不管了！他往鍋爐的火箱裡加了幾鏟煤炭和木柴，火重新燃起，壓力再次回升，下午兩點左右，車又開回了喀尼車站。在薄霧中鳴笛的正是這節火車頭。

　　乘客們眼看火車頭接上了車身，個個欣喜不已。這趟不幸中斷的旅程終於能夠再繼續。

　　火車頭到站時，奧妲走出車站，對駕駛問道：

　　「您要出發了嗎？」

　　「是的，馬上就走。」

" 機師拉響汽笛，火車緩緩啟動，白煙融入風雪之中，不一會便消失了。 "

「可是被俘的人…我們那些可憐的同伴…」

「我不能中斷行程。」駕駛回答道：「我們已經延誤三個小時了。」

「那麼下一班從舊金山開出的車什麼時候到？」

「明天晚上。」

「明天晚上！那就太遲了。我們非等不可…」

「真的不行。」駕駛說：「您要走的話，就請上車吧。」

「我不走。」奧姐回答。

菲克斯聽到了他們的對話。才不久前，沒有任何交通工具的時候，他還鐵了心要離開喀尼，而現在火車來了，他只要回到車上的座位隨時都可以出發，卻又一股難以抗拒的力量將他釘在原地。車站的月台像火一般燒著他的腳，他無法抽身。他的內心又開始掙扎起來。失敗的憤怒令他喘不過氣來。他想要奮戰到底。

然而，乘客們與幾名傷者——其中也包括傷勢嚴重的普羅克托上校——已經上車坐定。這時可以聽見燒得過熱的鍋爐嗡嗡作響，蒸汽從閥門洩出。機師拉響汽笛，火車緩緩啟動，白煙融入風雪之中，不一會便消失了。

菲克斯警探沒有離開。

幾個小時過去了。天候很差，冷意刺骨。菲克斯坐在車站的一張長凳上，動也不動，似乎是睡著了。奧姐夫人則不顧狂風，不時從特別為她

準備的房間走出來探看。她來到月台盡頭，努力地想透視暴風雪，想看穿這片縮短了視野的霧，並仔細聽著四下的聲響。但什麼也沒有。於是她拖著凍僵的身子回到房裡，稍後再出去，依然毫無動靜。

夜色降臨了。那支小隊還沒有回來。他們現在人在哪裡呢？他們找到印第安人了嗎？是否發生了衝突？或者這些士兵在霧中迷了路？喀尼堡的指揮官十分擔心，不過他絲毫沒有流露出來。

夜裡，雪變小了，但寒意卻更加凜冽。再勇敢的人面對這深沈的幽暗，也難免心驚。平原上闃然無聲。浩瀚無垠的寧靜裡，聽不到鳥的振翅、野獸的足音。

奧妲夫人在平原的邊緣上徘徊了一整夜，心中充滿不祥的預感，憂心忡忡。她天馬行空地想像出千百種危險。這漫長的時刻所帶給她的煎熬實在難以言喻。

菲克斯依然坐在原來的位子上不動，但他也睡不著。有一回，有個男人走到身旁和他說話，但菲克斯卻搖搖頭便將他遣走了。

夜就這麼過去了。黎明時分，黯淡的日輪從濃霧密佈的天邊升起。不過此時視野已可伸展到兩英里外。費雷斯‧佛格和小隊士兵是朝南邊去的…南邊空曠一片。這時候是早上七點。

上尉非常擔憂，不知該如何是好。他應該再派遣一支隊伍前去營救嗎？前一支隊伍的人已經犧牲，營救的機會太渺茫，他應該再派人去送命嗎？但他沒有猶豫太久，當他招手喚來一名中尉，並命令他帶人到南邊去偵查時，忽然聽到槍聲。是信號嗎？士兵們全都衝出崗哨，這時他們看見一支整齊的小隊伍回來了。

佛格領頭，在他身邊的是萬能與兩名自蘇族人手中救出的乘客。

他們在喀尼南邊十英里處發生激戰。就在小隊到達之前不久，萬能與兩名同伴已經開始對抗看管他們的人，萬能揮拳打昏三個人之後，主人和士兵剛好趕來救援。

無論是救人的或被救的都受到了熱烈的歡呼，佛格也將先前應允的獎金發給士兵，而萬能只是不斷地重複：「主人為我付出的代價實在太大了！」他的話倒也有幾分道理。

菲克斯一言不發地望著佛格，此時他內心的交戰恐怕是筆墨難以形容。至於奧妲夫人，她拉起佛格的手緊緊地握著，卻一句話也說不出來。

這時候，菲克斯走向佛格，正視著他問道：「老實說，先生，您很急嗎？」「十萬火急。」佛格回答。

然而萬能一回來，就到車站裡找車。他以為列車已經準備好向奧馬哈出發，還期盼著能彌補一點浪費掉的時間。

「火車呢，火車呢！」他大喊。

「走了。」菲克斯回答。

「那下一班車什麼時候到？」佛格問。

「得等到今天晚上。」

「喔！」佛格面無表情地回答。

31

菲克斯警探非常盡心地維護費雷斯·佛格的利益

Red Star Line

紅星郵輪公司的廣告單宣傳由央凡爾(Anvers)乘船到紐約,以及從央凡爾到波士頓間的效益。紐約、波士頓這兩個城市,以及費城都是美國東岸的大港。

佛格已經延誤了二十個小時。不由自主而導致時間延誤的萬能感到非常沮喪。他真是把主人害慘了!

這時候,菲克斯走向佛格,正視著他問道:

「老實說,先生,您很急嗎?」

「十萬火急。」佛格回答。

「我鄭重地問您。」菲克斯又說:「您真的必須在十一號晚上九點以前,也就是利物浦客輪開船以前到紐約嗎?」

「事關重大。」

「如果這趟旅途沒有遭受印第安人襲擊,您也會在十一號一早就到達紐約?」

「是的,比開船時間還提早了十二個小時。」

「那好。您現在晚了二十個小時。二十與十二的差距是八。所以您得追回這八個小時。您想試試看嗎?」

「走路?」佛格問道。

「不,乘雪橇。」菲克斯回答:「有帆的雪橇。有人向我提過這種交通工具。」

提議的正是夜裡與警探攀談卻遭拒絕的那個人。

佛格沒有回答,但菲克斯向他指了指那個正在車站前走來走去的人,佛格便直接朝他走去。

片刻過後，佛格與這個名叫馬居的美國人一同走進蓋在喀尼堡底下的一間茅屋。

　　進屋之後，佛格仔細檢視著一輛十分奇特的交通工具，像是一個框架搭在兩根長木上，前方和雪橇的底座一樣微微翹起，上頭可以坐五六個人。底座前面三分之一的地方，豎了一根很高的桅杆，杆上掛著一面巨大的後桅帆。這根由金屬繩索牢牢穩住的桅杆上，還有一條鐵支索用來懸吊一面大型的三角帆。雪橇後方，有一個像舵又像櫓的東西可以控制方向。

　　看得出來這是一輛具有單桅帆船設備的雪橇。冬季期間，當火車因風雪停駛時，這類交通工具便以風馳電掣的速度駛過冰原，來往於車站之間。由於雪橇上的帆極多，就連容易翻覆的比賽用單桅帆船也比不上，因此雪橇順風滑過冰原時的速度可不比快車慢。

　　一會工夫，佛格便與這「旱船」的主人達成了交易。風呼呼地從西方吹來，相當有利。雪已經凝固，馬居保證能在幾個小時內將佛格送到奧馬哈車站。到了那裡，從芝加哥往紐約的車班十分頻繁，路線也很多，將延誤的時間追平也並非不可能的事。因此當然要冒險一試不能猶豫了。

在爭取政府出讓經營權的戰爭中，中央太平洋鐵路公司取得薩克拉門多的經營權，聯合太平洋鐵路公司則取得奧馬哈的經營權(下圖)。鐵路公司獲得鐵道兩邊寬達16公里的土地權。在平原區，每一千公里的鐵路享有16,000美元的貸款，落磯山區則是48,000美元。

佛格不希望讓奧妲夫人忍受在風雪中趕路之
苦，而且速度那麼快恐怕更是冷得叫人受不了，
因此便建議她與萬能留在喀尼車站。這位忠心的
僕人會經由較好的路況、以較舒服的方式負責將
她帶回歐洲。

　　奧妲卻不願與佛格分開，萬能對於她的決心
也慶幸不已。無論如何他都不想離開主人，因為
菲克斯一定會跟著他的。

　　至於菲克斯此時的想法，卻是難說。他的信
心是否隨著佛格的返回而動搖了？或者他還是認
為佛格狡猾到了極點，以為環遊世界一周回到英
國後便安全無虞了？也許菲克斯對佛格的想法一
直變化不定，但他盡職的決心並未改變，而且比
所有人都還迫不及待地想盡快回到英國。

　　八點，雪橇準備好要出發了。旅客們──或
者應該說乘客們──坐上雪橇，並用旅行毛毯緊
緊地裹住身子。兩面巨帆升了起來，在風力的推
動下，以四十英里的時速疾駛過堅硬的雪面。

　　從喀尼堡到奧馬哈的直線距離頂多兩百英
里。只要風勢不變，沿路又沒有出狀況，那麼五
個小時，也就是下午一點就能到達奧馬哈了。

　　多驚險的旅程！旅客們緊靠在一起，因速度
而加劇的寒意使他們無法交談。雪橇輕巧地滑過
冰面，猶如在浪濤中行駛的船隻。當風貼著地面
刮來，那幾面帆就像張得大大的翅膀，要將雪橇
整個托起。掌舵的馬居一直保持直線前進，偶爾
偏離了，他便立刻搖一下櫓矯正方位。所有的帆
都升得高高的，三角帆更特意懸掛在不會被後桅
帆擋住的地方。另外還吊起頂桅，頂桅帆受風而
緊繃，也同時助長了風推動其他帆面的力道。雖
然無法估計正確的數據，但雪橇的時速絕對不下
於四十英里。

　　「只要沒有意外，我們就到得了！」馬居說。

　　馬居也很想在約定的時間內到達目的地，因為佛格仍不改其一貫作風，又提出了一大筆賞金。

　　雪橇直線穿越的冰原平坦得有如海面，彷彿一大片結了冰的池塘。這一段的鐵路由西南轉往西北，經由大島、內布拉斯加州大城哥倫布、斯開勒、夫利蒙，最後到奧馬哈，一路沿著普拉特河的右岸而行。而雪橇則是由鐵路線截彎取直縮短了路程。普拉特河在到夫利蒙之前拐了個小彎，但馬居並不擔心受阻，因為河面已經結冰。他們因而可以一路通行無阻，唯一值得佛格擔心的只有兩件事：一是雪橇故障，一是風向轉變或風力減弱。

　　但風勢不減反增，以鐵支索牢牢固定住的桅杆都被吹彎了。這些金屬索具就好像被琴弓拉動的琴弦似的鳴響起來，雪橇便在這淒厲哀號般的和絃聲中向前飛奔。

> **66** 雖然無法估計正確的數據，但雪橇的時速絕對不下於四十英里。**99**

255

「這些琴弦正在演奏五度音和八度音。」佛格說。

整路上他只說了這句話。他讓奧姐全身以毛皮與毛毯密密地包裹起來，盡量使她不受風寒侵襲。

萬能則大口大口地吸著冷冽的空氣，臉頰紅得像薄霧中西降的日輪。由於他天性樂觀，此時的他又重新燃起了希望。雖然要到晚上才能抵達紐約，但或許還有機會趕上開往利物浦的船。

萬能甚至有一股衝動想握住盟友菲克斯的手。他沒有忘記是菲克斯找來這輛有帆的雪橇，而這也是及時趕到奧馬哈的唯一方法。但不知是何種預感使然，他仍維持了原來的保守態度。

惡名昭彰的狼只有在飢餓時才會攻擊人類。牠通常白晝休息，夜晚才出來覓食。特別是在冬天，狼會群集以捕食。終身穩定的配偶關係，以及堅守捕食區是牠們的行為特徵。

無論如何有一件事是萬能永生難忘的，那就是佛格先生毫不猶豫地自我犧牲，將他從蘇族人的手中救出。佛格犧牲的不只金錢還有生命呀⋯不會的！他的僕人永遠也不會忘記的！

當乘客們各懷心事之際，雪橇飛馳過了遼闊的白雪地毯。儘管途中曾經過幾條溪流——全是

小藍河的大小支流——也沒有人注意到。田野與河道都已經覆滅在一片白茫茫之中。荒無人煙的原野，夾在聯合太平洋鐵路與喀尼－聖約瑟支線之間，有如一座大荒島。沒有村落，沒有車站，也沒有崗哨。偶爾見到一棵像白色骷髏在風中扭曲變形的樹，如電光般從身旁閃過。偶爾，成群的野鳥一齊騰空而起。偶爾還有一批批骨瘦如柴、飢餓難耐、兇狠殘暴的郊狼，追著雪橇跑。因此萬能緊握著手槍，準備著隨時射殺撲上來的狼群。此時若有意外迫使雪橇停下，乘客們將會遭到這些猛獸襲擊，而面臨天大危機。不過雪橇一直穩健飛快地向前奔馳，不久咆哮的狼群便落到後頭去了。

當狼群追捕獵物時，會依照獵物的體積與速度而改變策略：如果獵物動作迅速，牠們會在獵物中埋伏前，輪班耗盡獵物的體力。

到了中午，馬居從

一些地標認出他們正走在結了冰的普拉特河上。他沒有說什麼，但卻已經確定再過二十英里便可到達奧馬哈站。

> 偶爾還有一批批骨瘦如柴、飢餓難耐、兇狠殘暴的郊狼，追著雪橇跑。

於是，還不到一點，這位經驗老到的嚮導便放下舵柄，衝向吊帆的繩索，然後一把拉起，此時雪橇在無帆的狀況下，仍以最大的衝力繼續滑

257

行了半英里。

最後雪橇停了，馬居指著一片覆滿白雪的屋頂說：

「我們到了。」

到了！的確是到了這個每天有無數列車往返美東的車站了！

萬能和菲克斯跳下車來，活動活動僵硬的四肢，然後再扶著佛格與奧姐下車。佛格慷慨地付了錢，而萬能也像對朋友一樣熱情地與馬居握手之後，四人這才急急忙忙趕往奧馬哈車站。

所謂的太平洋鐵路，也就是聯繫密西西比河盆地與太平洋的鐵路，就在內布拉斯加州的這個重鎮告一段落。從奧馬哈到芝加哥這段鐵路名為芝加哥岩島鐵路，直線往東行經五十個車站。

有一班直達車即將發車。佛格與同伴剛好來得及衝上車，看也沒看到奧馬哈的模樣，不過萬能暗想這也沒有必要遺憾，畢竟他們的目的並不

是觀光。

列車以超快的速度經由康索布拉夫、德蒙與愛阿華城，通過了愛阿華州。夜裡，列車在達芬波特渡過了密西西比河，然後從岩島進入了伊利諾州。第二天，十號下午四點便抵達芝加哥。這座大城已經從一片廢墟中恢復舊觀，如今更加昂揚地屹立於美麗的密西根湖畔。

從芝加哥隨時有車前往相距九百英里的紐約，佛格下車之後立刻便跳上了另一班車。匹茲堡－宛堡－芝加哥鐵路列車輕巧的火車頭，隨即全速向前衝，彷彿知道這位先生已經沒有時間拖延了。列車像閃電似的穿越印第安納州、俄亥俄州、賓州、紐澤西州，沿途經過一些名稱古典的城市，其中幾個地方有街道與電車，卻還沒有屋舍。最後，哈德遜河出現了，十二月十一日晚上十一點十五分，列車進了位於河右岸的車站，對面正是庫納爾公司——亦即英國與北美皇家郵輪公司——停靠輪船的碼頭。

開往利物浦的「中國」號早在四十五分鐘前便離港了！

芝加哥位於密西根湖畔，芝加哥河的匯口，最初是建於1804年的軍事據點。1833年，芝加哥還是只有數百人的村莊。1837年起，此城開始發展，並於1852年後迅速擴張。在凡爾納的年代，芝加哥稱為「湖

后」，且因其在豬肉市場的重要性而被謔稱為「豬城」(Porcopolis)。每年有數以百萬計的豬羊被送到這裡的屠宰場。上圖是薛曼旅館。

曼哈頓的道路規劃是德·威特·克林頓(De Witt Clinton)的傑作。他是1803到15年間的紐約市長,將城市設計劃分為2928個幾何方塊,稱為「曼哈頓格」。

32

費雷斯·佛格決定
正面迎擊厄運

　　「中國」號的離開似乎也帶走了佛格的最後一線希望。因為美國與歐洲之間已經沒有其他直航的客輪,無論是法國的大西洋輪船,或是白星輪船,或是伊曼又或是漢堡輪船等等公司,都無法為佛格的計畫效力。

　　事實上,法國大西洋輪船公司的船隻雖然速度不輸其他客輪,舒適度也更勝一籌,但「貝雷爾」號仍得等到第三天十二月十四日才開船。而且,「貝雷爾」號與漢堡公司的船隻一樣,並非直達利物浦或倫敦而是開往哈佛爾,若再從哈佛爾渡海到南安普敦,這一耽擱,佛格最後的努力也還是白費。

　　至於伊曼公司,第二天將開出一班「巴黎城市」號,但不能納入考慮。這些船隻主要是用來搭載移民,機器設備不良,儘管同時利用帆與蒸汽作為動力,但速度很慢,從紐約到英國所花的時間絕不足以讓佛格先生贏得賭注。

　　由於布雷蕭指南中有每天的越洋航班的詳細資訊,因此佛格對這一切情形都瞭如指掌。

　　萬能沮喪極了。晚了四十五分鐘沒有趕上船班,真是令他生不如死。都是他一個人的錯,他不但沒有幫助主人,還一路上不斷為他製造障礙!當他回想起旅途上的所有意外事故,當他估

算主人爲了保護他平白損失的金錢，當他想到那鉅額的賭注，再加上一路上所有泡了湯的可觀開銷，將會使得佛格先生宣告破產，他不禁痛罵起自己來了。

然而佛格卻絲毫未曾責怪他，離開越洋客輪的碼頭時，他只說了一句：

「我們明天再想辦法。走吧。」

佛格、奧姐、菲克斯與萬能搭澤西市渡船越過哈德遜河後，跳上一輛馬車前往百老匯的聖尼可拉旅館。他們訂了幾間房間，那一夜對佛格而言並不長，因爲他睡得很熟，但是對於煩躁不安無法入眠的奧姐與其他同伴，可就十分漫長了。

第二天是十二月十二日。從十二號上午七點到二十一號晚上八點四十五分，還剩下九天十三個小時又四十五分。要是佛格在前一天搭上了庫納爾公司最好的船班之一「中國」號，他就能在期限內抵達利物浦然後到倫敦了！

佛格吩咐僕人在旅館等他，並通知奧姐夫人作好隨時出發的準備之後，隨即走出旅館。

佛格走到哈德遜河畔，仔細地留意著停靠在碼頭邊或是下錨停在河面的船當中，有沒有哪一艘即將啓航的。有幾艘船已經升起開船的三角旗，準備趁著上午的漲潮出海去，其實在紐約這個出色的大港，每一天都有上百艘船啓程前往世

由於人口稠密及地價高昂，摩天大樓應運而生。1883年，第一個摩天大樓的骨架是由鋼筋與空心磚建構而成。

❝ 萬能沮喪極了。晚了四十五分鐘沒有趕上船班，真是令他生不如死。❞

261

界各個角落，不過大部分都是帆船，無法提供佛格所需要的服務。

就在最後一個嘗試似乎也要落空之際，佛格忽然發現在距離砲台公園頂多一鏈(約二百公尺)的

地方，停了一艘外型精緻的螺旋槳商船，船上的煙囪冒出濃濃的煙，看來就快要出航了。

佛格喚來一艘小船，小船才划幾下，他便已經踏上「安莉葉塔」號的繩梯。這是一艘上層為木造結構的鐵殼船。

紐約港的發跡，與其位於大西洋及美國東岸最大河流哈德遜河出口的獨特位置有關。藉由1826年挖通的伊利運河與大湖區相連。

船長人在船上。佛格上到甲板後，要求見船長一面。船長馬上就來了。

他年約五十，看似經驗老練，但卻不是個隨和的人。他一雙牛眼，古銅肌膚，滿頭紅髮，頸圍粗大，一看就不是普通人物。

「您是船長？」佛格問道。

「正是。」

「我叫費雷斯‧佛格，從倫敦來。」

「我叫安德魯‧史畢迪，加地夫人。」

「您要開船了嗎？…」

「再一個小時。」

「您要到…？」

「波爾多。」

「您的貨物呢？」

「船艙裡裝了石頭。沒有貨物，我跑空船。」

「有乘客嗎？」

百老匯是曼哈頓最有名的一條街，是紐約夜生活的中心。

「沒有乘客。從來不載人。貨都已經夠多夠重的了。」

「您的船跑得快嗎？」

「每小時十一到十二海里。『安莉葉塔』號，很有名的。」

「您能載我和另外三個人到利物浦嗎？」

「利物浦？怎麼不到中國？」

「我要到利物浦。」

「不行！」

「不行？」

「不行。我準備要到波爾多，就要到波爾多。」

「無論我出多少價錢？」

「無論您出多少價錢。」

船長說得斬釘截鐵。

「可是『安莉葉塔』號的船東…」佛格又說。

「我就是船東。」船長說：「這艘船是我的。」

「我向您租。」

「不租。」

「我向您買。」

「不賣。」

佛格依然泰然自若。然而情況十分嚴重。在紐約不比在香港，「安莉葉塔」號的船長也不比「水上人家」號的船主。直到目前為止，任何問題總能用錢解決，但這回有錢卻也使不上力。

但是總得想出辦法搭船橫渡大西洋──除非能改搭熱氣球，但這個方法十分冒險而且也行不通。

不過佛格似乎想到了什麼，只聽他對船長說：

「那麼您能載我到波爾多嗎？」

「不行，就算您付我兩百美元也不行！」

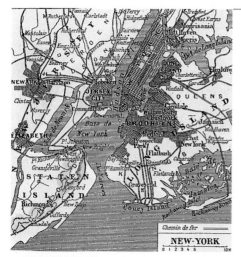

曼哈頓島是紐約的發源地與中心，長21公里，寬4公里。但現今紐約人口最密集的地區是布魯克林，位於長島的西邊。直到1898年，布魯克林才劃歸為紐約的一區。

19世紀末百老匯的大道一景。

「我付您兩千。」

「每個人？」

「每個人。」

「總共有四個人？」

「四個人。」

史畢迪船長開始猛搔頭，好像想撕下一層皮來似的。不用改變航線便能賺進八千美元，儘管再怎麼不願意載人，似乎也值得犧牲一次。何況每位乘客兩千元，這已經不是乘客而是珍貴的貨物了。

「我九點開船。」史畢迪船長說：「要是您和您的朋友來了…」

「我們九點準時上船！」佛格也回答得很乾脆。

此時八點半。佛格下了「安莉葉塔」號，搭上車，回到聖尼可拉旅館去通知奧妲、萬能，他甚至也免費招待了菲克斯，而從頭到尾他還是那個從未失去理性的紳士佛格。

「安莉葉塔」開船時，他們四人已經上了船。

當萬能得知這最後一趟行程的花費時，不禁發出了一聲長長的「喔」，從最高音直落到最低音！

至於菲克斯警探則是心中暗想，英格蘭銀行這回的損失可大了。因為回到英國以後，就算佛格不往海裡撒下幾把鈔票，原來袋子裡的錢也已經花掉不只七千英鎊！

264

33
佛格顯露了
應付局面的能力

"一個小時過後，「安莉葉塔」號通過了哈德遜河口的燈船，繞過桑迪虎克岬航向大海。"

一個小時過後，「安莉葉塔」號通過了哈德遜河口的燈船，繞過桑迪虎克岬航向大海。白天裡，船沿著長島而行，經過了火島燈塔的外海，朝東方迅速前進。

翌日十二月十三日正午，有一個人爬上了舷梯確定方位。大家一定以為是史畢迪船長！大錯特錯了。這個人是費雷斯‧佛格。

至於史畢迪船長則是鎖在自己的船艙內，只聽他不時發出如雷的怒吼，而他之所以如此憤怒卻是情有可原。

事情很簡單。佛格想到利物浦，船長不想送他去。於是佛格便答應搭他的船到波爾多，而自從他上船至今三十個小時當中，竟用鈔票收買了

所有的船員，因為這些船員與火夫都只是臨時工，與船長原本就處得不好。也因為如此所以指揮的人是佛格而不是船長，所以船長才會被鎖在艙房內，也所以「安莉葉塔」號最終還是駛向了利物浦。只不過從佛格指揮若定的神態看來，他顯然也曾經當過水手。

這番驚險過程將如何收場，稍後便可分曉。但是奧姐雖然沒說什麼，卻還是很擔心。菲克斯一開始也大吃一驚，而萬能倒覺得整件事實在太美妙了。

「每小時十一到十二海里。」史畢迪船長曾經這麼說，而「安莉葉塔」號也的確保持著這個速度前進。

因此假如——又是「假如」！——假如海象沒有變得太差，假如風向沒有突然轉向東，假如船身沒有突然損壞，機器沒有突然故障，那麼「安莉葉塔」號便能在預定的九天——從十二月十二日至二十一日——內，完成紐約與利物浦之間三千英里的航程。老實說，一旦到達之後，「安莉葉塔」號事件再加上銀行事件，恐怕會為佛格帶來意想不到的麻煩。

最初幾天，航行的情況非常良好。海浪不至於太大太猛，風似乎也一直固定在西北方向，所有的帆都已揚起，「安莉葉塔」號彷如一艘真正的越洋客輪。

萬能高興極了。主人最後這樣的行為雖然可能導致他所不樂見的結果，但他還是興奮不已。船員們從來沒有見過一個比他更高興、更靈動的

266

人。他對船員頻頻示好，還要了一些雜技令他們嘖嘖稱奇。他把他們都捧上了天，還不斷送上最好的飲料。他覺得船員們個個有紳士風範，火夫也堪稱英雄。他的幽默很快便感染了每一個人。他已經忘記過去，忘記煩惱與危險。他滿腦子只想著馬上就要達成的目的，有時候還像是被丟進了船上的火爐一樣焦躁不安。他也經常在菲克斯身邊打轉，並且用一種寓意深長的眼光看著他，但卻不跟他說話，因為這兩個舊友已經不再親密如昔。

其實菲克斯完全不知所以然！佔有「安莉葉塔」號、收買船員，加上佛格像個老練的水手一樣指揮著，這一切簡直讓他驚呆了。他已經不知道該作何感想！不過，一個偷了五萬五千英鎊的人再偷一條船也不算什麼。菲克斯當然以為在佛格控制下的「安莉葉塔」號不會去利物浦，而正前往某一個可以讓這個後來甚至成為強盜的小偷逍遙法外的地方！我們不得不承認這個假設實在精彩，而菲克斯也開始後悔不該捲入這個事件當中。

至於史畢迪船長仍繼續在船艙中喊叫不休，負責為他送食物的萬能雖然十分強壯，卻也不敢掉以輕心。而佛格的神情卻竟好像船上根本沒有船長似的。

殖民地產品與皮革的交易。19世紀時，紐約成為美國第一大港，迅速取代波士頓、費城與巴爾的摩等對手的地位。

十三日，他們經過了紐芬蘭淺灘的邊緣，這裡的海域十分危險，尤其冬季期間常常起霧，而且強風驚人。前一天，氣壓計便突然下降，可見天氣即將變壞。果然到了夜裡，氣溫起了變化，寒氣逼人，風也倏地轉向東南。

紐芬蘭的聖約翰港：漁業在這裡十分重要；許多荷蘭、葡萄牙、法國及英國的漁船均在此海域作業。

紐芬蘭島長久以來是英、法爭執的焦點，法國在1713年退出爭奪。紐芬蘭島與美國大陸間相隔兩個海峽：北為拜耳(Belle-Isle)海峽，南是卡巴特(Cabot)海峽。

由於事出突然，佛格為了不偏離航道，只得收起船帆加強蒸汽。但是海上長浪不斷撞擊船首，阻礙船的行進，再加上船身左右搖晃得劇烈，速度也就更慢了。強風逐漸轉便成了颶風，「安莉葉塔」號恐怕就要挺不住了，是否能逃生更是充滿未知數。

萬能的臉色立刻變得和天空一樣陰沈，這兩天來，他一直惶恐不安。不過佛格倒是個勇敢的水手，他知道如何與大海作戰，因此他不斷持續行進，甚至沒有減緩船速。當「安莉葉塔」號無法壓過浪頭，便從海浪底下穿過去，儘管海水將整個甲板都打溼了，船卻也已安然通過。有幾次如山一般高的浪頭將船尾托高出水面，螺旋槳的槳葉發狂似的空轉，但船依舊勇往直前。

然而風並未增強到大家所擔心的程度，這並非是那種時速高達九十英里的超強颶風，只是風力很強罷了。不幸的是風向一直保持在東南，以致於無法展帆。不過大家很快就會發現，藉助蒸汽還是很有用的！

十二月十六日，這已是從倫敦出發後的第七十六天。大致上說來，「安莉葉塔」號還沒有太嚴重的延誤。旅程已經大約走了一半，最危險的海域也已經通過了。若是夏天，幾乎毫無疑問便可完成航程，但冬天裡卻得任由惡劣天候擺佈。萬能一句話也沒說。他內心裡卻仍抱著希望，即使沒有風，至少還能靠蒸汽。

這一天，機師來

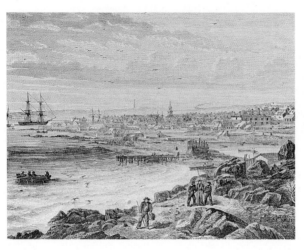

到甲板上遇見了佛格，交談時顯得十分激動。

也不知道爲什麼——也許是一種預感吧——萬能忽然覺得極爲憂心。他伸長了耳朵想聽聽他二人在說些什麼，但也只能依稀聽見一兩句話，其中主人說道：

「你說的是眞的嗎？」

「當然了。」機師回答：「您別忘了自從開船以後，每個爐子便都升火加熱，雖然船可以慢慢地從紐約開到波爾多，卻沒辦法用最快的速度從紐約開到利物浦！」

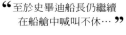

至於史畢迪船長仍繼續在船艙中喊叫不休⋯

「我再想想！」佛格回答道。

萬能明白了。他簡直憂心如焚。

快要沒有燃料了！

「唉！這回主人要是再能解決，他就太了不起了！」他心想。

後來遇見菲克斯，便忍不住把情形說給他聽。

「這麼說，」菲克斯咬牙切齒地說：「你眞的以爲我們要到利物浦去囉？」

「當然了！」

「笨蛋！」菲克斯聳聳肩，掉頭就走。

萬能不太明白他爲什麼這麼說自己，正打算回罵，又忽然想到這個可憐的菲克斯笨笨地追著一個錯誤的線索繞了地球一圈，他一定很失望，也很沒面子，這麼一想之後便也沒有回嘴。

現在佛格打算怎麼辦呢？這可不容易猜得出。不過這位向來鎭定的先生似乎有了決定，當

晚他找來了機師,並對他說:

「開足火力直到燃料完全燒盡為止。」

片刻過後,「安莉葉塔」號的煙囪開始吐出一縷縷濃煙。

船仍繼續全速前進,但兩天後,十八日那天,機師又再次通知佛格說當天煤炭就會燒盡了。

「火力不要減,」佛格回答道:「還要填充蒸汽閥。」

那天正午,佛格測過太陽的高度並計算出船的所在位置後,把萬能叫了過來,吩咐他去請史畢迪船長來。這簡直就是要他去放老虎出籠,他一面走下舵樓一面自忖道:

「他一定氣瘋了！」

果然，在幾分鐘後，一顆炸彈夾雜著叫罵聲降落在艉艛甲板上，而這顆炸彈正是史畢迪船長。炸彈顯然就要爆發了。

「我們在哪裡？」他在盛怒之中勉強擠出了這幾個字來，看樣子他若一不小心中風，要想復原恐怕是遙遙無期了。

「我們在哪裡？」他漲紅了臉又問一次。

「離利物浦七百七十英里(三百海里)處。」佛格回答時沈穩如昔。

「強盜！」史畢迪大喊。

「船長，我請你來是…」

「海賊！」

「…船長，」佛格繼續說：「是想請你把船賣給我。」

「不賣！我死也不賣！」

「可是我不得不要燒船。」

「燒我的船！」

「是的，至少得燒掉上層，因為我們沒有燃料了。」

「要燒我的船！」史畢迪船長口齒不清地大嚷：「燒一艘值五萬美元的船！」

「這裡是六萬元！」佛格遞給了船長一疊鈔票。

艾彼納描繪佛格回到利物浦(Liverpool)。艾彼納17世紀的畫作，色彩鮮豔活潑，筆觸粗略而深刻。1790年起，他的畫開始真正走紅。

安德魯‧史畢迪受到了極大的震撼。很少有美國人看到六萬元而不動心的。一時間，船長忘了他的憤怒、他的被囚、他對這位乘客的種種不滿。他的船已經有二十年船齡，說不定剛好趁此機會大撈一筆！…炸彈這下爆發不開來了。佛格

普蘭牌巧克力包裝紙上的圖畫，畫的是正在拆毀「安莉葉塔」號，以補充鍋爐燃料。

已經拉掉了引線。

「但是鐵船殼我要留下。」他的口氣變得異常緩和。

「船殼和機器都可以留下。這樣成交了嗎？」

「成交。」

於是史畢迪抓過鈔票，數完之後立刻收進口袋。

萬能看到這一幕，整個臉都白了，而菲克斯也差點腦充血。這個佛格花了將近兩萬英鎊，竟然還要把船殼和機器——也就是全船最有價值的部分——留給賣主！他果然是偷了銀行的五萬五千英鎊沒錯！

史畢迪將錢放進口袋之後，佛格對他說：

「船長，您不必感到過分驚訝。事情是這樣的，如果我不在十二月二十一日晚上八點四十五分回到倫敦，我就會輸掉兩萬英鎊。可是因為我錯過了紐約的船班，而您又拒絕送我到利物浦…」

「我可真是做得太對了。」史畢迪大喊：「這樣一來我至少賺了四萬美元。」

接著他又以較為鄭重的口氣說：

「該怎麼稱呼您？」

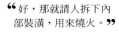

66 好，那就請人拆下內部裝潢，用來燒火。99

「佛格。」

「佛格先生，您知道嗎？呃，您其實有美國人的特性。」

他自以為向這名乘客表達了恭維之後，正要離去，卻聽到佛格問他：

「現在這艘船是我的了嗎？」

「當然，從龍骨到桅杆，凡是木材的部分都是您的了。」

「好，那就請人拆下內部裝潢，用來燒火。」

由於必須燃燒乾柴才能使蒸汽維持適當壓力，因此當天，艎艛、上層甲板、船艙、客艙、下層甲板全都燒了。

翌日，十二月十九日，開始燒桅杆、備用件、桁架。船員拿起斧頭砍斷桅杆，每個人都盡心盡力。萬能又是切又是割又是鋸的，一個人頂十個人用。拆船的工作進行得如火如荼。

第三天二十號，輪到了舷牆、水上部分，幾乎燒去了整個甲板。「安莉葉塔」號如今就像一艘廢船了。

但是就在這天，他們看見了愛爾蘭的海岸與法斯內特的燈塔。

然而，到了晚上十點，船卻還只在昆士鎮附近。佛格只剩二十四小時便要抵達倫敦！而「安莉葉塔」即使全速前進，也需要二十四小時才能

第三天二十號，輪到了舷牆、水上部分，幾乎燒去了整個甲板。「安莉葉塔」號如今就像一艘廢船了。

273

利物浦在17世紀時還是個漁港，隨著大英帝國的殖民擴張而發展成第一大港。運河的開通使船舶能上溯至曼徹斯特(Manchester)。

到利物浦。何況眼看著已經沒有動力再繼續了！

「先生，」史畢迪最後也對佛格的計畫產生興趣，便對他說：「我很同情您。一切都對您不利！現在才到昆士鎮而已。」

「啊！」佛格說：「我們看見火光的地方就是昆士鎮？」

「是的。」

「我們可以進港嗎？」

「還要三個小時，得等漲潮。」

「那就等吧！」佛格最後靈機一動，準備再次挑戰厄運，但臉上卻不動聲色，只淡淡地說了這麼一句。

昆士鎮是愛爾蘭沿海的一個港口，來自美國的越洋客輪經過時總會在此地拋下郵袋。信件便由隨時待命的快車送往都柏林，再從都柏林以高速汽船送到利物浦，因此比海運公司最快速的船隻還要快上十二個小時。

美國郵件所節省下來的十二個小時，佛格也想節省下來。原本搭「安莉葉塔」號要明天晚上才能到利物浦，現在中午就能到，如此一來，他便可能在晚上八點四十五分以前回到倫敦了。

凌晨一點左右，「安莉葉塔」號趁著漲潮駛進了昆士鎮港，史畢迪船長與佛格熱烈握手之後，送他下了船，而他自己則留在整個被夷平了的船殼上，這些也還有他賣出去價錢的一半價值呢！

其餘乘客也立刻跟著上岸。此時的菲克斯有一股強烈的慾望想逮捕佛格。但他卻沒有這麼

做！爲什麼？他內心裡有著什麼樣的掙扎呢？他對佛格的觀點改變了嗎？他終於明白自己弄錯了嗎？無論如何，菲克斯還是不放棄佛格。他與佛格、奧姐以及連喘口氣也顧不得的萬能，一同在凌晨一點半搭上了昆士鎮的列車，天一亮便抵達都柏林，接著又馬不停蹄地上了一艘汽船，這種如鐵梭般的船無懼於浪潮洶湧澎湃，總能一路乘風破浪而去。

十二月二十一日中午十一點四十五分，佛格終於上了利物浦的碼頭。距離倫敦只有六小時了。

但就在此時，菲克斯走上前來按住他的肩膀，出示了逮捕令，並問道：

「您就是費雷斯·佛格先生沒錯吧？」

「是的。」

「我現在以女王的名義，正式逮捕您！」

❝ 十二月二十一日中午十一點四十五分，佛格終於上了利物浦的碼頭。距離倫敦只有六小時了。❞

34
萬能有機會挖苦人了

費雷斯‧佛格下獄了。他被關在利物浦的海關警局內，等著翌日解送回倫敦。

他被捕時，萬能本想衝上去揍菲克斯，但被其他警員攔住了。奧姐也被這突如其來的舉動嚇著了，完全不明所以。萬能向她說明了原委。她的救命恩人佛格先生，這位正直又勇敢的紳士，竟被警方以竊賊的名義拘捕。奧姐無法接受這種說法，眼看自己一點忙也幫不上，更救不出自己的恩人，她不禁怒火中燒，淚水立刻湧上眼眶。

至於菲克斯，他基於職責不得不逮捕佛格，無論他有罪或是無罪，都由司法來決定。

這時候萬能心中忽然閃過一個可怕的念頭：這一切的不幸都是他所引起的！他為什麼要隱瞞佛格先生？當菲克斯表露自己的身分與任務時，他為什麼不去通知主人呢？主人若是事先得知，一定會提出證據向菲克斯證明自己的清白，讓警探知道他弄錯了。他若知道這個討厭的警探回到英國第一件事就是逮捕他的話，至少他也不會自掏腰包送他回來。想到自己的錯處，自己的不小心，可憐的萬能真是悔恨不已。他淚流滿面，令人看了為之鼻酸。他真想一頭撞死了事！

奧姐夫人和他不顧寒冷，留在海關的柱廊底下。他們倆誰也不願離開。他們想再見佛格一面。

而佛格呢，他是肯定破產了，但眼看目標就要達成了呀。這次被捕已經造成無可彌補的傷害。他在十二月二十一日中午十一點四十分抵達利物浦，要想在晚上八點四十五分出現在革新俱

樂部，他還有
九個小時又十
五分鐘，而從
利物浦到倫敦
卻只要六個小
時。

　　這個時候
若有人潛入海
關警局，就會
發現佛格先生
動也不動地坐在
一張長木椅上，沒
有憤怒，鎮定依然。
大概是放棄了吧，不
過這最後的打擊還是
動搖不了他，至少表面
上是如此。他心中是否
怒氣暗生，並強將這股
可怕的怒火壓抑下來，
只等著最後一刻以驚天
動地的氣勢爆發出來
呢？沒有人知道。只見
佛格坐在那裡，冷靜地
等待著…什麼？他還抱
著希望？都已經被關進牢
裡來了，他還指望能成功？

　　不管怎麼樣，佛格還是小心翼翼地將錶放在
桌上，看著指針一格一格往前走。他一句話也沒
說，眼神中卻有一種異常的堅定。

　　總之，情況是糟透了，我們可以這樣來看：
佛格要是無罪，他就破產了；他要是有罪，也被
捕了。他想過逃走嗎？他想過找找看警局內有無
逃生出口嗎？他想過越獄嗎？很可能，因為有一

❝ 這個時候若有人潛入
海關警局，就會發現佛
格先生動也不動地坐在
一張長木椅上，沒有
憤怒，鎮定依然。❞

度他還繞著囚室走了一圈。可是門鎖得牢牢的，窗戶外也架著鐵欄杆。於是他又坐了回去，從皮夾裡掏出行程表。在寫著「十二月二十一日星期六，利物浦」的那行，他又加了「第八十天，上午十一點四十分」幾個字，然後等著。

海關的時鐘響起一點的鐘聲。佛格發現自己的錶比時鐘還快了兩分鐘。

兩點了！假如此時他能搭上一班快車，也許還來得及趕在晚上八點四十五分以前到達倫敦與革新俱樂部。他的眉頭微微皺了起來…

由於與西印度群島、加拿大、美國及非洲西岸有所來往，利物浦的船塢與無數商店成了英國商務的主要集散地。在凡爾納的時代，利物浦是棉花輸入的第一大港。

兩點三十三分，外頭有了聲響，是開門的嘈雜聲。接著便聽到萬能的聲音，還有菲克斯的聲音。

佛格的目光頓時亮了起來。

警局的門開了，他看見奧姐夫人、萬能和菲克斯向他奔來。

菲克斯跑得上氣不接下氣，頭髮亂糟糟的…他都說不出話來了！

「先生，」他斷斷續續地說：「先生…對不起…實在是不幸的雷同…竊賊已經在三天前被捕了…您…自由了！…」

佛格自由了！他走向警探，直盯著他看，然後兩隻手臂迅速往後一拉——這恐怕是空前絕後的一次——兩隻拳頭精準無比地朝可憐的菲克斯揮去。

「打得好！」萬能喊道，他也少不了要發揮一下法國人挖苦人的功力，便又說：「對啦！這可以說是英國拳術運用得最好的一次了！」

　　菲克斯被打倒在地，卻有苦難言。這是他罪有應得！佛格、奧妲和萬能隨即離開了海關。他們衝上一輛車，不到幾分鐘便已來到利物浦車站。

　　佛格前去詢問是否有快車即將開往倫敦…

　　此時兩點四十分…快車已經離站三十五分鐘了。

　　佛格於是要求站方開出特別列車。

　　雖然有幾個快速火車頭隨時可以出發，但由於因應車班的調度，特別列車最快要到三點才能開車。

　　三點，佛格與機師說好獎賞的條件之後，便在女伴與忠僕的陪同下，直奔倫敦。

　　他們必須在五個半小時之內完成利物浦到倫敦的行程，只要一路通行無阻，並非不可能。但是路上難免有所耽誤，當佛格到達車站時，倫敦所有的鐘正好同時敲響八點五十分的鐘聲。

　　佛格環遊了世界一周之後，竟遲到了五分鐘！

　　他輸了。

利物浦街上馬拉的電車。在道路上鋪設鐵軌可追溯到1850年，最初是由動物拖曳，後來改為蒸汽車頭，最後是電力車頭。

❝ 佛格環遊了世界一周
之後，竟遲到了五分
鐘！… ❞

35

佛格無須對萬能叮嚀再三

1715年首創於利物浦，
用船閘來控制封閉的船
塢。船閘能控制港口的
水量，而不受海潮的影
響。

　　第二天，沙維爾街的住戶要是聽說佛格先生
回來了，他們一定感到十分驚訝。因為門窗都還
關著。從外表看不出有任何變化。

　　原來佛格離開車站後，吩咐萬能去買一點吃
的，然後就回家了。

　　佛格還是以一貫的沈穩態度接受了這個打
擊。破產了！而且還是為了一個糊塗警探！如此
漫長的旅途，他踩著堅定的步伐一路走來，跨越
了多少障礙，戰勝了多少險阻，甚至還利用有限
的時間做了幾件好事，到頭來竟然功虧一簣，只
為了一件他無法逆料卻又無能為力的意外事件，
實在太可怕了！他當初出發時帶走的鉅額，如今
所剩不多。他的財產只剩下存在霸菱銀行的兩萬

英鎊，而這兩萬英鎊是他欠俱樂部會友們的。他花了這麼多錢，就算賭贏了恐怕也無法致富，但像他這種人打賭只是為了名譽，所以很可能也不打算藉此賺錢，只不過賭輸了他也就徹底破產了。此外，佛格也作了決定。他知道自己現在該做些什麼。

他在沙維爾街的住宅裡為奧妲夫人準備了一個房間。奧妲感到十分絕望。聽了佛格先生的幾句話之後，她就知道他正在設想一個痛苦的計畫。

我們都知道這些個性偏執的英國人一旦想不開，就可能做出非常極端的事情來。因此萬能也暗暗地觀察著主人的一舉一動。

不過，萬能第一個就先上樓到自己的房間，關掉已經燃燒了八十天的煤氣燈。信箱裡有一張煤氣公司寄來的帳單，他心想這些費用都得由他負擔，還是趕緊關燈得好。

夜晚過去了。佛格先生上了床，但他可曾睡著？奧妲卻是一刻也無法安眠。萬能則像隻忠狗一樣守在主人的房門口。

第二天，佛格將他喚來，只是簡單幾句話吩咐他為奧妲料理早餐，而他自己只要一杯茶和一片土司就行了。他請奧妲夫人原諒他早上和中午無法陪她一起用餐，因為他得花不少時間處理事情，就不下樓了。到了晚上，他會求見奧妲夫人，到時再與她談談。

萬能聽了主人的吩咐之後，不得不服從。他看著依然顯得無動於衷的主人，一時下不了決心走出房間。他心裡很難過、很內疚，因為他越來越覺得這場無可彌補的悲劇都是自己一手造成的。對！要是他當時告知佛格先生，要是他揭穿菲克斯警探的計畫，佛格先生就一定不會將菲克斯警探一路帶到利物浦來，那麼…

> 66 聽了佛格先生的幾句話之後，她就知道他正在設想一個痛苦的計畫。99

萬能再也忍不住了。

「主人哪！佛格先生！」他大喊道：「你責罵我吧。都是因爲我才⋯」

「我不怪任何人。出去吧。」佛格以極爲平靜的語氣回答道。

萬能離開房間後，便去見奧妲夫人轉達主人的意思。

「　　「主人哪！佛格先生！」他大喊道：「你責罵我吧。都是因爲我才⋯」　」

「夫人，」他接著又說：「我一個人毫無辦法！我對主人的心思一點影響力也沒有。也許您⋯」

「我能有什麼影響力呢？」奧妲回答：「佛格先生從來不受任何人影響！他可曾了解我對他已經不只有感激了？他可曾明白我的心呢？⋯萬能，你不應該離開他，一刻都不能。你說他打算今晚和我談談？」

「是的，夫人。應該是爲了保障您在英國的處境吧。」

「那我們就等吧。」奧妲若有所思地回答。

因此，禮拜天這一整天裡，沙維爾街的宅子就像無人居住一般，而自從佛格搬進來之後，這也是他頭一次沒有在國會大廈的大鐘敲響十一點半的鐘聲時，前往俱樂部。

其實他又何必到俱樂部去呢？會友們已經不在那裡等他了。因爲前一天晚上——也就最關鍵的十二月二十一日星期

六晚上——八點四十五分，佛格沒有出現在俱樂部的大廳，他就已經輸了。他甚至不需要親自到銀行去提領兩萬英鎊這筆錢。與他打賭的會友們手中已經有他簽名的支票，如今只要填好送進霸菱銀行，那兩萬英鎊就是他們的了。

因此佛格先生無須出門，他也沒有出門。他留在房裡處理一些事情。萬能不斷地在樓梯上上下下。對這個可憐的僕人來說，時間過得好慢。他把耳朵貼在主人的房門上聽著，根本沒想到這樣做侵犯了隱私權！他還從鑰匙孔中偷看，他覺得自己有此權利！萬能隨時都擔心會出事。有時候他會想到菲克斯，但想法卻完全改變了。他不再責怪這名警探。菲克斯和所有人一樣都誤解了佛格，他之所以跟蹤他、逮捕他，無非是盡自己的職責，而他自己呢⋯這麼一想更叫他消沈沮喪，他覺得自己真是天下第一號大混蛋。

66 他還從鑰匙孔中偷看，他覺得自己有此權利！ 99

最後，萬能實在受不了一個人受煎熬，便去敲奧姐夫人的門，進去之後，他一言不發地坐在角落裡，望著依然陷入沈思的奧姐夫人。

晚上七點半左右，佛格請求見奧姐一面，片刻之後，這房裡便只剩下他二人。

佛格搬了一張椅子坐到壁爐邊，面對著奧姐。他臉上毫無表情。返家後的佛格與出發前的佛格一模一樣。同樣沈著冷靜，同樣無動於衷。

他沈默了五分鐘之後，才抬起頭來看著奧姐說：

「夫人，你能原諒我帶你到英國來嗎？」

「佛格先生，你說我！⋯」奧姐壓抑著砰然心跳回答道。

「請聽我把話說完。」佛格繼續說道：「當我想把你帶離那個危險的地方時，我很有錢，我打算將我一部分財產送給你，你就能過著快樂自由的生活了。但如今我卻破產了。」

「我知道。」奧姐回答：「同樣地，我也要請你原諒我跟著你來，誰知道呢？也許正是因為我耽誤你的時間才導致你破產的。」

「夫人，你不能待在印度，而且你也只有走得遠遠的，讓那些狂熱份子找不到你，才算是真正安全。」

「這麼說來，佛格先生，」奧姐又說：「你不只想救我脫離可怕的死亡命運，你還覺得有義務保障我在國外的生活？」

「是的，夫人。」佛格回答：「無奈天不從人願。不過我還剩下一點積蓄，希望你能收下。」

「那你呢，佛格先生，你怎麼辦？」奧姐問道。

「我？」佛格淡淡地說：「我什麼都不需要。」

「但你要如何面對將來的命運呢？」

「該怎麼做就怎麼做吧。」佛格答道。

「無論如何，厄運絕不會降臨在你這樣的好人身上的。你的朋友…」

「夫人，我沒有朋友。」

「你的親人…」

「我也沒有親人。」

「你真是太可憐了，佛格先生，因為孤獨是很悲慘的呀！你的痛苦竟沒有宣洩之處。有人說兩人一起承擔，逆境就不至於那麼苦了！」

「是有這種說法，夫人。」

「佛格先生，」奧姐於是起身並伸出手來，說道：「你願意同時有一位親人又有一位朋友嗎？你願意娶我為妻嗎？」

佛格一聽，也站了起來。他的眼中似乎閃著不尋常的光芒，嘴唇也似乎顫動著。奧姐望著他。這位高貴的女士為了救自己的恩人，不顧一切，那雙美麗的眼眸所散發的真誠、直率、堅定

與溫柔，一開始震撼了他，接著便滲透了他的心。他將眼睛閉上一會，彷彿不想讓這個眼神繼續深入…當他張開雙眼時，只說了：

「我愛你！是的，我以全世界最神聖的聖物之名發誓，我愛你，而且是全心全意！」

「啊！…」奧妲手貼在胸口，驚呼了一聲。

萬能聽到主人叫喚的鈴聲，立刻趕去。佛格還牽著奧妲的手。萬能明白了，大大的臉上笑容燦爛一如熱帶地區正午的太陽。

佛格問他現在去找瑪利勒波恩堂區的山繆·威爾森牧師會不會太晚。

萬能露出最亮麗的笑容說道：

「絕對不會太晚！」

當時才不過八點五分。

「那就是明天禮拜一囉！」他說。

「就明天禮拜一嗎？」佛格看著奧妲問道。

「就明天禮拜一！」奧妲回答。

萬能立刻跑了出去。

> 「我愛你！是的，我以全世界最神聖的聖物之名發誓，我愛你，而且是全心全意！」

285

36
費雷斯·佛格的行情
再次看漲

　　現在也該說說，當銀行真正的竊賊，一個名叫詹姆斯·史特蘭的人，十二月十七日在愛丁堡被捕的消息傳出後，英國輿論又起了何種變化。

　　三天前，費雷斯·佛格還是警方鍥而不舍追緝的要犯，如今他卻又變成正人君子了，而且正以精密的計畫進行一趟怪誕的環球之旅。

　　報紙上吵得真是沸沸湯湯！原本已經忘了這件事的打賭者，無論看好與否，全又奇蹟般的再次出現。所有的交易又重新熱絡起來。所有的賭

英國國家銀行最初暫居於服飾商公會的大廳，接著在雜貨商公會。1734年落腳在瑟瑞尼爾街。1788年時由索恩(John Soane)興建。

約彷彿又一次注入了新的活力。費雷斯·佛格的名字在市場上的行情再次看漲。

革新俱樂部的那五位會員先生，這三天可以說是過得忐忑不安。他們本已遺忘的費雷斯·佛格，又重新出現在他們眼前！此時的他在哪裡呢？十二月十七日，詹姆斯·史特蘭被捕的那天，佛格已經離開七十六天了，卻音信全無！他死了嗎？他放棄了嗎，或是他仍依著既定路線繼續旅行？而十二月二十一日星期六，晚上八點四十五分，他會準時出現在革新俱樂部大廳的門口嗎？

這三天裡，倫敦社會人心浮動的情形也就無須贅述了。不斷有電報發送到美國與亞洲，打聽佛格的消息！佛格位於沙維爾街的住處也早晚有人前來探看…毫無所獲。就連警方也不知道那個糊裡糊塗追錯線索的菲克斯警探，後來怎麼樣了？儘管如此，打賭的人還是越來越多，賭注也越來越高。費雷斯·佛格就像一匹已經來到最後彎道的賽馬。於是票面價值不再多於行情一百倍，而是二十倍、十倍、五倍，而殘障的亞柏瑪老爵士甚至還以等值出價。

因此，禮拜六晚上，波爾購物中心與鄰近的街道上簡直人山人海。革新俱樂部附近好像也來了許多新開業的經紀商。大夥又喊又吵，叫賣聲響亮熱絡。警察幾乎無法控制人潮，而越是接近佛格回來的時間，群眾的情緒就越發激動難抑。

這一天，佛格的那五位會友從上午九點就聚在俱樂部的大廳。兩位銀行家蘇利文與法倫丁、工程師史都華、英格蘭銀行董事瑞爾夫與啤酒商弗拉納根，無一不是焦急地等著。

當大廳響起八點二十五分的鐘聲時，史都華站起身來說道：

「各位，再過二十分鐘，佛格先生與我們之間

國家藝廊的入口位於東波爾購物中心上，是倫敦相當宏偉的繪畫博物館。這條街通往拜倫所住的聖詹姆士街。波爾

購物中心上最負盛名的阿德能(Athenaeum)俱樂部，成立於1823年。此俱樂部十分封閉，會員皆是社會賢達，如博物學家達爾文(Charles Darwin，1809-1882)、小說家狄更斯(Charles Dickens，1812-1870)、康拉德(Joseph Conrad，1857-1924)、吉卜林(Rudyard Kipling，1865-1936)等。

俱樂部源起於人們品嘗來自阿拉伯地區的新飲料：咖啡，如革新俱樂部(上、下圖)即是一典型的英式俱樂部。19世

紀時，倫敦將近有九百個俱樂部。當時俱樂部的名額有限，要求會員遵守規定並尊重傳統。人們在那談論政治與文學，而不是小道消息。

約定的期限就過了。」

「上一班利物浦的火車是幾點到的？」弗拉納根問道。

「七點二十三分。」瑞爾夫回答：「下一班車要午夜十二點十分才到。」

「這麼說，各位，」史都華又說：「要是佛格搭了七點二十三分的車，他人應該已經在這裡了。所以這場賭可以說是我們贏了。」

「等一等，先別說得這麼快。」法倫丁應道：「你也知道我們這位會友可是一等一的怪人。他的準時更是眾所周知。他從來不遲到也不早到，他若是在最後一分鐘才出現我也不驚訝。」

「我呢，」史都華還是和平常一樣急躁：「就算我看見他了，我也不信。」

「老實說，」弗拉納根說：「佛格的計畫實在太荒謬了。無論他再怎麼準時，時間上的延誤仍在所難免，而他只要拖延個兩三天，就會影響到整個行程。」

「而且，」蘇利文接著說：「我們一直沒有接到他任何消息，其實他沿途還是有機會打電報的。」

「他輸了，各位。」史都華又說：「他輸定了！何況你們也知道，他要在期限內從紐約趕回利物浦，只能搭『中國』號，這班船已經在昨天抵達了。但是你們看，《船報》所刊出的旅客名單當中並沒有費雷斯·佛格。就算我們的佛格先生運氣再好，現在大概也只到美國而已！我估計他至少會比預定的時間晚上二十天，而亞柏瑪老爵士那五千英鎊也一樣泡湯了！」

「那是自然。」瑞爾夫回答道：「明天我們只需拿著佛格先生的支票到霸菱銀行就行了。」

此時，大廳響起八點四十分的鐘聲。

「還有五分鐘。」史都華說。

五人互望著。他們的心跳想必都略略加快，因為即使他們能坦然面對輸贏，這畢竟不是一筆小數目！不過誰也不願將不安顯露出來，於是在法倫丁的建議下，大家全都到牌桌上坐了下來。

" 這一天，佛格的那五位會友從上午九點就聚在俱樂部的大廳…無一不是焦急地等著。"

　　「就算有人替我出三千九百九十九元，我也不會放棄我那四千元的賭注。」史都華坐下時說道。

66 大廳的門開了…他
身後那群欣喜若狂的
民眾也擠進了俱樂部
來。只聽他平靜地
說：「各位，我
回來了。」99

這時候，指針已經指在八點四十二分。

他們已經發了牌，不過每個人的眼睛卻隨時盯著時鐘看。儘管他們自信滿滿，但此時此刻，時間對他們卻是前所未有的難熬！

「八點四十三分！」弗拉納根切了瑞爾夫遞出來的牌之後，說道。

接著眾人沈默了片刻，整間大廳靜悄悄的。但是外頭可以聽到群眾鬧哄哄的聲音，偶爾還會有幾聲拔高的尖叫。鐘擺規規矩矩地擺動著，而牌桌旁的每個人也隨著一秒一秒的律動，在心頭暗數。

「八點四十四分！」蘇利文的聲音中帶有一絲不由自主的激動。

只剩下一分鐘，他們就贏了。史都華與另外兩名會友都放下撲克牌，不再玩了！他們數著秒數！

四十秒時，沒有動靜。五十秒，還是沒有動靜！

五十五秒，外頭忽然響起如雷的掌聲、歡呼聲、甚至於詛咒聲，源源不絕。

牌桌旁的會友們站了起來。

五十七秒時，大廳的門開了，鐘擺還沒有擺到六十秒，費雷斯·佛格就出現了，他身後那群欣喜若狂的民眾也擠進了俱樂部來。只聽他平靜地說：

「各位，我回來了。」

擺槌是重物在定點兩邊來回運動的物體。17世紀末時，荷蘭物理學家胡金斯（Huygens，1629-1695）發明鐘擺的擺動能控制時鐘。後來我們將可攜式的鐘稱為擺鐘，如上圖這個18世紀的鐘。

37

事實證明費雷斯・佛格
這趟環遊世界之行，
除了幸福一無所獲

18世紀末與19世紀初是
倫敦都市化的黃金時
期。城市快速擴張，人
口也躍進式增加，1801
年時居民超過90萬人，
1851年時已達240萬，
1900年則高達650萬。
19世紀末時，倫敦因交
通嚴重壅塞而癱瘓。

是的！正是費雷斯・佛格本人。

還記得當晚八點五分——亦即佛格等人回到倫敦大約二十五個鐘頭後——萬能受主人之託，前去通知山繆・威爾森牧師有關於第二天即將舉行的婚禮。

萬能於是歡天喜地地出了門。他匆匆忙忙趕到威爾森牧師的住處，但牧師還沒回家。萬能當然也就等了，不過他足足等了二十分鐘。

總之，當他從牧師家裡出來的時候已經八點三十五分。但他竟是如此狼狽！他沒戴帽子，披頭散髮地跑呀跑呀，有史以來還沒有人跑得這麼賣力過，他像一陣龍捲風席捲而過，把人行道上的行人都給吹得東倒西歪！

三分鐘之內，他已經回到沙維爾街的宅子，他上氣不接下氣地跌倒在佛格的臥室裡，連話都說不出來。

「怎麼了？」佛格問道。

「主人…」萬能結巴地說：「…婚禮…不可能。」

「不可能？」

66 佛格…跳上出租馬車，給了司機一百英鎊的賞金，壓過了兩條狗又撞了五輛車之後，終於來到革新俱樂部。99

「不可能…明天舉行。」

「為什麼？」

「因為明天…是禮拜天！」

「是禮拜一。」佛格回答。

「不…今天是…禮拜六。」

「禮拜六？不可能！」

「是真的，真的，真的！」萬能大喊：「你算錯了一天的時間！我們提前二十四小時回來了…但現在只剩十分鐘！…」

萬能一把抓住主人的衣領，使勁地將他拖了出去！

於是佛格都還沒來得及反應，就這麼被拖出了房間，拖出了家門，跳上出租馬車，給了司機一百英鎊的賞金，壓過了兩條狗又撞了五輛車之後，終於來到革新俱樂部。

當他出現在大廳時，時鐘正好指著八點四十五分⋯

費雷斯・佛格在八十天內環遊了世界一周！⋯

費雷斯・佛格贏得了兩萬英鎊的賭注！

好啦，這麼一個精準、謹慎的人，怎麼可能會算錯日子呢？他明明是在十二月二十日星期五晚上──也就是出發後的七十九天──抵達倫敦，他怎麼會以為是十二月二十一日星期六呢？

其實，原因很簡單。

佛格「莫名其妙地」多出一天的時間，只因為他環遊世界是向東走的，假如他向西走的話，

凡爾納的肖像，用來裝飾位於亞眠(Amiens)宅邸的客廳。凡爾納從1871年7月在此生活，至1905年去世為止。

就會少掉一天。

佛格向東走等於是朝著太陽的方向走，因此他每走一度，白晝的時間便縮短四分鐘。由於地球一周共有經度三百六十度，將此三百六十度乘以四分鐘，恰好得出二十四小時，也就是在無形中多出來的這一天。換句話說，雖然佛格往東走看著太陽通過經線八十次，他那些留在倫敦的會友卻只看到了七十九次。所以他們聚集在革新俱樂部大廳等待佛格的那一天，其實是星期六，而不是佛格所以為的星期天。

要是萬能那只一直保留著倫敦時間的錶，除了顯示時間之外也能顯示日期，結果一定也是一樣的！

294

於是佛格贏得了兩萬英鎊。但由於他在途中花了將近一萬九千英鎊，因此金錢的獲利極少。然而，我們剛才也說過了，這位性情古怪的紳士之所以打這個賭，完全只為了賭氣而非賭錢。他甚至還把剩下的一千英鎊分給了萬能和菲克斯，他就是不忍心責怪這個可憐的警探。只不過，他又從萬能那裡扣下了一千九百二十個小時的瓦斯費用，以懲罰他的疏失。

《環遊世界八十天》一書造成轟動後搬上舞台，1874年在聖馬丁港夏特列劇院的演出也極為成功。凡爾納的另兩部作品：《米榭‧史托葛夫》和《格蘭特船長的孩子們》也曾改編成戲劇。

當天晚上，佛格以一貫平淡、冷靜的態度，對奧妲說：

「結婚的承諾還算數嗎，夫人？」

「佛格先生，」奧妲回答：「這句話應該由我來問你。你本來已經破產，如今又變得有錢了⋯」

「很抱歉，夫人，這筆財富是屬於你的。假如不是你想到要結婚，我的僕人就不會上威爾森牧師那兒去，我也就不會發現自己犯的錯誤，而⋯」

「親愛的佛格先生⋯」奧妲說。

「親愛的奧妲⋯」佛格答道。

於是婚禮便在四十八小時後舉行，而萬能一身光鮮、體面地以女方證婚人的身分出席。她的命是他救的，難道他不配享有這份榮耀嗎？

門開了，面無表情的佛格出現了。

「怎麼了，萬能？」

「主人呀！我剛剛才發現…」

「什麼？」

「我們其實只要七十八天就可以環遊世界了。」

「也許吧。」佛格回答道：「如果不橫越印度的話。可是假如沒有橫越印度，我就不會救了奧妲一命，她也不會成為我的妻子了…」

佛格說完，平靜地關上了門。

所以呢，費雷斯·佛格打賭贏了。他在八十天之內環遊了世界！為了達成目的，他運用了一切的交通工具：客輪、火車、汽車、快艇、商船、雪橇、大象。在此期間，這位古怪的紳士更展現了他鎮定與精確的特質。但又如何呢？這麼大老遠地繞了一圈，他獲得了什麼呢？這趟旅行他帶回了什麼呢？

大家該會說「什麼也沒有」吧？的確，什麼也沒有，只有一位迷人的女子。儘管聽起來似乎不可思議，但這名女子確實讓他成了全世界最幸福的男人！

老實說，就算為了這麼一點原因，你難道不想也去環遊世界一周嗎？

66 於是婚禮便在四十八小時後舉行，而萬能一身光鮮、體面地以女方證婚人的身分出席。她的命是他救的，難道他不配享有這份榮耀嗎？ 99

環遊世界八十天 / 朱勒‧凡爾納(Jules Verne)
著；詹姆斯‧普魯涅(Jame's Prunier)繪；
顏湘如譯. — 初版. — 臺北市：臺灣商
務，
2002 [民91]
面； 公分 — (文學plus⁺；10)
譯自；Le tour du monde en 80 jours
ISBN 957-05-1548-1(平裝)

876.57   13468000

罗瑜

辛巳 (2003. 8. 1) 博客來